도서관에는 마녀가 필요하다

fiore t

도서관에는 마녀가 필요하다 3

초판 1쇄 인쇄 2018년 1월 18일
초판 1쇄 발행 2018년 1월 25일

지은이 이청
발행인 오영배
기획 박성인
책임편집 박주애
디자인 권지연
제작 조하늬

펴낸 곳 (주)삼양출판사 · 피오렛
주소 서울시 강북구 도봉로 173
대표 전화 02-980-2112 **팩스** / 02-983-0660
편집부 전화 02-980-2116 **팩스** / 02-983-8201
출판등록 1999년 3월 11일 제9-00046호

ISBN 979-11-283-9314-3 (04810) / 979-11-283-9311-2 (세트)

+ 지은이와 협의하에 인지는 생략합니다. 잘못된 책은 구입한 곳에서 바꾸어 드립니다.
+ 이 도서의 국립중앙도서관 출판시도서목록(CIP)은 서지정보유통지원시스템홈페이지(http://seoji.nl.go.kr)와 국가자료공동목록시스템(http://www.nl.go.kr/kolisnet)에서 이용하실 수 있습니다. (CIP제어번호: 2018000238)

fiore ret 은 (주)삼양출판사의 로맨스 판타지 문학 브랜드입니다.

도서관에는 마녀가 필요하다

3

이청 장편소설

fiore t

Contants

9.
마녀에게는 새 옷이 필요하다

도서관 재개장을 2주 앞두고, 며칠에 걸친 대공사가 간신히 끝이 났다.

베시는 이네딧 부인을 대동하여 꼼꼼히 상황을 살폈고, 때로는 저스틴 역시 동행하였다.

사실 그가 따라가 봐야 할 수 있는 일은 없었다. 베시가 공사 인부들에게 이것저것 묻거나 공사 담당자에게 무언가를 지시하는 것을 보며 그 모습이 집안일을 진두지휘하는 하이네 공작 부인과 꽤 닮았다는 생각이나 어렴풋이 할 뿐.

낡아 빠진 마룻바닥이 번지르르한 윤기 나는 새 바닥이 되고, 손때 묻은 벽지가 세련된 느낌이 나는 벽지로 바뀌는 내내 베시는 긴장의 끈을 늦추지 않았다.

그 덕분인지 공사가 시작된 날로부터 정확히 일주일 후.

베이론 제국의 도서관은 흉물스럽던 과거의 모습을 벗고 완전히 새로운 모습으로 탈바꿈하는 데 성공하였다. 도서관의 도만 들어도 진절머리를 내는 은빛 매 기사들조차 지나가다 말고 도서관을 보며 가볍게 감탄사를 흘릴 정도였다.

물론 그들이 가장 놀라워한 건 싹 바뀐 내부가 아니라 온갖 꽃으로 장식된 도서관의 모습이었다.

"대체 이 계절에 포인세티아가 어떻게 핀 거지?"

"저것도 마녀의 마법인가?"

"마법이란 게 진짜 굉장하긴 하네."

신기함을 감추지 않는 은빛 매 기사들의 쑥덕거림에는 예전 같은 악의라기보다는 순수한 호기심이 깃들어 있었다. 그들이 그런 반응을 보이는 것도 무리는 아니었다. 저스틴은 은빛 매 기사들의 뒤에서 가만히 고개를 들어 올려 도서관의 모습을 살폈다.

'내가 말했죠? 오늘 돈 내고도 못 볼 걸 보게 된다고. 어때요? 이정도면 제법 특별하죠?'

가슴을 쭉 뻬고 뻬기듯 말하던 베시의 모습이 귀엽다고 생각했던 기억이 생생하였다. 베시가 호언장담했던 대로 저스틴은 그 날 매우 특별한 경험을 하였다. 그래서일까. 벌써 일주일도 더 된 일이건만, 아직도 그는 그날의 기억에 사로잡혀 있었다.

하늘하늘 흩날리는 꽃잎, 조금 발그스름하게 물든 하얀 뺨, 촌스런 안경 너머로도 선명하게 보이는 예쁘고 선명한 눈동자.

"하아—"

한숨을 내쉰 저스틴이 자신의 머리를 헝클어트리며 중얼거렸다.

"미치겠군."

그녀에게 지나치게 가까이 다가간 건, 딱히 베시를 놀리기 위해 한 행동은 아니었다. 수상한 자를 방심시키기 위한 목적도 아니었다. 지극히 충동적인 행동이었다.

"으, 저, 저스틴 하이네."

저스틴이 중얼거린 소리를 들은 은빛 매 기사들이 어깨를 움찔하며 뒤로 물러섰다. 고개를 든 저스틴은 저를 향해 경계심 어린 시선을 보내는 이들을 보고 눈썹을 까닥거렸다.

"은빛 매 기사단의 로이 경과 라페르도 경. 여기서 뭘 하시는 겁니까?"

"그, 그냥 지나가던 중이었소! 우리 훈련장이 바로 이 도서관 옆이지 않소."

"그, 그렇소! 그럼 우리는 이만……."

허둥지둥 은빛 매 기사단의 훈련장을 가리켜 보인 두 기사는 저스틴에게 인사를 하는 둥 마는 둥 달려갔다. 그 뒷모습을 잠시 지켜보고 있던 저스틴이 흘러내린 앞머리를 다시 뒤로 쓸어 넘겼다.

'당분간은 경계를 늦추지 않는 편이 좋겠지.'

도서관 공사가 진행되는 동안, 그는 베시의 옆을 충실히 지키는 동시에 지금처럼 은빛 매 기사들의 움직임에서 눈을 떼지 않았다.

살롱에서 있었던 일이 적잖이 충격이었는지 랜돌프는 아직까지 큰 움직임을 보이지 않고 있었다. 베시는 신경 쓸 필요가 없을 거라고 했지만, 그는 긴장의 끈을 늦추지 않기로 하였다. 베시가 위험에 처했던 사건은 아주 사소한 방심이 부른 결과였으니까.

"저스틴 군! 마침 잘 왔어요. 이것 좀 옮겨 줘요."

저스틴이 도서관 안으로 들어서자 기다렸다는 듯이 베시가 그를 불렀다. 새 목재 냄새며 벽지에 바른 풀 냄새가 콤콤하게 피어나는 공기를 헤치며 성큼성큼 걸어갔다.

"뭘 옮기면 됩니까?"

"저기 있는 책 든 상자 좀 옮겨 주세요. 아까 새로 주문한 책장이 들어왔거든요."

베시가 가리킨 손가락 끝에는 커다란 갈색 상자가 보였다. 살짝 열린 틈새로 빼곡하게 들어찬 책이 얼핏 보였다.

"제가 옮겨 놨던 책들입니까?"

표지가 묘하게 눈에 익는다 싶어 물으니 베시가 배시시 웃으며 고개를 끄덕였다.

"맞아요. 그리고 은빛 매 기사 분들의 적극적인 협조 덕에 수선 끝난 책들이기도 하죠. 부족한 장서는 나중에 서점에서 추가로 배송을 해 주기로 했으니까 일단 이걸 정리해 두려고요."

그렇게 말한 베시는 상자 하나를 끙끙거리며 들어 올리려고 하였다. 미간을 팍 찌푸린 저스틴은 얼른 그녀의 손에서 상자를 빼앗아 들었다.

"그냥 두십시오. 여기 있는 것만 옮기면 되는 거 아닙니까?"

"그렇긴 한데, 저스틴 군 혼자 옮기려면 좀 많은—"

베시의 말이 끝나기도 전에 저스틴이 상자 두어 개를 한 번에 번쩍 들어 올렸다. 그것을 가볍게 제1열람실 안에 옮겨 두고 온 그는 무어라 표현할 수 없는 얼굴을 하고 있는 베시에게 피식 웃어 보였다.

"……그래요, 저스틴 군 힘 많이 센 거, 내가 깜빡하고 있었네요. 힘 좋은 저스틴 군이 혼자 다 옮겨 줘요."

토라진 것처럼 입술을 삐죽이는 베시의 모습이 귀여웠기에 저스틴은 억지로 입꼬리를 평평하게 끌어당겨야 했다.

그가 다시 상자를 집어 올리자 베시가 그의 뒤를 쫄래쫄래 따라왔다. 그리고 저스틴이 상자를 옮기는 동안, 상자 속에서 책을 꺼내 새 책장에 꽂기 시작하였다. 타이틀을 손가락으로 하나하나 짚어 가며 확인하는 걸 보니 아무래도 나름대로 정렬 기준이 있는 모양이었다.

그 모습을 지켜보던 저스틴은 저도 모르게 물었다.

"마법을 쓰면 편한 거 아닙니까?"

"응?"

일에 집중하고 있던 베시가 고개를 빼꼼 들어 올렸다. 그녀의 커다란 눈동자가 자신에게 향하는 걸 보며 저스틴이 다시 한번 입을 열었다.

"책 정리 같은 일은 마법을 사용하면 훨씬 더 간단하게 끝낼 수 있을 것 같아서 하는 말입니다."

"어머, 그렇지 않아요. 전혀 간단하지 않거든요?"

베시는 자신이 손에 들고 있는 책 한 권을 들어 올려 보였다.

"만일 저스틴 군이 말한 대로 내 마법으로 책 정리를 하고 싶다면 말이죠."

그녀의 하얀 손가락이 책 표지 위에서 무언가 문장을 쓰는 것처럼 미끄러지듯 움직였다. 가늘고 긴 손가락에는 간간이 종이에 베인 상처나 물집이 보였다. 저스틴은 어째서인지 그 손이 참 예쁘다는 생각을 하였다.

"이렇게 책 한 권, 한 권마다 일일이 마법을 작성해 주지 않으면 안 된다고요. 여기 있는 책에 전부 그렇게 마법을 거느니 차라리 이렇게 내가 직접…… 응? 저스틴 군? 듣고 있어요?"

저스틴이 제 말에 집중하고 있지 않다는 걸 알아차린 베시가 고개를 갸웃하였다. 그제야 퍼뜩 정신을 차린 저스틴은 가볍게 헛기침을 하였다.

"흠, 듣고 있었습니다. 마법이라는 게 마냥 편리하지만은 않다고 생각하던 중입니다."

"뭐, 어쩔 수 없죠. 원하는 모든 걸 이루는 마법은 그야말로 고대에나 존재했던 거니까. 옛날의 마녀들은 생각하는 그 자체만으로 상상을 현실로 만들 수도 있었다나 봐요."

"상상을 현실로?"

그야말로 꿈과 같은 이야기라 생각하며 저스틴은 눈을 가늘게 떴다. 그가 무슨 생각을 하는지 알고 있다는 것처럼 베시가 웃었다.

"지금은 그런 마법을 쓸 수 있는 마녀는 없— 아, 그 정도는 아니지만 '말하는 것'만으로도 마법을 쓸 수 있는 친구는 있네요."

"그건…… 그녀가 말하는 게 그대로 이루어진다는 그런 뜻입니까?"

"응. 맞아요. 그녀가 '불이여, 나타나라!'라고 하면 아무것도 없는 허공에서 불이 나타나고, '거기, 너! 넘어져라!'라고 하면 넘어지죠."

베시의 손가락 끝은 저스틴을 가리키고 있었다. 다소 무례한 동작이었지만, 그는 그것이 썩 불쾌하지 않았다. 단지 설마 이 마녀는 정말 내가 넘어지길 바라는 건가, 하는 생각이나 짧게 했을 뿐이었다.

"그녀는 현존하는 마녀 중 가장 강력한 힘을 가진 마녀 중 하나고, 가장 고대의 마녀에 가까운 마녀이기도 해요. 요컨대 그쯤 되는 능력은 정말 강한 마녀가 아니면 가질 수 없다는 거죠."

"당신도 충분히 강한 마녀인 거 아니었습니까?"

그 질문에 베시가 작게 웃음을 터트렸다.

"맞아요. 나도 강하죠. 내 능력도 고대의 마녀에 가까운 힘이니까요. 단순 물질계 능력에 비한다면 나 같은 특수계 능력이 더 쓸모는 많기도 하고. 아, 물론 때에 따라서는 물질계 능력의 경우 위력은 더 강력하긴 해요."

"……미안하지만, 당신이 무슨 말을 하는지 모르겠습니다."

저스틴은 얼굴을 찌푸렸다. 베시가 하는 건 분명 공용 대륙어였으나 마치 자신이 알아들을 수 없는 다른 세계의 말 같았다. 물질계 능력? 특수계 능력? 대체 그게 다 무슨 말인가.

상자 속에서 책 한 권을 다시 빼내려던 베시가 멈칫하였다.

"음, 아, 어. 설명하자면요. 나는 '적는 행위'로 불이나 물 같은 걸 조종하거나 할 수 있지만, 물질계 능력을 가진 마녀는 정신력으로 자연스럽게 그런 힘을 다룰 수 있어요. 다만 불의 힘을 타고난 마녀는 불만, 바람의 힘을 타고난 마녀는 바람만 조종할 수 있고요."

여전히 수수께끼 같은 말이다. 저스틴은 얼굴을 찌푸린 채, 최대한 베시가 말한 내용을 이해하려고 애를 써 보았다.

"그러니까 소위 '물질계 능력'이란 걸 가진 마녀들은 자연물을 조종하는 능력을 갖고 있다는 뜻이 맞습니까?"

"맞아요. 그리고 마녀의 마법에는 물질계뿐만이 아니라 정신계와 특수계…… 앗!"

거기까지 말한 베시는 갑자기 입을 틀어막는 동작을 취했다. 저스틴이 놀라 한쪽 눈을 찌푸렸다.

"큰일 났어요!"

"무슨 일입니까."

"저스틴 군 때문이에요!"

"뭐가 말입니까."

"원래 이렇게 말해 주면 안 되는 건데, 저스틴 군 때문에 술술 말해 버렸잖아요!"

이제는 아무것도 대꾸해 주지 않을 거라며 베시는 입을 꾹 다물었다. 저스틴은 조금 억울하였다. 자신은 알려 달라고 강요한 적조차 없었다. 하지만 지금 베시의 저 얼굴을 누가 보면 그가 그녀의 목에 칼을 들이밀고 협박이라도 한 줄 알게 분명했다.

"마녀들은 자신에 대해 말해 주면 안 된다는 규칙이라도 있는 겁니까?"

"……."

저스틴이 빈정거리듯 물은 말에도 베시는 묵묵부답이었다. 아무래도 정말 자신의 말을 성실하게 이해할 모양이었다. 낯선 이야기에 신선한 호기심을 느꼈던 저스틴은 아쉬운 한숨을 내쉬었다. 상자를 거의 다 옮긴 저스틴은 아직도 책장 앞에서 정리가 한창인 베시를 힐끔거렸다. 망설임 없이 단번에 책을 휙휙 정리해나가는 그 모습은 어떤 의미로는 마법처럼 보이기도 하였다.

'마법이라.'

문득 그는 아까 전, 은빛 매 기사들이 수군거리던 말 한마디를 떠올렸다.

'마법이란 게 진짜 굉장하긴 하네.'

단지 글자를 적는 것만으로 그것을 현실로 바꿀 수 있는 힘.

그들의 말이 맞다. 분명 마법은 굉장한 힘이었다. 저스틴은 새삼스럽게 베시의 힘에 경외심을 느꼈다. 그런데도 베시보다도 더욱 강력한 힘을 가진 마녀가 세상에 존재한다니. 가능하다면 역시 조금 더 마녀에 대한 이야기를 듣고 싶었다.

"베시, 진짜 더는 말 안 해 줄 겁니까?"

"……."

"한두 가지 정도는 알려줄 수도 있잖습니까."

"……."

베시는 입을 꾹 다문 채, 고개를 세차게 저어보였다. 저스틴은 성큼성큼 걸음을 옮겨 베시의 옆에 섰다. 책장에 기대니, 미간을 찌푸린 베시가 그를 힐끔거렸다.

"책장에 기대지 마요, 당신 때문에 무너지면 어쩌려고."

"세상에서 가장 튼튼하다 불리는 오크 목재로 만든 책장이니 무너질 리 없습니다. 그러니 걱정 마시고, 제 물음에 대한 대답이나 들려주십시오."

한 번 동한 호기심은 마치 뚜껑이 열린 오르골과도 같았다.

흘러나오는 노래를 멈출 수 없는 것처럼 꼬리를 물고 이어지는 궁금증 역시 감출 수 없었다.

저스틴이 베시를 향해 제법 진지한 시선을 보내자 베시가 천천히 눈을 깜빡거렸다. 다른 사람 같으면 마녀에 대한 노골적인 관심을 표하는 게 영 싫겠지만, 이상하게도 이 남자의 관심은 그렇게 불편하지 않았다.

결국 그녀의 입에서 조금 부드러운 어조의 말이 흘러나왔다.

"……그렇게 궁금하면 스스로 알아보든가요."

베시는 상자를 손끝으로 톡톡 가리켰다.

"전에 저스틴 군, 그런 말했잖아요. 마녀에 대해 누구보다 잘 알게 된다면 나랑 친구 될 수 있는 거 아니냐고."

내가 그런 말을 한 적이 있던가? 저스틴은 얼굴을 찌푸렸다. 열심히 기억을 더듬어보던 그가 멈칫하였다.

'그럼 내가 마녀에 대해 누구보다 잘 알게 된다면…… 아니, 당신에 대해 알게 된다면 저는 그 누구보다— 당신과 가까운 사람이 될 수 있는 겁니까?'

분명 자신이 베시에게 그렇게 속삭였던 적이 있었다. 도서관 벽에 피어난 무수한 꽃에 둘러싸인 날. 도서관 앞에서 했던 생각이 다시금 머릿속을 어지럽혔다. 어째서일까. 저스틴은 알 수 없는 기분에 주먹을 가볍게 쥐었다 폈다.

그날 했던 말이 진심이 아니었냐고 묻는다면 결코 그런 것은 아니었다. 하지만 문제는 이유를 모르겠다는 점이었다.

베시에게 가까운 사람이 되고 싶은 이유. 베시에 대해서 많이 알고 싶은 이유. 베시를 혼자 두고 싶지 않은 이유.

이제까지 한 번도 느껴본 적이 없는 감정이고, 해본 적이 없는 생각이었다. 이런 건 제 성격에 맞지도 않았다. 저스틴이 홀로 답이 없는 고민에 빠져 있는 사이, 베시가 장난스럽게 말하였다.

"이 도서관에 있는 마녀 관련 서적을 전부 다 읽어 봐요. 혹시 또 알아요? 그 정성에 감복해서 내가 질문 한두 개 정도에는 대답을 해 줄지도."

씨익, 웃는 베시의 얼굴이 심술 맞았다. 그녀는 저스틴이 책을 읽다 싫증낼 게 분명하다 여기는 모양이었다. 요사이 잠잠하던 저스틴의 승부욕에 불이 붙었다. 머릿속을 가득 채우고 있는 고민을 잠시 내려놓은 그가 기꺼이 도발에 응하였다.

"좋습니다. 그럼 이 도서관에 있는 마녀 관련 서적을 전부 읽으면 상을 주는 겁니까?"

"상? 아니, 상을 준다는 소리가 아니라 그냥 궁금한 거 한 두어 가지 정도는 알려 준다고—"

"약속한 겁니다, 베시. 난 아주 근사한 상을 기대하면서 간만에 독서를 해야겠군요."

저스틴이 히죽 웃으며 베시와 눈높이를 맞추었다. 그 자신만만한 얼굴을 보며 베시가 눈살을 찌푸렸다.

"저스틴 군, 당신 진짜 안 귀여운 거 알아요?"

"다행이군요. 제가 이제는 귀엽고 싶기보다는 멋지고 싶은 나이라서."

어쩜 말 한마디를 받아쳐도 이렇게 안 귀여울 수 있을까, 흥. 베시는 입술을 한껏 오므린 뒤, 코웃음을 픽 쳤다.

"좋아요, 그럼 어디 한 번 힘내 봐요. 대신 이 도서관에 있는 마녀 관련 서적 '전부'예요. 알았죠? 말 그대로 저언부. 교양서적과 전문 서적뿐만이 아니라 아동 서적, 즉 동화책도 포함해서 전부."

생각보다 까다로운 조건에 저스틴의 얼굴이 살짝 일그러졌다.

"……힘내 보죠."

"아, 그리고 읽고 나면 감상문도 써 와요. 착한 아이 도장 쾅쾅 찍어 줄게요."

"……조건이 점점 추가되는 건 좀 비겁하지 않습니까?"

"그건 어쩔 수 없죠. 난 비겁한 마녀가 맞는걸요."

좀 더 완벽한 마녀같이 보이기 위해 베시는 고개를 45각도로 치켜 올린 후, 손바닥을 쫙 펼쳐 입가를 가렸다. 평소보다 조금 높은 톤으로 깔깔 웃는 그녀를 보며 저스틴은 얼굴을 찌푸렸다.

지금 그녀의 모습은 어딜 봐도 마녀로는 보이지 않았다.

아직 앳된 티를 못 벗은 소녀가 장난을 치는 것처럼 보이는 거면 몰라도.

"베시. 하나도 안 어울립니다."

저스틴이 솔직하게 한 말에 베시가 얼굴을 굳혔다. 뭐가? 내가 마녀라는 거? 아니면 지금 동작이? 그녀의 속마음을 읽기라도 한 것처럼 저스틴의 말이 이어졌다.

"당신은 어딜 보나 마녀 같지 않습니다."

"그, 그게 무슨 말이에요!? 내가 마녀 같지 않다고요?"

어쩜 그렇게 그런 심한 말을! 내 아이덴티티를 부정하다니! 내가 마녀가 아니면 누가 마녀일 수 있는 건데!?

베시는 심한 충격을 받고 말았다. 저스틴은 그런 그녀를 위아래로 훑어보며 다시 한 번 타격을 주었다.

"네. 어딜 보나 당신은 비겁한 마녀와는 전혀 어울리지 않습니다."

아기자기한 동화에 나오는 귀여운 마녀라면 또 모를까.

저스틴이 작은 목소리로 덧붙인 중얼거림은 베시의 귀에 닿지 않은 게 분명했다.

그녀는 양손으로 뺨을 감싼 채, "내가 마녀 같지 않다니…… 내가 마녀같지 않다니? 내가 마녀같지 않다니!"라는 말을 무한 반복 중이었다.

그 얼굴이 얼마나 울상인지 저스틴은 피식 웃어 버리고 말았다.

역시나 전혀 마녀 같지 않다.

저 여자가 이야기 속에서 단골 소재처럼 등장하는 그 무시무시한 마녀라고 누가 상상인들 할 수 있을까.

충격에 빠진 베시는 그대로 둔 채, 마지막으로 남은 상자를 나르기 위하여 그는 그대로 제1열람실을 나섰다. 그가 문밖을 나서는 것과 동시에 이네딧 부인이 제1열람실로 다가오는 모습이 보였다.

"어머, 저스틴 경."

저스틴을 발견한 이네딧 부인이 총총 걸음으로 달려왔다.

"혹시 관장님이 어디 계신지 모르시나요? 오늘 1층에서 장서 정리를 하신다고 하셨는데."

"베시라면 저 안에서 지금 먼저 작업 중입니다."

"어머나, 관장님도 참! 꼭 그렇게 힘든 일은 혼자 다 하시려고 한다니까요. 조금 더 절 믿고 맡겨 주셔도 될 텐데."

이네딧 부인이 속상하다는 얼굴로 한숨을 푹 쉬었다.

"아마 부인을 염려해서 그러는 걸 겁니다."

처음 이 도서관에 왔을 때라면 절대 하지 않았을 말을 하며 저스틴은 속으로 슬그머니 웃었다.

베시는 자신이나 이네딧 부인의 손을 타야 하는 일 중 조금이라도 고되거나 힘든 일은 무조건 자신이 맡았다. 그것도 이네딧 부인에게는 한 마디 언질도 없이 몰래 일을 해치워 버리는 것이다. 나중에 사실을 알고 이네딧 부인이 왜 자신을 부르지 않았냐고 하면, "이 정도 일은 완전 식은 죽 먹기니까요!"라고 얼버무렸다.

부인을 배려하는 그녀의 태도는 서툴긴 해도, 매우 훌륭한 것이었다. 그녀의 그런 점 역시 비겁한 마녀와는 절대 어울리지 않았다.

"물론 저도 그 점은 잘 알고 있답니다. 아휴. 하루 빨리 도서관에 새로운 사서들이 더 들어와야 할 텐데."

"도서관 인력 보충 신청은 해 놓은 상태입니까?"

"물론 진즉 해 두었지요. 근데 아직은 지원자가 없어서…… 그래도 관장님이 조만간 자신이 아는 사서 견습생을 한 명 데려온다 하셨으니 그 사서 견습생이라도 오면 한결 낫겠지요."

"사서 견습생?"

저스틴은 얼굴을 찌푸렸다. 자신은 베시에게 그런 사실을 전혀 들은 바가 없었으니까.

"지금이야 저스틴 경이 계시니 다행이지만, 봉사 활동 기간이 끝나면 어쨌거나 일손이 필요할 거라고 하시더라고요."

"……제가 있어서 다행이라고, 베시가 그랬습니까?"

이네딧 부인은 저스틴의 눈빛에 얼핏 스친 기색을 읽지 못한 채, 고개를 끄덕였다.

"네, 분명 그리 말씀하셨답니다. 저스틴 경에게 받은 도움이 많다고. 어머, 저스틴 경. 왜 갑자기 그러세요?"

저스틴이 손바닥으로 입가를 가리자 이네딧 부인이 의아하다는 얼굴을 하였다.

"아무것도 아닙니다."

그렇게 말하는 그의 목소리에는 묘한 웃음기가 배어 있었다.

"흠, 부인. 이따가 책을 좀 찾는 걸 도와주실 수 있겠습니까?"

"네? 책이요?"

"네, 이 도서관에 있는 마녀에 관련된 책을 전부 찾고 싶습니다."

마녀에 관한 책? 저스틴의 갑작스러운 말은 엉뚱한 것이긴 했으나 어려운 것은 아니었기에 이네딧 부인은 고개를 끄덕였다. 저스틴이 실례하겠다며 자리를 벗어난 후, 이네딧 부인은 제1열람실 안으로 들어섰다.

하지만 제1열람실 안에 있는 베시의 모습을 본 이네딧 부인은 멈칫할 수밖에 없었다.

"……관장님?"

무언가 굉장히 심한 충격을 받은 사람 같은 얼굴을 한 베시의 모습은 심상치 않아 보였다. 혹시 또 저스틴 경과 관장님이 한바탕 말다툼이라도 하신 걸까? 그런 것치고는 저스틴 경의 기분이 좋아 보였는데.

안절부절못하며 이네딧 부인이 베시의 눈치를 살피었다. 그러자 베시는 양 뺨을 감싸고 있던 손을 툭 아래로 늘어트린 후, 힘없는 어조로 말했다.

"이네딧 부인. 솔직하게 말해 줘요."

"네? 무, 무엇을……."

"나, 혹시 마녀 안 같아요?"

마치 인생의 갈림길에 선 사람처럼 절박하게 베시가 물었다. 그녀의 눈동자에는 간절한 기대마저 담겨 있었다.

이게 대체 무슨 상황인가 싶었지만, 이네딧 부인은 침착하자고 생각하였다.

관장님이 마녀같지 않냐고?

그녀는 제 눈앞에 있는 젊은 관장을 요리조리 살펴보았다. 사람들이 보통 생각하는 마녀와 달리 베시의 겉모습은 어딜 보나 무해하고 착실한 젊은 아가씨일 뿐이다.

몇 번의 꼼꼼한 확인 끝에 이네딧 부인은 고개를 끄덕였다.

"네, 관장님은 전혀 마녀 같지는 않으세요."

딴에는 좋은 의미로 한 말이었건만, 이네딧 부인의 의도는 정반대의 효과를 낳고 말았다.

"관장님?"

이네딧 부인은 고개를 푹 숙인 베시에게서 석연치 않은 기색을 감지하였다. 심지어 그녀가 무어라 중얼거리는 모습은 음산하기까지 하였다.

"이네딧 부인!"

갑자기 고개를 확 치켜 올리며 눈을 번뜩이는 베시가 무서웠기에 이네딧 부인은 어깨를 한껏 움츠렸다.

"네, 넷!"

"그럼 부인이 생각하는 마녀는 어떤 느낌인데요?"

"네? 마녀요? 어, 그게……."

이네딧 부인은 미간을 찌푸리고 생각에 잠겼다.

"다른 사람은 어떨지 모르지만 전 검은색 원피스를 입고 있고, 빨간 매니큐어로 손톱을 칠하고, 입술도 새빨갛게 칠한, 그런 이미지가 떠오르네요."

사실 이네딧 부인의 머릿속에서 떠오른 것은 매우 요염하면서도 육감적인 느낌의 마녀였다. 하지만 말로는 그 느낌이 충분 전해지지 않았기에 베시는 단편적인 단어들만을 기억하였다.

"검은색 원피스, 빨간 매니큐어, 빨간 입술이라 이거죠? 오케이, 알았어요!"

대관절 무엇을 알겠다는 것인지 모르겠지만, 베시는 한결 밝아진 얼굴로 고개를 끄덕이더니 후후 웃었다.

"어디 두고 보라지. 다시는 그런 말을 못 하게 해 줘야지!"

결연하게 외친 베시는 콧노래를 흥얼거리며 책 정리를 마저 하기 시작하였다. 그 깊은 사정을 알 리 없는 이네딧 부인은 눈만 깜빡거릴 뿐이었다.

* * *

모처럼의 휴일 평소같으면 훈련장에 틀어박혔을 저스틴은 책상 앞에 앉아있었다. 그는 제법 두꺼운 책 한 권을 읽어 내려 가고 있었다. 그가 손에 쥔 책에서는 세상의 시작을 이렇게 나타내고 있었다.

≪태초에 여신(女神)이 존재하였다.≫

다음 구절은 이렇게 이어졌다.

≪여신은 땅에 머무는 모든 것과 하늘에 이르는 모든 것과 물에 잠긴 모든 것을 사랑하였다. 태초의 세상은 그렇게 자애와 관용이 넘치는 세상이었다.≫

그다음에는 세상에 닥친 불행이 기록되어 있었다.

≪하지만 이(異)세계로부터 불청객이 찾아오면서 모든 것이 달라지기 시작했다. 다른 세계에서 온 방문객은 스스로를 왕(王)이라 칭하였다. 그는 최초의 왕이었다. 최초의 왕은 세계를 정복하기 위해 전쟁을 시작하였다. 인간은 다툼을 알았고, 다툼은 그들을 더더욱 고통 속에 몰아 넣었다. 그들을 가엽게 여긴 여신은 처음으로 슬픔을 알았다.≫

세상에 생긴 고통과 슬픔, 그리고 그 비극이 초래한 결과도 적혀 있었다.

≪여신이 흘린 눈물이 땅에 떨어졌을 때, 왕은 처음으로 여신의

존재를 알았다. 그리고 사랑에 빠졌다. 그녀를 자신의 것으로 만들기 위해 왕은 더 많은 싸움을 시작하였다. 그리고 모든 것을 약탈하기 시작하였다.

어느새 땅에 머무는 모든 것과 하늘에 이르는 모든 것과 물에 잠긴 모든 것은 왕의 것이 되어 있었다.

여신을 지독하게 사랑했기에 모든 것을 빼앗은 왕은 선언하였다.

「이제 그대를 사랑할 수 있는 것은 오로지 짐뿐이다.」

하지만 왕의 집착과 탐욕에 저항하듯 여신은 세상에서 가장 높은 산에 올라 몸을 던졌다.

사랑을 잃은 왕은 절규했고, 여신은 수천 개의 물방울이 되어 온 세상에 퍼지고 말았다.

그 이후부터 묘한 힘을 가진 여성이 세상에 나타나기 시작했다. 그녀들은 마치 여신처럼 동물과 말할 수 있었고, 여신처럼 비구름을 다룰 수 있었고, 여신처럼 사람을 치유할 수 있었다.

훗날, 그녀들은 '마녀' 라고 불리는 존재가 되었다.≫

책을 마지막 장까지 꼼꼼하게 읽어 내려간 저스틴은 무거운 얼굴로 책장을 덮었다. 표지에는 '최초의 마녀와 최초의 왕에 대한 기록'이라는 글자가 적혀 있었다.

최초의 왕, 여신인 동시에 후대에게 최초의 마녀라고 불리던 존재의 유래.

얼핏 보면 이 신화는 가슴 아픈 사랑 이야기 같았지만, 그 내면을 자세히 보면 한 여자에게 미친 남자의 집착에 대한 이야기였다.

저스틴은 사랑하는 여자를 슬프게 하고, 끝끝내 그녀를 죽음으로까지 몰고 간 왕을 도저히 이해할 수가 없었다. 그가 아는 사랑이라는 것은 달콤하고 애틋하며 상대를 위해 무엇이든 포기할 수 있는 그런 자기희생적인 것이었으니까.

착잡한 기분에 잠긴 저스틴이 방금 읽은 책 속의 삽화를 다시 한 번 들춰 보았다.

베일을 쓴 아름다운 여인이 절벽으로 몸을 던지고, 그런 그녀의 뒤에서 손을 뻗는 한 남자의 모습. 그것이 묘하게 눈에 밟혔다.

한참 동안 그 그림을 내려다보던 저스틴은 다른 책 한 권을 집어 들었다. 이번 책 역시 방금 그가 읽은 것과 비슷한 내용이 적혀 있었다.

벌써 몇 권째인지 모를, 마녀에 대한 책이 책상 위에 차츰 쌓여 갔다.

베시에게 말했던 것처럼 저스틴은 도서관에 있는 마녀 관련 서적을 모조리 빌려 왔다. 이네딧 부인의 도움을 받은 덕에 책을 찾아내는 일은 그리 어렵지 않았다.

넘치는 힘 덕에 책을 집까지 옮겨 오는 작업 역시 그리 어렵지 않았다.

문제는 그가 책과 썩 가깝지 않은 남자라는 점이었다. 학교를 졸업한 이후로 오랜만에 붙잡은 책과 씨름하는 건 썩 유쾌한 일이 아니었다. 그렇기에 베시와 내기 아닌 내기를 하고 이틀이 지난 지금에서야 본격적으로 독서에 집중할 수 있었다. 읽기 전에는 좀처럼 손이 가지 않았지만, 막상 읽어 보니 흥미로운 이야기가 많았다.

덕분에 그는 빌려 온 대부분의 책을 완벽하게 정독할 수 있었다.

"다른 세계에서 온 왕이 이 세계의 여신을 사랑하게 되었고, 그의 사랑을 두려워한 여신은 도망쳐 스스로 목숨을 끊는다. 그리고 그녀가 수천 개의 물방울이 되어 사라지던 날부터 마녀가 태어났다."

책의 내용을 소리 내어 읽던 저스틴의 눈에 문득 신경이 쓰이는 구절이 들어왔다.

≪……이런 점을 미루어 볼 때 소수의 여자만이 마법을 사용할 수 있는 이유는 여신의 후손이 마녀라는 결론을 내릴 수 있다. 또한 어느 나라에서건 통치자 가문의 남성이 마녀들에게 끌리는 이유 역시 설명 가능하다. 최초의 왕이 피를 이어받은 자들은 필연적으로 여신의 후손인 마녀에게 끌릴 수밖에 없는 것이다.≫

그 부분을 읽고 있자니 문득 베시가 했던 말이 떠올랐다.

'혹시 당신 가문 사람들, '최초의 왕'의 핏줄인 거 아니죠?'

베시는 자신에게 유독 호감을 표하는 하이네 가문의 사람들이 '최초의 왕'의 핏줄이 아닌가 생각하는 모양이었다.

저스틴은 턱을 괴고 생각에 잠겼다. 하이네 가문의 핏줄을 쭉 따라 거슬러 올라가면 분명 정략결혼으로 인해 황가의 피가 섞였던 적이 있었다.

'설마 정말 그래서 보리스가 베시에게 호감을 갖는 건가?'

저스틴의 어린 조카 보리스는 하이네 공작저에서 저녁 식사를 함께 한 후, 부쩍 베시에게 관심을 보였다. 때때로 저스틴이 성가시게 느낄 정도로 그녀에게 대해 묻고는 하였으니까.

하지만 저스틴은 곧 고개를 저었다. 그냥 미신일 뿐이지 않은가.

고작 핏줄 때문에 누군가에 대한 감정이 정해진다니, 너무나 어리석은 이야기였다.

생각을 툴툴 털어 낸 저스틴은 다른 책을 손에 집었다. 이번 서적에는 마녀의 생활에 대한 연구 기록이 적혀 있었다.

≪대부분의 마녀는 5~10살 사이로 능력이 발현된다. 그들의 능력은 마치 모래알 같아서 얼핏 보면 비슷해 보여도 같은 능력은 하나도 존재하지 않는다. 아주 오래전, 보다 최초의 여신에 가까웠던

마녀는 생각만으로 마법을 사용할 수 있었다고 한다. 현재도 하얀 달밤에는 그러한 능력을 갖춘 마녀가 있다는 이야기가 있으나 진상을 확인할 수 없는 관계로……≫

다른 책에 비한다면 비교적 마녀에 대한 깊이 있는 정보가 적혀 있었지만, 유감스럽게도 그만큼 불확실한 정보도 많았다. 마지막 페이지까지 책을 읽어 본 저스틴은 한숨과 함께 책을 덮었다.

귀중한 수면 시간을 쪼개가면서까지 정성을 들인 결과, 결국 그가 알 수 있었던 확실한 사실은 세 가지 정보뿐이었다.

하나, 마녀의 능력은 어릴 때 발견된다는 것.

둘, 대부분의 마녀는 자신의 능력 때문에 학대받거나 배척당하면서 하얀 달밤으로 도망치게 된다는 것.

셋, 아주 특별한 능력을 가진 마녀만이 '이명(Another Name)'을 받을 수 있다는 것.

베시가 자신에게 얼핏 이야기했던 물질계며, 정신계, 그리고 특수계 같은 단어는 아예 책에 실려 있지도 않았다.

다 읽은 책들을 책상 한구석에 밀어 두며 저스틴은 얼굴을 찌푸렸다.

베시는 감상문을 써 오라고 했지만, 적을 만한 내용도 별로 없었다. 차라리 그나마 감상을 적을 만한 내용이 적혀 있던 책이라면—

"이 동화책 정도겠군."

저스틴은 꼬마 마녀가 책 한 권을 꼭 끌어안고 있는 표지의 그림책을 집어 올렸다.

몇 장이 되지 않기에 금방 읽어 버린 동화책의 내용은 생각보다 인상적이었다.

이야기 속에 나오는 마녀는 함께 책을 읽어 줄 친구를 찾고 싶어 한다. 하지만 모두 마녀를 무서워하기에 아무도 그녀에게 다가오지 않는다. 결국 마녀는 자신과 함께 책을 읽어 줄 친구를 찾아 나선다.

온 세상의 반을 돌아 잔뜩 지친 마녀는 친구를 찾지 못한 채, 제 집으로 돌아온다. 그러나 제 집에는 난생처음 보는 남자아이가 있었다. 처음에는 서로를 경계하던 작은 마녀와 남자아이는 곧 친구가 된다.

어깨를 붙이고 앉은 아이들이 함께 책을 읽는 것으로 동화는 끝이 난다.

아무리 보아도 베시가 절대 읽지 않았을 것 같은 사랑스러운 이야기였다. 그런데도 어째서인지 저스틴은 베시가 이 이야기를 알고 있을 것 같다고 생각하였다.

'다들 날 싫어해. 나랑 있으면 안 좋은 일이 벌어진대. 나는 마녀니까.'

친구를 찾아 헤매는 이야기 속의 꼬마 마녀가 입버릇처럼 하는 말이었다. 저스틴은 그 작은 아이가 묘하게 베시와 닮았다고 생각하였다.

그는 마차 사고를 당할 뻔했던 날, 사람들을 밀어내던 베시의 뒷모습을 떠올렸다. 동화 속에서 홀로 세상을 헤매는 꼬마 마녀의 모습에 베시의 그 모습이 겹쳐졌다.

'어쩌면, 그녀 역시 그런 종류의 기억을 품고 있었던 건 아닐까?'

그렇게 생각한 순간, 저스틴은 자신의 가슴께가 이상하게 따끔거리는 것을 느꼈다. 누군가가 그의 심장을 날카로운 것으로 쿡쿡 찍어 누르는 것 같은 감각이었다. 저스틴은 왼쪽 가슴 위로 손을 올렸다. 아픔만큼이나 심장이 빠르게 뛰는 것 같았다. 최근 그녀를 생각할 때마다 그가 자주 겪는 통증이었다. 이것이 무엇을 의미하는지 알 수 없었다.

아무래도 칼 선생을 찾아야겠군. 그가 하이네가의 주치의를 찾아 자신의 몸 상태에 대해 상담을 해야겠다고 속으로 중얼거리는 사이, 문을 두들기는 소리가 들렸다.

"들어오십시오."

저스틴이 그렇게 답하는 것과 동시에 벌컥 문이 열렸다.

"호오, 어릴 때는 그렇게나 안 하던 공부를 이제야 시작했다는 너희 형수 말이 정말이었구나."

얼굴과 목소리로 놀라움을 표하며 방 안으로 들어온 것은 바로 저스틴의 큰형 알렉스였다. 수도 다스티에서 제일가는 미인을 부인으로 맞이한 남자이자 동시에 가족애가 남다르게 지극한 것으로도 유명한 하이네 공작.

저스틴은 자리에서 일어서서 깍듯하게 인사를 하였다.

“오셨습니까. 큰형님.”

나이차가 제법 나는 동생을 따듯하게 포옹하며 애정을 표하는 알렉스와 달리 저스틴은 심드렁한 얼굴로 큰형을 맞이하였다. 하지만 알렉스는 그런 저스틴을 보며 인자하고 다정한 큰형의 얼굴로 웃을 뿐이었다.

“조만간 정기 회의 준비가 있으셔서 많이 바쁘시다 들었는데, 이제 일이 다 끝나신 겁니까?”

“아아, 급한 일은 어느 정도는 해결이 되었지. 아직 남아 있는 건 있다만, 그건 회의 전까지 끝날 테니 큰 걱정이 없는 문제란다.”

싱글벙글 웃는 얼굴로 대답한 알렉스는, 저스틴의 어깨 뒤로 시선을 힐끔 던졌다. 그러더니 이상하다는 얼굴로 고개를 갸웃하였다.

“응?『최초의 여신과 왕에 대한 연구 기록과 되도록 상세한 주석』,『최초의 여신과 마녀의 관계성』,『쉽게 읽는 세계 신화』,『마녀 이야기』…… 라니. 전부 비슷한 내용의 책들이구나. 혹시 무언가에 대해 조사라도 하고 있는 것이냐?”

“……네.”

딱히 무언가를 조사하기 위해 시작한 독서는 아니었지만, 세세하게 그 과정을 밝히는 게 성가셨기에 저스틴은 대충 대답을 얼버무렸다.

"흐음, '마녀'라."

알렉스는 무슨 생각에서인지 턱밑을 만지작거리며 의미심장한 눈으로 저스틴을 보았다. 딱히 잘못한 것도 없건만 그 부드러우면서도 예리한 시선을 마주하자 가슴이 괜히 덜컥 내려앉았다.

알렉스는 얼핏 보기에는 부드럽고 유약해 보이는 남자였지만, 벌써 몇 년째 이 나라의 재무부 장관이라는 중직을 역임하고 있는 인재였다. 게다가 사람의 속마음을 훤히 꿰뚫어 한발 빠르게 움직이는 그의 수완 역시 보통의 것이 아니었다. 그런 그의 앞에서는 언제나 사실을 감추는 것이 어려웠다.

"그래. 요새 도서관으로 봉사활동을 다니고 있다던데, 일은 할 만하느냐?"

"어려운 일은 없습니다. 이전에는 한 번도 해본 적이 없는 새로운 경험뿐이라 저에게도 좋은 자극이 되고 있다고 생각 합니다."

그래, 정말 새로운 경험이지. 저스틴은 자신이 도서관에서 했던 일들을 하나하나 떠올려 보았다. 장작 패기, 물건 옮기기, 잡초 뽑기 등등. 그러한 자질구레한 일이 썩 싫진 않았다. 제 일이 끝날 때쯤에는 물 한 잔을 들고 나타나는 붉은 머리의 마녀 때문이었다.

처음에는 도서관에서 봉사활동을 하라는 크리스의 명령에 아무런 감정도 없었지만— 지금은 저에게 그런 명령을 내려준 황태자에게 감사할 따름이었다.

"흐음. 그럼 도서관의 신임 관장은 어떤 사람인 것 같더냐?"

무슨 생각에서인지 알렉스는 베시에 대한 것을 물어 왔다. 저스틴은 저도 모르게 그런 그를 경계하는 것 같은 시선을 보냈다.

그는 자신의 큰형을 매우 존경하는 동시에 가족으로서 사랑했지만, 알렉스 같은 노련한 정계 귀족에게 베시에 대한 정보를 섣불리 밝히고 싶지는 않았다.

"어떤 것 같으냐는 말씀은 정확히 무엇을 알고 싶어서 물으시는 것입니까?"

"신임 관장에 대한 소문이 파다해서 말이다. 아주 악랄하고 비열한 무서운 여자라는 말이 있는가 하면, 심부름꾼 노릇을 하는 고아에게 자신의 개인 서적을 기꺼이 건네주었다는 이야기도 들리고."

알렉스의 입에서 흘러나온 말에 저스틴이 살짝 눈을 가늘게 떴다. 짚이는 구석이 없는 건 아니었다.

랜돌프 노튼이 베시를 사고로 위장하여 해치겠다는 말을 했던 날, 조심하라는 경고를 전해 주기 위해 관장실로 향했던 저스틴은 한 소년에게 책을 건네주는 베시를 보았다.

'있지. 앞으로 사람들을 만날 때마다 도서관의 새 관장인 마녀가 얼마나 좋은 사람인지에 대해서 말해 줄래? 그냥 좋은 게 아니라 엄청 좋은 사람이라고 말이야.'

장난처럼 속삭이던 그녀의 목소리가 평소보다 부드러웠던 것이 생생하게 기억에 남아 있었다. 영문 모를 애틋함에 괜히 가슴이 뻐근해져 왔다.

"무엇보다도 내 부인과 아들이 그녀를 너무 좋아하는 걸 보니 나쁜 사람 같지는 않아서 말이다."

"네, 아닙니다."

알렉스의 말을 듣는 둥 마는 둥 하고 있던 저스틴이 짧게 대답하였다.

"그녀는 형수님이 말하시는 대로, 그리고 보리스가 좋아하는 것 같은 그런 사람입니다."

저스틴의 목소리에 평소보다 힘이 실려 있다는 것을 깨달은 알렉스가 흥미롭다는 표정을 지었다.

"호오. 네 형수나 조카보다도 네가 더 그 신임 관장을 좋게 보는 것 같구나."

"……딱히 그런 건 아닙니다."

자신도 미처 모르는 제 속마음을 들킨 것 같았기에 저스틴의 표정이 딱딱해졌다. 알렉스는 근처에 있던 의자를 뽑아 앉더니 본격적으로 제 동생을 몰아붙이기 시작하였다.

"그럼 어디 한 번 말해 보거라. 네가 보기에 그 신임 관장은 어떤 사람인지."

베시가 어떤 사람이냐고? 천천히 눈을 깜빡이는 저스틴의 시선 끝에 문득 아까 전까지 붙잡고 있던 동화책이 들어왔다.

친구를 찾아 온 세상을 여행하던 쓸쓸한 꼬마 마녀.

"그녀는……."

세계 최고의 아카데미인 이디아니움을 차석으로 졸업한 학자, 그토록 귀하다는 이명을 가진 마녀, 붉은 늑대 기사인 빅터 에일의 하나뿐인 여동생, 크리스 반 듀벨이 기꺼이 친구라고 부르는 사람.

그녀에 대한 객관적인 정보라면 눈을 감고도 줄줄 읊을 수 있었다.

하지만 알렉스가 지금 이 순간, 저스틴에게 물은 건 그런 종류의 것이 아니었다.

한동안 생각에 잠겨 있던 저스틴이 천천히 고개를 저었다.

"모르겠습니다."

"모르겠다니?"

"말 그대로입니다. 그녀는 수수께끼 같은 여자입니다."

베시 에일은 다른 사람은 전혀 신경 쓰지 않다는 것처럼 굴면서도 결국은 어려움에 처한 사람은 그냥 보아 넘기지 못했다. 그러니 귀족들에게 둘러싸였던 꽃 파는 소녀를 지나치지 못한 것이고, 제 지갑을 훔치려던 고아 소년을 자신의 까마귀로 삼은 것이다.

하지만 타인에게는 그렇게 기꺼이 도움을 주려고 하면서도 정작 그녀 본인은 남의 도움을 받는 걸 극도로 꺼려하였다. 자신에게 다가오는 사람을 모두 밀어내려는 것처럼.

저스틴은 턱을 괴었다. 숲처럼 깊고 그윽한 그의 눈동자에 베시의 뒷모습이 얼핏 어렸다가 사라졌다.

그가 이제까지 겪은 베시 에일은, 좀처럼 옆을 허락하지 않는 사람이었다. 그래서 나는 이토록 당신이 신경 쓰이는 걸까. 알렉스에게는 차마 할 수 없는 말을 속으로 중얼거리며 저스틴은 담담하게 말을 이었다.

"다만 이 제국에서 누군가에게 해를 끼칠 사람이 아닌 건 분명합니다."

"그럼 신경 쓸 필요가 없겠구나."

알렉스가 한시름을 덜어 놓았다는 얼굴로 고개를 끄덕였다. 최근 정기 회의에서 꾸준히 '마녀'에 대한 이야기가 나오고 있었기에 그 는 적잖이 골머리를 앓고 있는 상황이었다.

몇몇 과격한 귀족들은 불길한 마녀를 공직에 앉은 황태자의 경솔함을 비난하며 이미 오래전에 사라진 마녀 차별법을 다시 부활시키자는 말마저 꺼내고 있었다.

누구보다 사랑하는 아내와 믿고 아끼는 막내 동생마저 이렇게까지 말하는 걸 보면 베시 에일이라는 그 마녀는 정말 위험인물이 아니리라. 그렇게 결론 내린 알렉스는 한숨을 쉬었다.

공적인 걱정은 한결 덜었으나 아직 사적인 문제가 남아 있었다.

"그런데 너는 그 마녀가 참 많이 신경이 쓰이는 모양이구나, 저스틴."

알렉스의 시선이 산처럼 수북히 책이 쌓인 책장 위로 향하였다. 그는 기본적으로 다른 사람 일에 별로 관심이 없는 제 막냇동생이 스스로 무언가에 대해 알기 위해 책을 들춰 보는 이 현상이 썩 정상적인 것은 아니라 판단하였다.

혹시나 저스틴이 마녀에게 무슨 영향이라도 받아 온 것은 아닐까.

아무리 아내와 동생이 편을 드는 상대라 하더라도 자신의 눈으로 직접 살핀 사람이 아닌 이상, 방심할 수는 없다.

알렉스가 그렇게 생각하던 찰나였다.

"네, 형님. 저는……."

골똘히 생각에 잠겨 있던 저스틴이 천천히 입을 열었다.

"그녀가 신경이 쓰입니다."

베시를 보고 있으면 웃고 있는 얼굴이 보고 싶다고 생각하고, 그녀가 옆에 있으면 좀 더 오래 함께 있고 싶다고 생각하였다.

그녀가 곤경에 처하면 돕고 싶다고 생각하고, 그녀가 누구보다도 자신을 먼저 의지해 주었으면 좋겠다.

자신도 모르게 손을 뻗어 그녀를 만지게 되고, 만지게 되면 욕심이 생겼다. 더 만지고 싶다는.

분명 이런 감정을, 이런 기분을 한 글자로 나타내는 단어가 있었던 것 같다. 안개 속에서 희미한 빛줄기를 찾은 것처럼 저스틴의 가슴 속이 크게 울렸다. 조금만 더— 조금만 더 생각하면 이 감정에 대해 알 수 있을 것만 같은데.

"……흐음, 신경이 쓰인다, 라. 그거 정말 별일이구나. '일'이 아니라면 그 어떤 것에도 신경을 쓰지 않았던 네가 신경이 쓰이는 '마녀'라니."

알렉스의 목소리가 전에 없던 기색을 띠고 있었다. 마치 베시를 탐탁지 않게 여기는 것 같은 목소리였다. 그것을 깨달은 저스틴은 퍼뜩 정신을 차리고 큰형을 보았다. 하지만 알렉스는 늘 그랬던 것처럼 속내를 알 수 없는, 웃는 얼굴을 하고 있었다.

그의 큰형님은 그 황태자조차 속내를 읽기 어렵다고 혀를 내두르는 노련한 귀족이었다. 그런 그의 의중을 짐작하는 것은 결코 쉬운 일이 아니었다.

"……이제까지 제 주변에서 본 적이 없는 사람이란 그런 것이라 생각합니다."

"그래. 그런 거면 좋겠구나."

어째서 그런 말을 하시는 거냐고 대꾸하려던 저스틴은 말을 입안으로 삼켰다. 보통 사람은 마녀와 얽히는 것을 좋지 않게 생각했고, 그것은 알렉스 역시 예외는 아니었다.

'큰형님 역시 베시를 만나본다면 생각이 달라지시겠지.'

지금은 물고 늘어질 문제가 아니었다.

"그래서 형님은 무슨 말씀을 하시려고 여기까지 찾아오신 겁니까?"

괜스레 갑갑해진 분위기를 떨쳐 버리기 위해 저스틴은 억지로 화제를 돌렸다.

"설마 하니 제가 어울리지도 않게 독서라는 걸 한다고 놀리려 귀한 걸음을 하신 건 아닐 테고."

"하하. 할 말은 무슨. 그냥 오랜만에 내 자랑스러운 동생과 정다운 대화 좀 나누려고 내 너를 찾은 것이지."

부드럽게 웃는 알렉스의 얼굴은 얼핏 보면 정말 오랜만에 동생과 대화를 나누고 싶어 방을 찾은 형의 얼굴 같았다.

어째서 정치가는 모두 이렇게 성가신 화법을 쓰는 걸까. 뿌리부터 기사인 저스틴은 조금 진절머리를 내며 고개를 절레절레 저었다.

정말 이런 시답잖은 대화를 나누고 싶었을 뿐이라면 굳이 자신의 방을 찾을 필요가 없었을 터였다. 식당에서 식사를 하면서라도 충분히 나눌 수 있을 테니까.

저스틴이 계속 의구심 가득한 눈으로 알렉스를 보자 알렉스는 어깨를 으쓱하였다.

"아니, 정말 별건 아니고 말이다. 그냥 묻고 싶은 게 하나 있어서 말이다."

역시나. 본론은 이거로군. 저스틴은 알았으니 어서 말해 보라는 의미로 고개를 끄덕였다.

"혹시 말이다. 최근에…… 라이넬 경, 아니 이제 경은 아니군. 하얀 사자 기사였던 라이넬과 연락을 취한 적이 있느냐?"

"라이넬과 말입니까? 없습니다."

저스틴은 고개를 저었다. 라이넬 블랙. 그는 분명 반년 전까지는 하얀 사자 기사단의 일원으로 저스틴의 동료였던 사내였다.

하얀 사자 기사단과 은빛 매 기사단이 동네 시정잡배처럼 추한 난투극을 벌였던 사건의 중심인물. 오로지 혼자 모든 책임을 뒤집어쓰고 기사 해임을 당했던 이가 바로 그였다.

출신이 평민이라는 이유 하나만으로.

저스틴은 그와 각별한 친구 사이였지만, 그가 수도를 떠난 이후로는 아직 연락을 주고받은 적이 없었다. 거기에는 여러 가지 이유가 있었지만, 제일 큰 이유는 자신과 연락을 주고받으면서 라이넬이 혹시 모를 위험에 처할 우려가 있다 판단했기 때문이었다.

조금 더 시간이 지나면 라이넬의 행방을 알아보리라 생각하고 있던 저스틴은 슬그머니 미간을 찌푸렸다. 무언가 안 좋은 예감이 들었다.

"라이넬은 아마 국경 근처를 떠돌고 있을 거라고 생각합니다. 수도를 떠나던 날 밤, 저에게 그렇게 말했습니다."

"……국경, 근처라."

"무슨 일 때문에 그러시는 겁니까? 혹시 무언가 라이넬에게 안 좋은 일이 생기기라도 한 겁니까?"

저스틴이 걱정스러움을 감추지 않고 묻자, 알렉스는 자신의 눈썹 사이를 가볍게 문질렀다. 그리고 한층 낮아진 목소리로 답했다.

"이번 독살 사건의 배후가 라이넬인 것 같다는 밀고가 들어왔다."

"……큰형님. 그게 무슨 말씀이십니까? 라이넬 경, 아니. 라이넬이 배후라니요?"

심각한 사태가 벌어졌음을 깨달은 저스틴의 목소리 역시 낮아졌다. 알렉스는 무거운 얼굴을 한 채 팔짱을 꼈다. 저스틴은 초조한 마음을 억누르고 물었다.

"대체 어떤 한가해 빠진, 정신 나간 인간이 무엇을 근거로 그딴 헛소리를 지껄였습니까?"

저스틴의 입에서 조금 거친 말이 튀어나왔지만, 알렉스는 동생의 무례를 지적하지 않았다. 어차피 제 말을 순순히 들을 동생이 아니었다. 그는 그저 저스틴이 다른 공개된 자리에서 이런 실수를 하지 않으면 좋겠다고 생각하며 말을 이었다.

"두 번째 보조의가 실종되기 몇 시간 전, 그 근처에서 라이넬과 비슷한 모습을 보았다는 증언이 있었다."

그 말을 들은 저스틴이 눈썹을 꿈틀거렸다.

독살 사건도, 두 번째 보조의의 실종도 벌써 몇 주도 더 된 일이었다. 그런데 당시의 목격담이 왜 하필 이제 와서 밝혀졌단 말인가. 분명 무언가가 이상했다.

"형님. 지금 그를 의심하시는 겁니까? 형님도 아시겠지만 라이넬은 진정한 기사였습니다. 어느 인간쓰레기들과 달리 그는 결코 그런 비열한 짓을 할 자가 아닙니다."

라이넬은 저스틴과 입단 동기이며 좋은 호적수였다. 그들은 같은 전장을 누비며 전우애를 다졌고, 신분과 상관없이 우정을 나누었다.

누구보다 가까웠던 동료이자 라이벌이었던 친구가 범죄자로 의심을 받고 있다. 자연스럽게 저스틴의 목소리가 거칠어졌다. 알렉스는 그런 저스틴을 이해한다는 것처럼 고개를 끄덕였다.

"물론 나도 그의 인품을 안다. 하지만 문제는 상당히 그럴싸하게 정황이 맞아떨어진다는 거다. 라이넬에게는 아무런 알리바이가 없지만, 라이넬과 비슷한 외양을 가진 자를 보았다는 목격자가 두 명이나 있더구나."

"……신뢰할 수 있는 정보입니까?"

저스틴의 질문에 알렉스는 깊게 숨을 들이 내쉬었다. 그는 아무 대답도 하지 않았지만, 저스틴은 알렉스가 말하고 싶은 바를 알아차렸다.

"은빛 매 기사단 쪽과 관련이 있는 사람들의 증언이로군요."

알렉스는 피식 웃으며 고개를 끄덕였다.

"평민 출신의 하얀 사자 기사가 해임당한 후, 제국에 대한 반발심을 갖고 반역 행위를 저지른다. 충분히 사람들이 납득할 만한 시나리오긴 하겠지. 은빛 매 기사단이나 몇몇 귀족들에게는 아주 입맛에 맞는 상황이기도 하고."

"하지만 그는 분명 수도에 없을 겁니다. 이곳에 있지도 않은 자가 그런 짓을 벌일 수 있을 리가—"

"독약은 아무나 먹일 수 있는 게 아니더냐. 설령 라이넬이 제 손을 쓰지 않았다 하더라도 누군가를 시켜 독을 푸는 정도야 가능하겠지."

저스틴은 황성에서 조용히 벌어졌던 소동을 떠올리고 입을 꾹 다물었다.

크리스가 베시에게 얼버무렸던 암살 사건에서 사실 독에 당할 뻔한 건 황태자도, 황제도 아닌 제1황자 안델이었다.

독살 시도가 벌어진 것은 첫 번째 보조의가 실종된 후, 그러니까 두 번째 보조의가 막 채용되었던 무렵이었다.

그때 안델 황자는 정찬(正餐)에서 나온 포도주를 먹고 쓰러졌고, 조사 결과 그의 포도주에 독이 들어 있다는 것이 밝혀졌다.

심지어 그 독이 구하기도 어렵고, 사용하는 자조차 드문 구울의 눈물이라는 것도.

다행히 크리스가 온 나라 안에 있던 로젠베리로도 모자라, 나라 밖의 로젠베리까지 모조리 긁어모은 덕에 안델 황자는 무사할 수 있었다.

하지만 그사이, 가장 유력한 범인으로 의심받던 두 번째 보조의가 행방을 감추고 말았다. 범인을 놓친 데다가 부친 때처럼 또 다시 독살 사건이 벌어지다니. 이것이 공표되면 반 듀벨 황가의 위엄이 추락하리라 여긴 니콜라스 황제는 결코 이 일이 국민에게 알려지지 않도록 하라고 지시하였다.

결국 황가에서는 독살 사건의 범인을 찾기 위해 최대한 조심스럽게 조사를 이어 나가고 있었다.

"다른 귀족들은 틀림없이 그렇게 주장할 거다. 그리고 어떻게든 라이넬에게 죄를 뒤집어씌워서 하얀 사자 기사단 전체를 반역 집단으로 끌고 가려고 할 테지."

그놈의 더러운 권모술수. 알렉스는 본인도 정치에 몸을 담고 있는 주제에 정치가의 추잡한 속성에 대해 욕을 하며 쯧쯧 혀를 찼다.

저스틴은 아무 대답도 하지 않은 채, 한동안 침묵을 지켰다.

마음 같아서는 당장 귀족들의 정기 회의에 쳐들어가서 난동을 피우고 싶었지만, 그게 이 상황에서 전혀 도움이 되지 않는다는 건 그도 잘 알고 있었다.

라이넬과 관련된 일로 감정적으로 행동해서 근신 처분을 받은 건 그에게는 나름대로 좋은 교훈이었다.

어느 정도 선까지 자신의 행동이 황제에게 용납될 수 있는지를 알 수 있는.

한참 생각에 잠겨있던 저스틴이 입을 열었다.

"이 일을 아는 건 현재 누구입니까?"

"크리스 황태자 전하와 하얀 사자 기사단의 단장과 부단장.

다른 귀족이나 장관 중에서도 아는 자는 몇 없을 거다.”

“전하께서는 어떻게 움직이시겠다고 하셨습니까?”

크리스가 이미 알고 있다면 이 일과 관련한 무언가 대책을 마련하고 있을 것이다. 그렇게 생각한 저스틴의 질문에 알렉스는 살짝 곤란한 얼굴을 하였다.

“그게 말이다. 전하께서는 그저 지켜만 보고 계실 거라고 하시더구나.”

“……네?”

“이 성안에 낀 먹구름은 ‘폭풍’이 다 휩쓸어 줄 거라고 하시면서.”

폭풍. 아마 빅터가 들었다면 그것이 무엇을 의미하는 것인지 알고 사색이 되었으리라. 하지만 저스틴도 알렉스도, 크리스의 의중을 파악하지 못하여 의아한 얼굴을 할 따름이었다.

“사실 그래서 전하께서 ‘마녀’를 이 제국으로 불러들이셨던 게 어쩌면 요새 벌어지는 사건들을 해결하시기 위함이 아닌가 했는데…… 설마 도서관의 관장직으로 임명하실 줄은 몰랐다. 아니, 물론 마녀를 도서관의 관장도 상징적인 의미에서는 나쁘지 않은 선택이긴 하지만.”

그래도 그 엄청난 마녀를 어렵게 수도까지 데려온 이상, 더욱 적절한 쓰임새가 있지 않겠는가. 만일 알렉스가 크리스의 입장이었다면 베시를 아주 유용하게 이용하려 들었을 것이다.

물론 그것은 그가 베시 에일이라는 마녀가 어떤 상대인지를 모르기에 하는 어리석은 생각이었지만.

"그분이 그녀를 대체 무슨 생각으로 이곳으로 부르신 건지를 모르겠구나."

알렉스가 한숨을 쉬었다. 앞으로 이 나라의 황제, 자신이 모시는 주군이 될지도 모르는 사람이 그에게는 너무 어려웠다.

현재 진행형으로 벌어지고 있는 골치 아픈 일들 앞에서도 태연자약하게 행동하는 그 배짱은 대단하였지만, 가신 된 자의 입장에서는 복장이 터지기도 하였다.

"혹시라도 정말 그 마녀에게 유별한 감정이 있으신 건 아니시겠지."

알렉스는 마른세수를 하며 머리를 쥐어 싸맸다. 안 그래도 요새 성안에서 최근 질척하게 떠도는 소문 중 하나는 치마 두른 생명체라면 가리지 않고 희롱하는 황태자가 자기만큼 못된 마녀에게 단단히 홀려 그녀를 성안으로 끌어들였다는 내용이었다.

"제 생각은 다릅니다. 전하는 절대 베시와 그런 관계가 아닙니다."

아주 강한 어조로 저스틴이 알렉스의 말을 부정하였다. 고개를 숙이고 있던 알렉스가 부스스 고개를 들어 올렸다.

"어째서 그렇게 생각하는 거냐?"

아무 이유도 없이 허튼소리를 할 동생이 아니었기에 알렉스가 귀를 세웠다.

"관장님은 전하가 단순히 아카데미에서 선후배 사이로 만났던 친구라 하였습니다."

사실 친구라고 말한 적은 없지만, 원활한 대화의 흐름을 위하여 저스틴은 몇 가지 표현을 적당히 위조하였다.

"그러니까 전하는 베시를 이런 일에까지 끌어들이지는 않을 겁니다."

비록 크리스는 베시에게 조부가 남긴 4권에 대한 책을 조사해 달라고 부탁하였으나 그것은 엄밀히 말하면 크리스의 개인적인 부탁이었다.

정치 싸움과는 관련이 없는, 어디까지나 크리스 반 듀벨의 부탁.

무엇보다 베시를 바라보는 크리스의 눈에서는 언제나 애정과 신뢰가 느껴졌다.

황태자가 이제까지 다른 여인들을 대하던 눈과 베시를 대하던 눈빛은 분명 달랐다. 그러니까 분명 크리스에게 베시는 특별한 상대이리라. 그 마음의 무게가 어느 정도일지까지는 짐작할 수 없다.

그래도 저스틴을 붙여 감시라는 명목하에 보호까지 하려고 한 걸 보면 분명 가벼운 그런 종류의 호의는 아니리라.

그렇게 생각하니 어째서인지 저스틴의 명치가 턱 조였다. 생전 처음 겪는 불쾌함에 저스틴이 얼굴을 찌푸렸다.

'역시 빨리 칼을 찾아가야겠군.'

그가 그렇게 생각하는 사이, 알렉스가 물결이 이는 것 같은 잔잔한 웃음을 터트렸다. 그 소리에 놀라 고개를 드니 알렉스가 저스틴이 귀여워 죽겠다는 표정을 하고 있었다. 어릴 때 이후로, 참으로 오랜만에 보는 얼굴이었다.

"하하. 저스틴. 아무래도 너는 전하를 오해하고 있구나."

"네? 그게 무슨……."

"정말 그녀가 전하의 친구라면 그분은 반드시 친구를 '이용'하실 거다. 그분은 그런 분이 아니더냐. 애초에 이곳에 불러온 시점에서 그분은 이미 그 마녀를 이 일에 끌어들이신 게고."

알렉스의 말은 분명 앞뒤가 맞았다. 아무리 크리스가 베시에게 저스틴을 붙여 비밀 경호를 지시했다고 하더라도 이 수도에 그녀를 데려온 시점에 위험은 이미 예고된 것이었다.

"하지만 전하께서 관장님을 위험한 일에 빠트리려고 하실 리가 없습니다, 왜냐하면—"

급하게 말을 이어나가던 저스틴이 멈칫하였다. 알렉스가 의아하다는 얼굴로 뒷말을 재촉하였다.

"왜냐하면?"

"……왜냐하면."

전하는 베시를 좋아하니까.

뒷말을 입속으로 집어삼킨 저스틴은 적잖이 충격을 받았다.

—좋아하니까 위험에 빠트리지 않을 것이다?

지극히 당연하고 단순한 사실이었다.

그러나 그것이 지금 이 순간, 저스틴의 마음에 거친 파도처럼

와 닮았다.

누군가의 시간과 감정을 독점하고 싶어 하는 마음. 누군가가 위험에 빠지지 않길 바라는 마음, 누군가를 지켜주고 싶어 하는 마음.

그 마음의 이유는 분명 '좋아하니까.'

그럼 설마 자신이 베시에게 느끼는 감정 역시—

제 생각이 도달한 결론에 놀란 저스틴이 얼굴을 굳혔다. 아니, 설마. 그럴 리가. 내가 그녀에게 그런 감정이라니. 말도 안 된다는 생각에 제 생각을 부정하자 자신의 또 다른 목소리가 물어온다.

'그렇다면 대체 이 감정은 무엇이라 불러야 하지?'

제 감정이 물어오는 소리에 아무 대답을 할 수 없었다. 입술을 꾹 깨문 저스틴은 그저 이 문제를 섣불리 판단하면 안된다고 생각하였다.

무엇보다 지금은 이런 일에 신경을 쓸 때가 아니었다. 자신의 친우가 누명을 뒤집어쓰고, 국적이 될 상황인데다가 베시는 크리스의 부탁으로 선대 황제 암살 사건의 단서를 조사하고 있었다. 아무리 명목이 봉사활동이라 하더라도 지금의 그는 베시를 경호하는 임무를 수행 중이었다. 사적인 감정은 최대한 배제해야만 한다. 그것이 옳은 일이었다.

"……저스틴? 무슨 일이냐?"

알렉스가 갑자기 입을 다문 저스틴을 향해 물었다. 하지만 저스틴은 말을 잇지 못한 채, 입을 꾹 다물어 버렸다. 그리고 고개를 저으며 "아무것도, 아닙니다."라며 무언가를 억누르는 것 같은 어조로 대답하였다.

갑자기 이상해진 제 동생을 알렉스는 이상하다는 얼굴로 보았다.

"……제이, 정말 무슨 일이 있는 건 아니냐? 혹시 걱정거리라도 있는 거라면—"

"아닙니다, 형님. 걱정을 끼쳐드려 죄송합니다."

고개를 가볍게 흔든 저스틴이 어느새 평소처럼 무뚝뚝한 얼굴로 입을 열었다.

"어쨌거나 전하와 관장님 일은 큰 형님께서 생각하시는 대로 흘러가지는 않을 겁니다. 그녀는 설령 전하께서 관장님을 이용하려고 해도, 그렇게 쉽게 이용당할 여성이 아닙니다."

저스틴의 말에 알렉스는 묘한 얼굴을 하였다. 그러나 더 이상 그렇게 생각하는 이유에 대해 캐묻지 않았다. 은밀하게 도서관의 새로운 관장에 대해 조사를 해봐야겠다고 생각하며.

똑똑. 문을 두들기는 소리와 함께 나이 지긋한 집사가 저녁 식사 준비가 다 되었음을 알려왔다.

"하아. 벌써 시간이 이렇게 되었군. 골치 아픈 문제는 나중에 다시 이야기를 나누자꾸나."

알렉스의 말에 저스틴은 고개를 끄덕였다.

"먼저 가십시오, 형님. 저도 곧바로 식당으로 가겠습니다."

먼저 알렉스를 방 밖으로 내보낸 저스틴은 크고 무겁게 한숨을 내쉬었다. 하지만 아무리 깊게 숨을 내쉬어도 가슴속에 고인 무거운 기분이 사라지지는 않았다.

그는 아직 미처 읽지 못한 책들이 놓여 있는 책장 위로 손을 올렸다. 다시 한 번 그의 눈을 사로잡은 것은 그림책이었다.

이런 책을 읽을 나이는 이미 한참 지났다고 생각하면서도 그 책이 자꾸 마음에 밟혔다.

그림 속의 꼬마 마녀는 파란 하늘 같은 눈동자를 지닌 붉은 머리의 꼬마 숙녀였다. 그것을 보고 있자니 자연스레 그녀의 이름을 부르고 싶어졌다.

"베시, 베시 에일."

마치 혀끝으로 굴리는 것처럼 저스틴이 그녀의 이름을 내뱉었다. 그는 지금 지독하게 그녀가 보고 싶었다.

* * *

도서관 공사 이후, 정리 작업이 어느 정도 일단락되었다.

관장실이나 휴게공간에 아직 부족한 것이 몇 가지 있었지만, 그건 차차 채워나가면 되는 것들이었다.

소파나 테이블 장식 같은 건 일반적인 공산품을 구입하는 것보다는 골동품 매장을 뒤지는 게 훨씬 낫다고 생각했기에 베시는 매장에서 카탈로그를 전부 받아 왔다.

그중에서 가격과 상태를 고려하여 필요한 것들 위주로 가구를 주문할 생각이었다. 그밖에도 미리 주문해 두었던 서적들도 이틀 안으로 전부 배달이 된다는 소식까지 전해 듣고 나니 마음이 턱 놓였다.

당장 시급한 문제들을 해결한 베시는 이제 자신에게 닥친 중요한 문제를 해결해야겠다고 생각하였다.

그 중요한 일이란 다름 아닌 마녀다워지기였다.

저스틴과 이네딧 부인이 자신의 아이덴티티를 부정한 이후, 그녀는 은근 몸 매무새에 신경을 쓰게 되었다.

이네딧 부인이 말했던 마녀다운 마녀의 모습은 검은 원피스, 빨간 손톱, 빨간 입술이었지만 유감스럽게도 베시가 당장 실천할 수 있는 건 빨간 입술 정도였다.

예전에 친구에게 받았던, 적어도 몇 년은 지난 게 분명한 립스틱을 찾아든 베시는 신이 나서 그것을 입술에 치덕치덕 바르고 절망하였다. 그녀의 원래 입술 색이 워낙 선명한 붉은 색이었기에 립스틱이 아무런 의미가 없었다.

그럼 어디 매니큐어라도 한 번 발라 보자며 베시는 역시나 몇 년 정도 되어 이제 거의 다 굳은 매니큐어를 손톱에 발라 보았다.

하지만 지나치게 없는 솜씨로 매니큐어를 발라 놓고 나니 도저히 손을 움직일 수가 없었다. 마치 손끝이 피로 물든 것 같은 형상은 제가 보기에도 꽤 끔찍했기에 베시는 얼른 손톱에 끈적

끈적하게 달라붙은 매니큐어를 지워 냈다.

그러니 이제 남은 선택지는 단 하나, 검은 원피스였다.

관장실에서 마지막 남은 서류까지 꼼꼼히 챙겨 본 베시는 자리에서 벌떡 일어섰다.

관장으로서의 업무를 끝냈으니 이제부터 본격적으로 마녀로서의 위엄을 되찾는 작업을 개시할 때였다. 때마침 저스틴은 아침부터 하얀 사자 기사단장의 부름을 받아 도서관을 비운 상태였다. 기회는 이때뿐이라 생각한 그녀는 나는 것처럼 가벼운 발걸음으로 아래층으로 향하였다.

"이네딧 부인!"

"네, 관장님. 무슨 일이신가요?"

사서 휴게실에서 베시를 위해 차를 끓이고 있던 이네딧 부인이 고개를 갸웃하였다.

"제가 옷을 좀 사고 싶은데요, 어느 가게가 괜찮을까요?"

"네엣!? 관장님이 옷을요?"

마치 못 들을 말을 들은 사람처럼 이네딧 부인이 눈을 휘둥그레 떴다. 그녀의 조그만 눈이 베시의 쥐색 코트를 힐끔거렸다.

이네딧 부인 역시 남들처럼 베시에게 도저히 어울리지 않는 이 코트를 벗겨서 쓰레기통에 처박고 싶다는 생각을 늘상 했으나, 베시의 고집이 여간스럽지 않아 진즉 포기한 상태였다. 그런데 베시가 스스로 옷을 사겠다는 말을 꺼내니 놀라울 수밖에 없었다.

"어쩐 일로 옷을 사실 생각을 하셨나요?"

"아, 그게 말이죠. 이제 이 코트로 버티는 건 슬슬 무리겠다 싶어서요. 계절도 바뀔—"

"어머나! 드디어 그 죽은 쥐색 같은 코트를 버리시려는 거군요! 잘 생각하셨어요, 관장님!"

얼굴을 구긴 베시가 우물거렸다.

"……아니, 딱히 버리지는 않을—"

이네딧 부인은 베시의 말은 안중에도 없다는 것처럼 손뼉을 쳤다.

"수도에서 젊은 아가씨들이 옷을 살 때 제일 먼저 달려가는 곳은 에투스 부인의 부티크랍니다. 요새는 새로운 디자인의 드레스가 많이 들어와서 구경하는 재미도 쏠쏠하실 거예요. 얼른 다녀와 보세요."

마치 자신이 쇼핑을 하러 가는 것처럼 이네딧 부인이 한껏 들떠 있었다. 베시는 그런 이네딧 부인에게 '나는 이 코트를 죽어도 버릴 생각이 없으며, 지금 사러 가는 건 날 마녀답게 만들어 줄 검은 원피스다.'라는 말을 차마 할 수 없었다.

"그, 래요. 알겠어요. 고마워요, 이네딧 부인. 다녀올게요."

베시가 허허 힘없이 웃으며 대답하자 이네딧 부인이 얼른 말을 덧붙였다.

"마침 잘되었네요, 관장님. 그럼 기왕 간 김에 도서관 재개장식 때 입을 정복도 좀 구매하시는 게 어떠시겠어요?"

"도서관 재개장식이요? 그때는 그냥 이렇게 입어도 되지 않을까요?"

베시가 코트 자락을 펄럭이며 묻자 이네딧 부인이 기겁을 하였다.

"그게 무슨 말씀이세요, 관장님! 재개장식 날에는 여러 귀족 분들과 고위 공무원들을 초대하실 예정이시라면서요! 그런 자리에 어떻게 그 옷차림으로 나가실 생각을 하실 수 있나요?"

평소 같으면 부드러우면서도 조곤조곤 베시를 야단치던 이네딧 부인이었건만, 이번만큼은 제법 목소리를 크게 내서 그녀를 꾸짖었다.

베시는 고개를 숙여 제 코트를 내려다보았다. 이 옷이 뭔가 문제라도 있나? 비록 색이 칙칙하긴 하나, 어디 하나 해진 곳 없는 깔끔한 옷이었다.

물론 이런 코트를 입고 귀족의 티 파티에 갈 수는 없으니 하이네 공작 부인의 티 파티에는 다른 코트를 입고 가기도 했다. 하지만 그건 어디까지나 의상에 민감한 귀족 아가씨들이 모이는 자리이기에 나름 신경을 썼던 것뿐이었다.

아무리 생각해도 공무원이나 남성 귀족들이 주로 오는 재개장식에서까지 옷에 힘을 줄 필요가 있을까 싶었다.

"평소에 입고 다니는 제 옷이 그렇게 별로예요?"

베시가 입을 부루퉁하게 내밀자, 이네딧 부인은 애잔한 얼굴을 하였다. 마치 그걸 정말 몰라서 묻는 거냐는 얼굴로.

"이 코트 되게 비싼 거란 말이에요, 이네딧 부인! 이게 어떤 물건이냐 하면 말이죠—"

"관장님. 비싸다고 무조건 다 좋은 건 아니랍니다. 자고로 의복은 가격과 상관없이 자신에게 어울리는 것이 제일 좋은 것인지요. 그리고 그런 점으로 미루어 보면 관장님이 즐겨 입으시는 그 코트는 좀……."

이네딧 부인이 말끝을 흐렸다. 그 뒷말이 어떻게 이어질지는 안 봐도 뻔했기에 베시는 시무룩하게 고개를 숙였다. 아무래도 검은 원피스 말고도 새 옷을 몇 벌 구매해야 할 모양이었다.

"……다녀올게요. 간 김에 다른 들를 곳도 있으니까 아예 밖에서 퇴근할게요. 부인도 정시 퇴근하세요."

"네, 다녀오— 아!"

웃는 얼굴로 베시를 배웅하려던 이네딧 부인이 갑자기 짧은 소리를 흘렸다.

"관장님! 저스틴 경에게는 외출한다고 말씀 안 하셔도 되나요? 요즘은 관장님이 외출하실 때 계속 저스틴 경이 동행하시는 것 같던데."

베시는 이네딧 부인에게 어떤 일이 있었는지 상세히 밝힌 적이 한 번도 없었다.

자신이 마차 사고를 당할 뻔했던 일이며 랜돌프 노튼과 신경전을 벌였던 일까지 모두. 그녀는 강한 것 같으면서도 사실은 섬세한 이 부인의 마음을 불편하게 만들고 싶지 않았다. 하지만 이네딧 부인은 주변의 공기에서 무언가를 감지한 것 같았다.

저스틴이 유독 베시의 곁을 지키려고 하는 이유를.

그래서인지 부인 역시 전보다 더욱 베시의 안전을 신경 쓰고는 하였다.

"오늘은 저스틴 경이 늦게 나오신다고 한 날이라 아직—"

"아, 괜찮아요! 위험한 곳 가는 것도 아닌데요, 뭐."

베시는 저스틴 앞에 마녀다운 모습으로 나타나는 자신을 상상하며 고개를 저었다. 딱히 나쁜 짓을 하는 건 아니었지만, 저스틴 몰래 준비를 마친 뒤 그의 앞에 짠 나타나고 싶었다. 그리고 그의 입에서 기어코 마녀답다는 인정을 받아 낼 작정이었다.

"그리고 대로를 따라서 번화가로 다녀올 거니까 별일도 없을 거고요."

최근에는 별다른 문제가 없었으니 딱히 걱정할 것도 없으리라. 여차하면 호신용으로 소지하고 있는 마법을 쓰는 방법도 있고.

베시는 주머니 한 쪽을 툭툭 두들겼다. '작성 끝'이라는 한마디면 발동할 마법이 적힌 쪽지가 어림잡아도 다섯 장은 들어 있었다.

"하지만, 그래도……."

"괜찮다니까요! 아, 그리고 있죠, 부인. 저스틴 군에게는 제가 옷 사러 갔다는 말은 안 하셔도 괜찮아요. 알았죠?"

그 말에 이네딧 부인이 얼굴을 살짝 찌푸리며 고개를 갸웃하였다.

"그러니까 저스틴 경에게는 관장님이 옷을 사러 가는 걸 비밀로 하고 싶으시다는 건가요?"

"그…… 렇게 거창한 건 아니지만, 어쨌든 말하지는 말아 주세요!"

그게 그 말이 아니던가. 부인이 기가 막힌다는 동시에 이해할 수 없다는 얼굴로 베시를 보자, 그것을 깨달은 베시가 입술을 오물거렸다.

"좀 멋쩍어서요. 저스틴 군이 알면 근무 시간에 뭐하는 거냐고 잔소리를 할 것 같기도 하고, 내가 옷 같은 거 사러 가면 갑자기 무슨 바람이 분 거냐고 놀릴 것 같기도 하고."

그럴싸하게 둘러댄다고 끄집어 낸 말은 어쩐지 변명 같았다. 그래도 앞뒤가 제법 맞는 말이었던지라 이네딧 부인이 이해했다는 것처럼 고개를 끄덕였다.

"관장님 뜻이 정 그러시다면 어쩔 수 없죠. 알겠습니다. 그럼 조심해서 다녀오세요."

"고마워요, 이네딧 부인. 그럼 내일 봐요."

베시는 환하게 웃는 얼굴로 이네딧 부인에게 손을 흔들어 보였다. 가벼운 발걸음으로 도서관 정문을 향해 총총 걸어 나가던 베시의 등 뒤로 부인의 목소리가 들려왔다.

"관상님."

"네?"

또 무슨 일인가 싶어 고개를 돌려보니 이네딧 부인이 인자하게, 그러나 어딘지 모르게 위압감이 넘치는 모습으로 웃고 있었다.

"회색 옷은 절대 안 됩니다."

* * *

"그럼 이만 가보겠습니다."

하얀 사자 기사단의 단장실 앞. 인사를 마치고 나온 저스틴이 한숨을 쉬었다.

급하게 호출을 받아 와보니 자신이 쉬는 동안 쌓여있던 서류에 대한 번거로운 확인 작업이 저를 기다리고 있었다. 자의가 아니라 타의로 일을 쉬었던 그로서는 억울할 따름이었다.

'간만에 서류 작업을 하니 좀이 쑤시군.'

마음 같아서는 훈련장에 들러 가볍게 다른 기사들과 검을 나누고 싶었다. 몸을 움직이면 복잡했던 머릿속도 차분해지니까. 하지만 그러기에는 도서관이, 아니 정확히는 그곳에 있는 붉은 머리의 마녀가 너무나도 신경이 쓰였다. 얼핏 시간을 가늠해보니 그녀라면 지금쯤이면 관장실에서 열심히 서류들과 씨름하고 있을 때였다.

훈련장으로 향하는 복도를 힐끔거리던 저스틴은 결국 성 밖으로 나가는 길을 향해 걸음을 돌렸다. 그가 몇 걸음을 채 옮기지 않았을 때, 뒤에서 왁자지껄한 소리가 들려왔다.

"어, 부단장님!"

반갑게 저를 부르는 소리에 반사적으로 고개를 돌리니 뒤에서 달려오는 하얀 사자 기사가 여러 명 보였다.

작년에 입단하여 아직 젊은 나이임에도 우수한 실력을 보이는 로빈, 그리고 같은 전쟁터에서 등을 맞대고 적진을 돌파했던 댄, 저스틴의 훈련에 곧잘 앓는 소리를 하면서도 연습은 빠지지 않는 제임스. 그 외에도 몇 명이 더 뒤에서 저스틴을 향해 고개를 숙여왔다. 모두 저를 잘 따르는 자들이었다.

"로빈, 댄, 제임스."

저스틴이 그들의 이름을 하나하나 불러주자 기사들의 얼굴에 환해졌다.

"정직 처분이 이제 해제되신 겁니까?!"

로빈의 물음에 저스틴이 고개를 저었다. 기사들이 조금 실망어린 눈을 하였다. 한숨을 푹 쉰 제임스가 딴에는 저스틴의 편을 들기 위해 입을 열었다.

"크리스 전하께서도 너무하시는군요. 도서관 같은 지루한 곳에서 봉사활동을 하고 있는데, 조금 정도는 기간을 줄여주셔도 되지 않겠습니까?"

딱히 지금 상황에 불만이 없는 저스틴은 한쪽 눈썹을 까닥거리며 입을 열었다.

"다른 것도 아니고 봉사활동 처분이니 주어진 기간은 성실히 지켜야 하지 않겠나."

"그래도……."

제임스가 다른 기사들에게 동의를 구하는 것처럼 고개를 돌리자 댄이 입을 열었다.

"부단장 님께서는 괜찮으십니까? 들리는 소문에 의하면 도서관의 새로운 관장이 마녀라던데."

이미 성 밖까지 파다한 소문을 몇 개 늘어놓으며 댄이 걱정스럽게 저스틴을 보았다. 부하들의 걱정이 진심이라는 것을 알고 있는 저스틴은 픽 웃었다.

"걱정할 거 없다. 너희들이 들은 소문은 진실보다는 거짓이 더 많을 테니까."

"그럼 부단장 님. 마녀가 랜돌프 노튼 경한테 단단히 창피를 주었다는 건 진짜입니까?"

호기심을 억누르지 못하는 제임스가 눈을 반짝 빛내며 질문을 던졌다. 로빈 역시 궁금했다는 얼굴로 고개를 쑥 빼들었다.

"제가 듣기로는 황태자 전하와 각별한 사이라던데, 그건 어떻습니까?"

다른 어린 기사도 대화에 끼어들었다.

"앗, 난 그 마녀가 마법으로 크리스 전하를 홀려버렸다는 말도 들었는데."

"듣자하니 생긴 게 엄청 촌스럽다면서? 옷도 완전 이상하게 입고다닌다던데."

"나이가 올해로 아흔인데, 마법으로 나이를 감추고 있다는 말도……."

"……."

곳곳에서 터무니없는 중상모략이 터져 나오자 저스틴의 표정이 차갑게 굳었다. 하지만 그것은 순간에 불과하였다.

"쓸데없는 소문에 그렇게 열을 내는 걸 보니 아무래도 요새 내가 없어서 많이 살 만한가 보군."

서늘한 미소를 지은 저스틴이 훈련장으로 향하는 복도를 가리켰다.

"오랜만에 다들 얼마나 실력이 늘어나 점검하지. 가서 준비들 하도록."

"허억—!"

"헉!"

복도에 있던 하얀 사자 기사들의 얼굴이 새파랗게 질려버렸다.

"부단장 님, 그건 좀 봐주십시오. 저희 이제 막 훈련을 끝내고 오는 길—"

기사 한 명이 용기를 내서 나섰건만, 저스틴은 긴말을 하지 않겠다는 것처럼 손가락을 튕겼다. 앞장서서 나선 기사가 조용히 뒤로 물러섰다. 이럴 때는 군말 없이 지시에 따르는 것이 상책이라는 걸 모두 잘 알고 있었다.

하얀 사자 기사들이 터덜터덜 걸음을 옮겨 다시 훈련장으로 향하자, 복도에는 저스틴과 댄만이 남았다.

"댄."

자네는 왜 가지 않느냐는 꾸중 대신 저스틴이 조용히 물었다.

"새로운 정보는?"

각 기사단에는 '정보원'이라 불리며 정보 수집을 주력으로 하는 기사가 한 명씩 있기 마련이었다. 하얀 사자 기사단에서는 댄이 그 역할을 맡고 있었다. 주변을 한 번 살핀 댄은 소리를 낮추어 입을 열었다.

"실종되었던 보조의들이 사체로 발견되었습니다."

"위치는?"

"마이카 국경 근처입니다."

국경이라니. 하필 라이넬이 배회하고 있는 지역이 아닌가. 저스틴은 라이넬이 더더욱 의심을 벗어나기 힘든 상황이 되었다는 걸 깨달았다.

"라이넬에게 연락은 없었나?"

"지금으로서는― 아마 국경 근처에 빌헬름 단장이 있기에 섣불리 연락을 취하기는 어려운 게 아닌가 싶습니다."

아. 그러고 보면 국경에는 빌헬름도 있었군. 지금 상황에서 라이넬과 섣불리 연락을 주고받다가는 하얀 사자 기사단의 몰락을 바라는 이들에게 좋은 꼬투리만 제공할 터였다. 고개를 끄덕인 저스틴은 다른 정보를 물었다.

"국경의 상황은 어떤가?"

"바마로 족이 서서히 후퇴하고 있다는 소식입니다. 머지않아 빌헬름 단장은 수도로 귀환할 것이라 생각합니다."

"국경을 위협하는 요소가 사라졌다니, 다행이군."

지금 상황에서는 유일하게 반가운 소식이었다. 저스틴은 팔짱을 끼고 가만히 생각에 잠겼다.

안헬 왕자 독살 미수 당일, 라이넬을 목격했다는 증언. 그리고 라이넬이 머무르고 있는 국경에서 발견된 보조의 사체. 속속 발견되는 정황은 전부 그에게 불리한 것뿐이었다. 누군가가 의도적으로 라이넬에게 죄를 덮어씌우려고 하는 게 분명했다.

반드시 범인을 잡아야 한다고 생각한 저스틴이 낮은 목소리로 입을 열었다.

"댄. 라이넬과 접촉하도록. 절대로 다른 사람 눈에 띄지 않게."

"알겠습니다, 부단장님."

고개를 꾸벅 숙인 댄이 복도 반대편으로 모습을 감추려고 하였다. 그러나 그런 그를 붙잡는 손길이 있었다.

"어딜 가나, 댄? 훈련장은 이쪽이 아니라 저쪽이잖나."

저스틴의 말에 댄이 얼떨떨한 얼굴을 하였다.

"네? 저도 훈련……에 동참하는 겁니까?"

지금부터 전 부단장님이 시키신 일을 해야 하니 좀 봐달라는 것처럼 댄이 울상을 지었다. 그러나 하얀 사자 기사단의 부단장은 그런 애원이 통할 상대가 아니었다.

"지금 뭐라고 했나, 댄 경?"

어디 다시 한 번 말해보라는 듯이 저스틴이 눈썹을 까닥거렸다. 봐달라는 말을 한 번 했다가는 오늘 제일 길게 저스틴의 훈련 지도에 시달릴 기사는 바로 제가 될 판이었다. 댄은 얼른 몸을 돌려 훈련장으로 향하였다.

하얀 사자 기사들의 평온을 위해 피도 눈물도 없는 부단장이 조금 더 도서관에 머무는 것도 괜찮을 거라 중얼거리며.

*　　*　　*

부하들과 즐거운 시간을 만끽하고 나서니 어느새 시간대가 느지막한 오후 무렵이었다. 부랴부랴 도서관에 도착한 저스틴은 무언가 불길한 기분을 느꼈다.

이유는 알 수 없었다. 하지만 불길하였다.

평소에는 은빛 매 기사 몇 명이 어슬렁거리며 잡일을 하느라 소란스러웠을 로비가 조용한 것이 특히 불안하였다.

그는 우선 늘 그랬던 것처럼 관장실을 찾았다.

오늘도 평소처럼 베시가 짜증 가득한 얼굴로 책상 위 서류들과 씨름을 하고 있을 거라고 예상하며.

똑똑. 정확하게 두 번 노크를 하였지만 안에서는 아무 소리가 들리지 않았다. 심지어 인기척조차 느껴지지 않았다.

저스틴이 1층에서부터 느꼈던 불안감이 최고조에 달하는 순간이었다.

안에 베시가 없다.

그렇게 확신한 저스틴은 관장실 문을 벌컥 열었다. 그리고 그의 생각대로 텅 빈 관장실을 보고 당황하였다.

아무리 관장실 안을 살펴봐도 베시는커녕 베시의 흔적조차 보이지 않았다.

어제 퇴근할 때까지만 해도 그녀와는 평소처럼 인사를 나누고 헤어졌었다. '잘 가요, 저스틴 군. 내일 봐요.' 만일 오늘 도서관에 나오지 않을 예정이었다면 그녀가 그런 인사를 했을 리가 없었다.

게다가 분명 오늘은 봐 두어야 할 서류가 많아 일찍 관장실에 나오겠다고 말한 그녀였다.

그런데도 텅 비어 있는 주인 없는 관장실의 모습이 저스틴을 반기니, 당혹스러울 수밖에 없었다.

'설마, 베시에게 무슨 일이라도 생긴 건 아니겠지? 아니, 어쩌면 휴게실에 있거나 다른 열람실에 있을 가능성도 있군. 일단 찾아봐야겠어.'

답지 않게 허둥거리며 저스틴은 베시를 찾기 위해 부리나케 움직이려고 하였다. 하지만 등 뒤에서 들리는 부드러운 이네딧 부인의 목소리에 멈추고 말았다.

"어머나. 저스틴 경. 이제 나오셨네요."

긴장감 없는 부인의 그 목소리에 저스틴은 저도 모르게 힘이 조금 풀리는 것을 느꼈다.

"부인, 안녕하십니까."

저스틴은 그녀를 향해 가볍게 묵례를 한 뒤, 급한 어조로 베시의 행방을 물었다. 그러자 이네딧 부인이 약간 짓궂은 미소를 지으며 입을 열었다.

"음, 관장님이 어딜 가신지는 알긴 하는데 말씀 드리기가 좀……."

평소와는 다른 부인의 태도에 저스틴은 얼굴을 찌푸렸다. 이네딧 부인은 언제나 저스틴이 무엇을 묻건 간에 성심성의껏 답해 주는 다정한 사람이었다. 그런 그녀가 지금처럼 심술을 부리는 걸, 저스틴은 본 적이 없었다.

"어째서입니까?"

설마 혼자 위험한 곳에 가기라도 한 건 아니겠지. 초조함에 저스틴이 한쪽 주먹을 꾹 쥐었다. 이네딧 부인은 그것도 모른 채, 여전히 느긋하기만 하였다.

"관장님께서 저스틴 군에게는 꼭 비밀로 해 달라고 하고 나가셔서요."

나한테 비밀로 하라고 했다고? 저스틴은 재빠르게 머리를 굴렸다. 베시가 자신에게 비밀로 하고 외출을 할 이유가 있을까? 무언가를 감추고 싶어서? 하지만 무엇을?

이거다 싶을 정도로 명확하게 떠오르는 이유는 없었다. 그렇기에 저스틴은 그냥 생각나는 대로 아무 말이나 내뱉어 보았다.

"혹시 크리스 전하께서 베시를 찾아오셨습니까?"

떠오른 말을 아무렇게나 뱉은 것치고는 지나치게 복잡한 감정이 얽힌 질문이었지만, 이네딧 부인은 그 속사정까지는 알지 못했다.

그저 저스틴의 질문이 참 엉뚱하다며 호호 웃을 뿐.

"황태자 전하가요? 아니요, 그런 건 아니랍니다."

웃음을 멈춘 후, 이네딧 부인은 사실을 알려 주었다.

"실은 관장님은 부티크에 가신다고 나가셨어요. 다른 볼일도 있으셔서 아예 밖에서 퇴근하신다던데요."

만일 이 자리에 베시가 있었다면 너무나 쉽게 자신의 당부를 저버린 이네딧 부인에게 너무한다고 투덜거릴 게 분명했다. 하지만 이네딧 부인은 손녀 같은 베시에게 약한 것처럼, 저스틴에게도 약하였다.

"부티크라고요?"

베시와 어울리지 않는 장소가 튀어나오자 저도 모르게 저스틴은 고개를 갸웃하고 말았다.

"별일이시죠? 관장님은 그 나이대 여성치고는 그런 것에 조금도 관심이 없어 보이셨는데. 뭐, 그래도 슬슬 날도 더워지고 하니 언제까지고 그 옷차림을 고수하실 수는 없겠죠."

"그거야 그렇기는 하지만……."

그래도 무언가 석연치는 않았다.

'그 베시 에일이 쇼핑을 하러 부티크로 갔다고?'

저스틴은 미간 사이에 잔뜩 주름을 잡았다. 베시가 하도 사건 사고에 잘 휘말리기 때문일까. 이제는 그녀가 보이지 않기만 해도 자신이 모르는 사이에 무슨 일이 벌어지고 있는 게 아닌가 하는 의심부터 들었다.

"그리고 제가 기왕이면 도서관 재개장식 때 입으실 정복도 좀 장만하시라고 했어요. 그런 자리에서 늘 입고 다니시는 블라우스나 코트를 입으시는 건 좀……."

이네딧 부인은 베시가 늘 입고 다니는 옷을 떠올려보았다.

수수해도 이렇게 수수할 수가 없는 쥐색 코트와 그냥 하얗다는 것 외에는 아무 특징이 없는 투박한 블라우스, 때가 안 타는 것 외에는 특별한 장점이 없어 보이는 검은 면바지. 그리고 하나로 질끈 동여 묶은 붉은 머리카락.

베시가 평소에 선보이는 패션은 수수해도 너무 수수한 나머지 오히려 이색적으로 보일 정도였다.

이미 결혼 적령기를 놓친 베시를 염려하며 이네딧 부인은 한숨을 푹 내쉬었다.

"관장님은 피부가 참 하얗고 고우시니까 좀 더 산뜻한 옷도 어울리실 텐데 말이죠. 머리카락도 그냥 그렇게 묶지 말고, 조금 더 보기 좋게 손질을 하시면 좋을 텐데."

"지금도 딱히 보기 불편하지는 않습니다."

저스틴은 저도 모르게 진지하게 반박하였다. 그 촌스러운 안경은 좀 거슬리기는 하지만, 옷차림 그 자체는 그렇게 나쁘지 않다.

그는 요즘 베시의 죽은 쥐색 같은 코트도 그렇게 나쁘지는 않다는 생각을 하고는 하였다. 다른 사람이 입었다면 오히려 더 칙칙했을 그 옷이 그나마 베시의 새하얀 피부며 눈부신 머리칼 덕에 괜찮아 보였으니까.

물론 보통 사람들이 그것을 콩깍지라 부른다는 걸, 저스틴은 깨닫지 못했다.

"그야 물론 지금도 그렇게 보기 흉한, 그런 모습인 건 아니죠. 옷도 단정하고, 머리를 묶은 모양새도 단정하니까요."

이네딧 부인은 남자들은 뭘 모른다니까, 라고 말하는 것처럼 고개를 절레절레 저었다.

"하지만 여기서 조금이라도 치장을 한다면 정말 아름다워지실걸요? 게다가 사랑에라도 빠지시면 그야말로 만개한 꽃이 될 거예요. 사랑을 하는 사람은 누구나 아름다워지는 법이거든요."

그날이 참 기대된다고 말하면서 눈을 반짝이는 이네딧 부인은 즐거워 보였다. 그 나잇대 부인들이 어린 숙녀의 아름다운 모습을 보며 대리만족을 느끼는 것처럼, 이네딧 부인 역시 아름답게 꾸민 베시를 상상하며 은근한 기쁨을 느끼는 게 분명하였다.

"사랑……."

하지만 저스틴은 이네딧 부인과는 대조적으로 얼굴이 굳어지고 말았다.

사랑…… 베시가 사랑…… 사랑에 빠진 베시?

그는 그 모습이 쉽사리 상상이 가지 않을 뿐만 아니라 기분이 매우 불쾌해지고 말았다.

그는 이네딧 부인의 말처럼 아름답게 꾸민 채, 누군가의 손을 잡고 있는 베시의 모습을 떠올렸다. 그 '누군가'의 얼굴이 크리스의 얼굴로 변하는 순간, 저스틴의 불쾌함은 최고조에 달하고 말았다.

그는 자신의 가슴 한구석을 손바닥으로 슬슬 문질렀다.

어젯밤, 큰형님과 대화를 나누며 느꼈던 그 통증과 불안이 다시금 그의 가슴속을 채웠다.

자신이 베시에 대해 느끼는 감정의 이름.

그는 분명 어젯밤, 생각했다.

황성에서 벌어지는 여러 일들이 해결되기 전까지는, 제가 요새 느끼는 이 애매모호한 감정에 대한 결론을 보류하자고. 그것은 아직도 유효한 결심이었다.

'아직은, 안 돼. 조금만 더 시간을. 적어도 라이넬의 누명이 벗겨지기 전까지는 다른 일에 신경을 써선 안 돼.'

그렇게 애써 들끓는 가슴을 진정시키는 저스틴의 모습을 본 이네딧 부인이 걱정스레 물었다.

"어머, 저스틴 경. 왜 그러시나요? 어디 불편하세요?"

저스틴은 천천히 고개를 저었다. 머릿속에 무거운 공기처럼 고인 생각을 털어 내려는 것처럼.

"아무것도 아닙니다. 혹시 관장님께서 나가실 때 다른 말씀은 안 하셨습니까?"
"네? 다른 말씀은…… 음, 없는 것 같아요."
"그럼 베시가 간다고 했던 부티크는 어디 있는 어떤 가게입니까?"
"에투스의 부티크라는 가게로 가셨을 거예요. 제가 거길 추천해 드렸거든요."
에투스의 부티크. 묘하게 익숙한 그 이름을 중얼거리던 저스틴은, 그곳이 수도 다스티에서 가장 유명한 옷 가게의 이름이라는 것을 깨달았다.
최신 패션이며 유행에 상당히 둔한 저스틴이었지만, 하이네 공작 부인을 따라 몇 번 가 본 적이 있는 가게였기에 그는 곧 그곳이 어디인지를 알 수 있었다. 그리고 동시에 그곳이 온갖 소문이 퍼지는 소문의 중심지라는 것도 떠올렸다.
역시나 무언가 석연치 않은 기분이 들었다.
"혹시 그곳, 꽤 유명한 가게입니까?"
"에투스 부인의 부티크요? 그럼요! 유명하다마다요. 그곳을 운영하는 미스 에투스가 외국에서 디자인 공부를 하고 와서 옷이 전부 세련되고 예쁘답니다. 세레니티 백작가의 영애분도 가끔 마차를 타고 와서 주문을 넣으신다는 말이 있을 정도인 걸요. 수도에 있는 관장님 또래의 여성이라면 누구나 그곳에서 옷을 사고 싶어 한답니다."
그 이야기를 듣는 순간, 저스틴은 확신에 찬 목소리로 중얼거렸다.

"아직 포기를 안 한 거군."

"네? 저스틴 경, 방금 뭐라고 하셨나요?"

이네딧 부인의 물음에 저스틴은 아무 대꾸를 하지 않았다.

그의 머릿속에서는 어느새 베시가 아직도 저스틴의 이름을 이용하여 도서관을 선전하려고 한다는 것이 기정사실이 되어 있었다.

"부인. 만일 이 도서관을 귀족 부인들이 방문한다면 사람들의 반응이 어떠리라 생각하십니까?"

혼자 생각에 잠겨 있던 저스틴의 질문에 이네딧 부인은 어리둥절한 얼굴을 하면서도 순순히 대답해 주었다.

"어머, 귀부인들이 이 도서관을요? 그럼 당연히 서민들도 이 도서관을 찾겠죠. 경도 아시겠지만, 저 같은 서민들은 아무래도 귀족분들에 대한 동경이 강하니까요."

역시나. 이네딧 부인의 말대로 귀부인들이 국립도서관을 찾는다면, 귀족을 동경하는 서민층을 도서관으로 끌어들이기도 쉬우리라.

자신이 완전히 헛다리를 짚었다는 걸 모른 채, 저스틴은 한숨을 푹 내쉬었다.

사실 베시가 자신이 도서관에 있다는 소문을 내는 건 아무래도 좋았다. 그녀가 자신을 이용하는 것도 별 상관은 없었다.

다른 사람이 그런 잔꾀를 부렸다면 심히 불쾌했겠지만— 아니, 매우 처절하게 상대를 응징했겠지만, 그 상대가 베시라면 사실 딱히 상관없었다.

그녀 한에서는 그는 꽤 관대해지고는 하였으니까.

하지만 언제 위험이 닥칠지 모르는 이 상황에서 혼자 외출이라니. 경솔해도 너무 경솔하지 않은가.

저스틴은 애타는 걱정 반, 조용한 분노 반의 마음을 담아 이네딧 부인에게 말했다.

"이네딧 부인, 관장님을 모시러 가 보겠습니다."

"어머머. 저스틴 경도 참, 관장님이 어린애도 아니고. 알아서 볼일 보고 귀가하실 텐데, 뭐하러……."

"제가 걱정이 되어서 그렇습니다. 그럼 실례하겠습니다."

그 말을 끝으로 저스틴은 그대로 계단을 내려가서 1층으로 사라졌다. 어울리지 않게 서두르는 그 뒷모습을 멍하니 보고 있던 이네딧 부인은 고개를 절레절레 저으면서 중얼거렸다.

"아휴, 참. 가만 보면 저스틴 경도 참 걱정이 과하다니까."

저스틴의 그 과한 걱정이 베시 에일 한정이라는 걸 모른 채, 이네딧 부인은 작게 웃었다.

* * *

'회색 옷은 절대 안 됩니다.'

도서관에서 이네딧 부인이 신신당부했던 말을 떠올리며 베시는 속으로 중얼거렸다.

부인, 걱정 안 해도 될 걸 그러셨네요. 여기는 회색 옷은커녕 회색 천쪼가리도 안보여요.

여기를 보면 휘황, 저기를 보면 찬란.

여성의 마음을 단숨에 사로잡는 형형색색의 옷과 반짝이는 장신구가 가득 놓여 있는 공간. '더욱 아름답고, 그리고 더욱 아름답게.'라는 푯말이 멋들어지게 가게 벽면을 자랑하고 있는 곳.

그곳은 바로 베이론 제국에서 가장 세련되고 멋진 패션 리더들만이 즐겨 찾을 수 있는 고급 부티크, 에투스 부인의 가게였다.

진열대에 놓여 있는 악세사리며 마네킹에 걸려 있는 옷들은 모두 올 봄에 수도에서 크게 유행하는 것들뿐이었다. 심지어 벽에 걸려 있는 그림은 모두 해외에서 유행하는 최신 드레스 디자인을 그려놓은 것들이었다.

그중에는 벨루가 왕국의 여왕이 즐겨 입는다는 보석 드레스의 그림도 있었다. 바닥에 살짝 끌리는 길이의 블루 쉬폰 원단에 약 300여 개의 다이아몬드를 박아 넣은 그 드레스는 아름답고 화려했으며 치장하기 좋아하는 숙녀들의 허영심을 충분히 충족시켜 줄 만했다.

물론 드레스 그림을 보며 황홀한 시선을 보내던 대다수의 손님은 그 밑에 붙어 있는 가격표를 보고 우울한 얼굴로 뒤로 물러섰다.

어쩌다가 벨루가 여왕의 드레스를 주문하는 이가 등장이라도 하면 모두들 그 사람을 두고 저 사람은 어느 남작 가의 영애라느니, 돈 많은 상단의 외동딸이라느니 쑥덕거리느라 정신이 없었다.

사실 여왕의 드레스뿐만이 아니라 가게 안에 있는 대부분의 드레스는 눈알이 툭 튀어나올 정도로 어마어마한 가격대였다. 그나마 세일 중인 옷들은 가격이 좀 저렴하였기에 주머니 사정이 썩 좋지 않은 손님은 모두 세일 상품에 득달같이 달려들고는 하였다.

에투스의 부티크는 어딜 보건 분명 많은 여성이 얼굴을 붉히며 기뻐할 꿈의 공간이었다.

하지만 그런 공간에서 단 한 명.

오로지 베시만이 아주 무심하고 심드렁한 얼굴로 주변을 둘러보고 있었다.

점원은 그런 베시를 향해 당황스럽다는 얼굴로 조심스레 입을 열었다.

"저, 손님…… 뭔가, 필요하신 게……."

있어서 오신 건 맞죠? 차마 그렇게 말을 끝맺지 못한 점원은 헛기침을 두어 번 하였다. 아무리 봐도 눈앞에 있는 손님이 옷이나 장신구를 사러 온 사람으로는 보이지 않기 때문이었다.

다만 오랜 옷 가게 점원의 경험으로 그녀는 베시가 입고 있는 낡은 코트나 신고 있는 부츠가 모두 최고급품이라는 것을 알아차렸다.

원래 이런 손님은 물건을 살 때 비싼 걸 한 방에 사는 법이지. 그렇게 생각한 점원은 조심스러운 태도로 말했다.

"—있다면 불러 주세요."

그렇게 말한 점원은 고개를 한 번 꾸벅 숙인 후, 뒤로 물러섰다.

베시는 그런 점원을 힐끔 보고 팔짱을 꼈다. 겉으로 보기에는 여전히 시큰둥해 보이는 얼굴이었지만, 사실 그녀는 내심 감탄하고 있었다.

이런 가게의 수준은 크게 세 개를 보면 알 수 있었다.

방문하는 손님의 수준, 취급하는 의상의 퀄리티, 그리고 손님을 접대하는 점원의 행동.

일반적으로 베시 같은 차림새의 여성이 이런 고급 부티크에 혼자 들어서면 푸대접을 받기 일쑤였다. 하지만 이곳의 점원은 베시에게도 정중한 태도를 잃지 않았다.

그것만 보더라도 이 가게가 얼마나 격이 있는 곳인지가 증명되는 셈이었다. 역시 이네딧 부인이 추천할 만한 좋은 가게이다 싶었다.

기분이 좋아진 베시는 그대로 물러나려는 점원을 불렀다.

"저기요, 잠시만요. 옷을 좀 사려고 하는데, 혹시 검은 원피스는 어떤 게 있나 좀 볼 수 있을까요?"

"검은 원피스요?"

베시의 갑작스러운 말에 점원이 놀란 얼굴을 하였다. 겨울이면 몰라도 이맘때 검은 원피스를 찾는 사람은 거의 없었다. 보통 산뜻한 색상의 옷을 찾기 마련이니까.

"네, 검은 원피스. 기왕이면 마녀가 입을 것 같은 그런 느낌이 물씬 나는 옷이면 좋겠네요."

매우 진지한 얼굴로 베시가 한 주문에 점원이 눈을 깜박거렸다. 어리둥절한 그 얼굴에 자신의 설명이 부족하다 느낀 베시가 얼른 말을 덧붙였다.

"빨간 립스틱을 안 바르고, 빨간 매니큐어를 안 칠해도 마녀처럼 보이는 그런 옷 말이에요."

뭐지, 이 손님은 머리가 좀 이상한 사람인 걸까. 분명 베시는 필사적으로 설명을 하고 있건만, 그녀가 원하는 바는 조금도 점원에게 전해지지 않았다. 큰 혼란을 느낀 점원은 혼신의 힘을 다해 표정을 관리해야만 했다.

"저, 손님. 그러니까 마녀가 입을 것 같은 느낌의 옷이라 하시면, 대체……."

점원이 조심조심 꺼낸 말에 베시가 스르르 팔짱을 풀었다.

"음, 그러니까— 그건 저도 잘 모르겠어요."

"……."

"제가 사실 옷에 대해서는 잘 몰라서요. 디자인이나 다른 건 아무래도 상관없어요. 하지만 보는 순간 '마녀다!'라는 생각이

들 것 같은 그런 옷으로 찾아봐 주세요."

아니, 그러니까 그게 대체 어떤 옷이란 말인가. 점원은 이 가게에서 일한 지 6년이 넘은 베테랑이었지만, 이번 주문은 이제까지 그녀가 들어본 그 어떤 것보다도 난해한 요청이었다.

"가격은 얼마여도 상관없으니까 잘 부탁드려요."

베시의 거듭된 요청에 점원은 그녀가 진심으로 검은 원피스를 찾고 있다는 걸 깨달았다.

마녀가 입을 법한 검은 원피스를 찾는 젊은 여자 손님이라니. 대체 이 손님의 정체가 뭘까. 혹시 어느 무대에서 마녀 연기를 해야 하는 신인 여배우인 건가. 점원은 머릿속에서 떠오른 여러 복잡한 생각을 한 구석에 미뤄둔 채, 공손히 고개를 숙였다.

"죄송합니다. 손님. 일단 검은 원피스가 유행 상품이 아니라 꺼내둔 것이 없네요. 들어가서 이월 상품 중에 원하시는 것과 비슷한 것이 있는지 한 번 찾아볼까요?"

"네, 그래 주세요. 그사이 다른 옷도 좀 보고 있을 생각이니까요."

베시가 한 말에 점원은 안도의 한숨을 내쉬었다. 마녀가 입을 법한 검은 원피스 외에도 다른 옷을 본다는 걸 보면 아무래도 이상한 손님은 아닌 모양이었다. 역시 아직 이름 없는 신인 여배우인 게 틀림없다며 점원은 의욕을 불태웠다.

이 아가씨가 훌륭히 무대에 설 수 있도록 정말 그럴싸한 옷을 찾아내고야 말겠다는 엉뚱한 방향으로.

"그럼 잠시만 기다려 주십시오."

점원이 문 너머로 사라진 후, 베시는 느긋하게 진열장이며 전시대를 살펴보기 시작하였다.

진열대에는 여러 색상의 손수건이 가지런히 진열되어 있었다. 그중에는 예쁜 꽃이나 나비가 수놓아져 있는 손수건도 있었다.

옷을 고르려고 했다는 것은 까맣게 잊은 채, 베시는 아기자기한 손수건을 살펴보는 재미에 푹 빠지고 말았다. 자신이 들고 다니는 수건이야 없는 솜씨로 만든 투박한 무명 손수건—

그러고 보니 그게 요새 안 보이던데, 어딜 갔지?

자신이 그 수건을 저스틴에게 빌려주었다는 걸 까먹은 채, 베시는 고개를 갸웃하였다.

곧 그녀의 눈에 장미 꽃 레이스로 장식된 예쁜 연분홍빛 손수건이 들어왔다. 참 예쁘다 싶었지만, 쉽게 손이 가질 않았다. 자신보다는 가녀리고 어여쁜 귀족 영애들에게나 어울릴 법한 물건이다 싶었으니.

에이, 예쁜 손수건이 다 뭐람. 픽 웃은 뒤, 그 앞을 떠나려던 베시는 멈칫하였다. 그녀의 눈에 작은 노란 꽃이 수놓아진 손수건이 들어왔다.

베시는 기사들이 이런 손수건을 가지고 다닌다는 걸 떠올렸다.

기사라. 어째서인지 순간적으로 저스틴의 얼굴이 스쳐 지나갔다. 하지만 곧 그런 자신에게 화들짝 놀랐다. 자신이 지금 대체 무슨 생각을 한 건지 알 수가 없었다. 저스틴이라면 이미 충분히 좋은 손수건을 많이 선물 받아 가지고 다닐 게 분명했다.

'그 사람은 딱히 손수건 같은 거 필요 없겠지?'

괜히 가슴 한구석이 철렁하고, 온몸에서 힘이 주르륵 빠지는 기분이었다. 손수건을 한동안 바라보던 베시는 제 생각을 털어내려는 것처럼 고개를 절레절레 저었다. 왜 그 남자 생각을 했담. 선물을 줄 거면 오빠한테나 줘야지.

프리지아처럼 샛노란 색의 손수건을 집어든 베시가 그것을 요리조리 살피며 중얼거렸다.

"이거, 괜찮겠네."

가끔은 크리스 같은 망할 상사 밑에서 일하는 가여운 오빠에게 이런 거라도 선물이라도 해 볼까. 크리스 같은 놈이랑 허구한 날 붙어 있으려니 얼마나 괴롭겠어. 쯧쯧, 가여운 오빠.

빅터가 들었으면 울면서 '시한폭탄 같은 동생을 둔 게 더 괴롭다'고 항의했을 게 분명했지만, 베시가 그런 빅터의 마음을 헤아릴 리 없었다.

오빠에게 선물할 손수건을 집어든 베시는 주변을 둘러보았다. 손수건에서 시선을 조금 돌리니 스카프가 걸려 있는 행거가 보였다. 그중에서 이네딧 부인에게 어울리겠다 싶은 게 있었기에 베시는 얼른 그쪽으로 다가갔다.

제 옷을 사러 왔다는 명목은 새카맣게 잊은 지 오래였다. 누군가에게 선물을 준다는 순수한 기쁨에 들뜬 그녀는 신이 나서 가게 안을 이리저리 돌아다녔다.

결국 이네딧 부인에게 줄 스카프와 작은 브로치까지 고른 베시가 그제야 제 옷이라도 좀 봐야겠다며 원피스와 코트가 걸려 있는 곳으로 발걸음을 옮길 때였다.

화려한 드레스 앞에 옹기종기 모여선 채, 수군거리는 아가씨들의 목소리가 들려왔다. 가게 안에서 가장 비싸 보이는 모자를 쓰고 있는 걸로 보아서는 신분이 상당한 여성들임이 틀림없었다.

그녀들은 그리 크지는 않지만, 그렇다고 해서 작지도 않은 목소리로 여러 가지 소문을 떠들어 댔다.

어느 집의 자제와 어느 집 여식이 만나고 있느니 없느니. 대부분은 베시의 관심을 끌지 못하는 시시한 가십거리뿐이었다.

하지만 베시를 제외한 다른 이들은 모두 그녀들이 나누는 대화에 관심을 기울이고 있었다.

'그러고 보니 여기가 수도에서 제일 소문이 빨리 팔린다는 가게 중 하나였네.'

언젠가 에릭이 뽑아 준 가게 목록 중 이 가게의 이름이 있다는 걸 그제야 떠올리며 베시가 고개를 끄덕이는 찰나.

"그러고 보니 그 이야기 들으셨어요?"

"무슨 이야기요?"

"전 황제 폐하이셨던 슐레이 폐하가 세우셨던 도서관 말이에요."

뜻밖에도 그녀들은 도서관에 대한 이야기를 시작하였다.

"폐관했던 그 도서관이 다시 문을 연다면서요?"

아니, 폐관한 적은 없는데요. 폐관 직전이었던 것뿐이지. 베시는 속으로 딴지를 걸며 귀를 쫑긋 세웠다.

"어머머. 그래요? 그래도 어차피 그곳을 갈 사람은 별로 없을 텐데, 다시 문을 여는 게 의미가 있겠어요?"

"듣자 하니 황태자 전하께서 외국에 있는 어느 마녀를 데려와서 관장으로 임명하셨대요."

"아, 저도 그건 들었어요. 대체 전하께서 무슨 생각이신 건지 모르겠어요. 하필 마녀라니. 그 마녀가 하이네 공작 부인의 티 파티에 참석했다는데, 세레니티 영애가 제법 재미있는 시간을 보냈다고 하더군요. 전 믿을 수가 없네요."

오, 수도에 와서 여러 가지로 활개를 치고 다닌 보람이 좀 있는데? 딱히 칭찬받은 건 없건만, 베시는 조금 뿌듯해졌다.

"세레니티 영애가 그런 말을? 그러고 보니 하이네 공작 부인의 이야기가 나와서 생각난 건데…… 실은 하이네가의 저스틴 경께서 그 도서관에 계시다나 봐요."

"네!? 저스틴 경이? 대체 어째서 도서관 같은 곳에? 도저히 이해할 수가 없네요."

도서관 같은 곳이라니? 아니, 도서관이 대체 어디가 어때서?! 베시는 제가 있는 도서관을 모욕하는 이들에게 버럭 화를 내고 싶었지만 꾹 참았다. 암만 봐도 그녀들이 책과 가까운 생활을 하는 이들로는 보이지 않았으니 저런 반응도 어쩔 수 없다 싶었다.

무엇보다 곰곰이 생각해 보니 하얀 사자 기사단의 부단장인 저스틴이 도서관에 있는 게 이상한 일인 건 맞았으니까.

"그게 말이죠. 얼마 전 있었던 '그 일' 있잖아요. 그 일 때문에 강제로 봉사 활동 처분을 받았다는 것 같아요."

"어머나, 세상에. 가엽기도 해라."

말은 그렇게 하면서도 혀를 끌끌 차는 목소리에는 전혀 동정심이 느껴지지 않았다. 어차피 남의 말을 하는 것이니 당연했다.

그녀들 같은 사람에게 있어서 타인의 불행은 그저 혀끝에서 사르르 녹아 사라지는 맛있는 디저트에 불과했다.

"어쨌든 그래서 도서관에 가면 저스틴 경을 볼 수 있다는 소문이 퍼져서 모두들 난리더라고요."

"지금요?"

"지금은 도서관이 재개장 준비 중이라 안 된다나 봐요. 개장식에 가면 아마 볼 수 있지 않겠어요?"

오호라. 귀를 쫑긋 세우고 있던 베시는 팔짱을 꼈다. 당초 계획은 고위 공무원이나 귀족 몇 명을 초대하고 말 생각이었는데, 저 귀족 아가씨들의 대화를 들어 보니 개장식 때 작은 티 파티를 여는 것도 나쁘지 않겠다 싶었다. 귀족 영애들이 재개장식에 참석해 준다면 그건 그거대로 좋은 선전이 될 테니까.

"저스틴 경은 평소에 파티에도 자주 참석을 안 하니까 그분을 뵐 기회가 좀처럼 없잖아요? 그러니까 가게 된다면 모처럼 저스틴 경을 보고, 잘하면 대화를 나눌 수도 있는 좋은 기회인 거죠."

"어머머. 어쩜. 그렇겠네요."

그녀들은 그 이후로도 개장식 날에는 크리스 전하가 오신다느니 심지어 쌍둥이 황자와 공주 전하도 나타날 것이라는, 베시도 미처 몰랐던 출처 없는 정보를 신나게 늘어놓았다.

어느새 가게 안에 있던 다른 손님들은 모두 숨을 죽이고, 그녀들의 대화에 귀를 기울이고 있었다. 다들 안 그런 척을 하고 있었지만, 베시의 눈에는 그녀들이 눈을 번쩍번쩍 빛내며 귀를 쫑긋 세우고 있는 것이 뻔히 보였다.

곧 그녀들이 나누던 대화가 다른 곳에도 불티나게 퍼질 것이라 생각하며 베시는 속으로 한숨을 쉬었다.

'대체 여자들은 왜 저렇게 소문을 좋아하는 걸까. 아니, 물론 그게 고맙긴 한데…… 정말 여자의 마음을 모르겠단 말이지.'

베시는 마녀 친구들과 모였을 때를 떠올려 보았다.

마녀는 모이면 주로 마법 이야기, 마법 이야기, 마법 이야기 같은 걸 떠들었다.

가끔 드물게 다른 이야기가 화제에 오르기도 했지만, 그것도 끝은 언제나 마법으로 연결되었다. '그래서 그 어린 마녀의 능력은 정신계야? 아니면 물질계야? 그것도 아님 특수계?' 같은 골치 아픈 분석과 토론으로.

기본적으로 마녀라는 존재는 다른 존재에 관심이 많은 편이 아니었다. 그래서 베시는 다른 이의 일에 이렇게 관심을 두고,

신나게 소문을 퍼트리는 사람들의 심리가 마냥 신기하게 느껴졌다.

'다들 진짜 한가한가 봐, 좋겠네.'

베시가 그런 생각을 하며 내심 속으로 한숨을 쉬던 찰나였다.

"듣자 하니 도서관에 무슨 마법을 부려서 기가 막히게 꾸며 놓았다는데, 전 그걸 한 번 보러 가 볼까 싶어요."

또다시 베시에 대한, 아니 정확히는 '마녀'에 대한 이야기가 화젯거리가 되었다.

"하지만 마법같이 정체를 알 수 없는, 기분 나쁜 것은 가까이하지 않는 게 좋지 않을까요? 듣자 하니 마녀들은 모두 악마와 계약을 해서 그런 기괴한 힘을 쓴다는 것 같은데."

대체 어느 시대의 편견이야. 그거 몇십 년은 더 된 낡은 떡밥이거든요, 아가씨. 베시는 그녀들을 향해 혀를 베, 하고 내밀고 싶었다.

마녀로 살아온 지 어언 14년째였지만, 악마는커녕 악마 그림자도 구경한 적 없는 입장에서는 저런 말이 전부 억울할 뿐이었다.

하지만 마녀에 대한 혐오와 공포의 시선이 그리 낯선 것은 아니었다. 때때로 지성의 성전이라 불리는 이디아니움 아카데미에서조차 베시를 두려워하며 멀리하는 이들이 있었으니까.

"어머, 그렇게 생각하니까 정말 끔찍하네요. 사람 눈에 안 띄는 곳에 저들끼리 모여 살면 될 텐데, 왜 굳이 수도까지 나오는 건지 모르겠어요."

이봐요, 우리가 무슨 벌레인 줄 알아요? 그리고 내가 여기 온 건 크리스 때문이라니까? 아까 본인들도 스스로 그 이야기해 놓고 설마 까먹은 거야?

"설마 최근에 국경에 바마로 족이 나타난 것도 마녀 때문인 건 아니겠죠? 그런 거라면 빨리 그 마녀를 내쫓는 것이……."

듣다 보니 점점 더 가관이었다. 베시는 픽 웃으며 속으로 고개를 저었다.

꽤 많은 사람들이 마녀를 만악의 근원인 것처럼 대했다. 이게 일반적인 사람들의 반응이라는 걸, 베시는 알고 있었다. 하이네 공작가의 사람들같이 호의적으로 마녀를 받아들여 주는 사람은 드물었다.

그사이에도 귀족 영애들은 연이어 마녀에 대한 혐오 발언을 쏟아 내고 이었다. 이미 그런 종류의 차별에 둔해진 베시는 그것을 무시하며 그녀들을 지나치려 하였다.

하지만 뜻밖에도 그 대화를 가로막는 차가운 목소리가 들려왔다.

"베시 관장은 당신들이 말하는 것 같은 그런 사람이 아닙니다."

여성만이 가득한 옷 가게에는 도저히 어울리지 않는 남성의 목소리가 가게 입구에서 들려왔다.

매우 낯이 익다 못해 친숙한 목소리에 베시의 고개가 휙 소리를 내며 돌아갔다. 베시뿐만이 아니라 부티크 안에 있던 모든 여성이 입구 앞에 있는 남자를 넋 나간 얼굴로 바라보았다.

"저, 저스틴 하이네 경!?"

어느 노부인을 상대로 접객중이던 점원의 외침대로 그곳에는 저스틴 하이네가 서 있었다.

순식간에 부티크 안이 조용한 혼란에 잠기었다.

어떤 여성은 마치 환상 속의 동물을 보는 것 같은 눈으로 저스틴을 보고 있었고, 또 다른 여성은 손에 쥐고 있던 옷을 저도 모르게 바닥에 내팽개치고 벌어진 입을 가리고 있었다.

모두 생각지도 못한 인물의 등장에 어쩔 줄 몰라했다.

그것은 한참 신나게 있는 말, 없는 말을 떠들던 두 귀족 아가씨도 예외는 아니었다. 그녀들은 눈을 커다랗게 뜬 채, 얼굴을 붉히고 어쩔 줄 몰라 하였다. 좋아하는 건지, 머쓱해하는 건지 알 수 없는 반응이었다.

"저, 저스틴 경이, 어쩐 일로 혼자……!?"

카운터에서 다른 점원들에게 무언가를 지시하던 점원이 허둥지둥하며 저스틴에게 다가갔다. 이 가게에서 가장 오래 일한 베테랑 점원인 그녀는 저스틴을 곧바로 알아보았다. 그가 하이네 공작 부인과 이곳을 찾은 적이 몇 번 있기 때문이었다.

그러나 오늘처럼 그가 혼자 이 가게를 찾은 일은 이제까지 한 번도 없었다.

혼란스러운 와중에도 점원은 은근한 호기심이 꿈틀거리는 걸 느꼈다. 설마 어느 여인에게 선물할 액세서리라도 고르러 온 건 아니겠지? 그럴 리가 없다 생각하면서 점원은 눈을 반짝 빛냈다.

"어, 어서 오십시오, 저스틴 경. 오늘은 무슨 일로 여기까지……."

점원은 최고의 예우를 갖추어 저스틴을 응대하려고 하였다. 하지만 저스틴은 그런 점원을 휙 지나쳤다. 그는 망설임 없는 걸음으로 베시가 있는 근처로 향하였다. 졸지에 저스틴에게 무시당한 채, 입구에 덩그러니 남겨진 점원은 매우 머쓱한 얼굴을 하고 열려 있던 가게 문을 닫았다.

어느새 사람들의 시선이 모두 자연스럽게 저스틴을 따라 움직이고 있었다. 저스틴은 한 걸음, 한 걸음 베시에게 다가오고 있었다.

퍼뜩 그것을 깨달은 베시는 필사적으로 눈빛으로 호소했다.

나 아는 척하지 마! 나 관장이라 부르지 마! 제발 여기서는 참아 줘! 그런 그녀의 신호가 통한 것인지 저스틴은 베시를 힐끔 본 후, 자연스럽게 그녀를 지나쳤다.

그리고 그 옆에 서 있는 두 귀족 영애 중 가장 말이 많았던 아가씨를 향해 입을 열었다.

"무엇보다 국경에서 벌어지는 일은 그녀와 아무 상관이 없습니다. 그러니까 그 말을 당장 정정해 주시죠."

갑작스러운 저스틴의 말에 그 아가씨는 얼이 빠진 얼굴로 눈만 깜박거렸다. 그나마 그 옆에 있던 다른 귀족 영애가 재빨리 정신을 차리더니 약삭빠르게 인사를 건네 왔다.

"어머나, 저스틴 경. 오랜만에 뵙네요. 저는 필드로우가의……."

"네, 안녕하십니까."

히이익. 저 잔인한 남자! 인사도 다 하지 못하게 하고 말을 자르면 어떡해! 베시는 속으로 소리 없는 비명을 질렀다.

모처럼 용기를 내서 저스틴에게 말을 붙여 보려던 필드로우가의 영애는 얼굴을 시뻘겋게 물들이고 뒤로 물러섰다. 그녀가 그러거나 말거나 저스틴은 제 할 말만 하였다.

"여러 분께서 방금 말하던 마녀는 이야기 속에 나오는, 악하게 보이도록 만들어진 마녀의 이미지일 뿐입니다. 실제로 베시 관장은 그런 마녀가 아닙니다. 그리고 그녀가 사용하는 마법 역시 불행을 부르는 불길한 것이 아닙니다."

단숨에 거기까지 말한 저스틴은 잠시 입을 다물었다. 그리고 천천히 숨을 고르듯 다음 말을 내뱉었다.

"그녀의 마법은 다정하고 아름답습니다."

다정하고 아름답다.

자신의 마법을 칭찬하는, 처음 듣는 그 말에 베시는 굳어 버리고 말았다. 그것은 살면서 한 번도 들어 본 적 없는 칭찬이었다.

마녀의 마법은 불길한 것, 혹은 이용 가치가 있는 것.

언제나 그런 말을 들었다. 자신을 이 수도로 불러들인 크리스에게도 베시의 마법은 그저 이용하기 편리한 도구일 터였다. 베시를 아껴주는 오빠 빅터에게도 그녀의 마법은 그리 달가운 게 아닐 게 분명했다. 남매가 떨어지게 된 이유는 결국 베시가 '마녀'이기 때문이니까.

하지만 지금 이 순간, 인정받은 기분이 들었다.

처음으로 베시의 마법이, 아니 베시의 존재 그 자체가 이 세상에 존재해도 된다고.

어째서인지 눈 안쪽이 울컥하였다. 눈을 깜빡이면 물방울이 고일 것 같았기에 베시는 눈에 힘을 주어야만 했다.

"그러니까 지금 당장 방금 한 말을—"

겁먹은 두 귀족 영애를 앞에 둔 채, 말을 이어 나가던 저스틴은 저도 모르게 멈칫하였다. 자신을 향하는 시선을 감지한 그가 고개를 돌리자 평소와는 다른 표정으로 베시가 저스틴을 보고 있었다.

안경알 너머로 보이는 푸른 눈동자가 마치 먹구름이 낀 것처럼 흐렸다. 마치 울음을 참고 있는 것 같은 그 눈동자에 저스틴의 가슴속이 시큰거렸다.

얼마나 상처를 받았기에 강한 이 여자가 이런 눈을 하는 걸까.

베시가 느낀 울컥거림을 단단히 오해한 저스틴의 가슴속에 분노의 불꽃이 화르륵 불타올랐다. 그는 감히 같잖은 말로 베시에게 저런 얼굴을 짓게 한 두 귀족 영애를 노려보았다.

"—사과하십시오."

부티크 안의 공기를 얼어붙게 만드는 목소리에 두 명의 아가씨는 울먹거리기 시작하였다.

훌쩍거리는 울음소리에 베시는 화들짝 놀라 정신을 차렸다. 저스틴이 마치 꽃을 파는 소녀를 몰아붙였던 것처럼 그녀들을 다그치고 있다는 걸 깨달은 베시의 얼굴이 새하얗게 질렸다.

저 남자가 진짜 미쳤나! 암만 생각해도 저스틴의 저러한 태도는 이 상황에 전혀 도움이 되지 않았다. 베시는 어떻게든 저스틴을 말려야겠다는 생각을 하며 앞으로 한 걸음을 내디뎠다. 하지만 지금 자신이 나섰다간 오히려 얼토당토 없는 소문이 만들어질 수도 있다는 걸 깨닫고 주춤하였다.

그사이, 저스틴이 다시 한 번 베시가 있는 쪽을 힐끔거렸다.

눈이 마주친 얼른 베시는 저스틴을 향해 입 모양으로 뜻을 전했다. 당장 그만둬요. 눈썰미가 좋은 저스틴은 단번에 베시의 입 모양을 읽어 냈지만, 오히려 의아하다는 얼굴을 하였다.

대체 자신이 무얼 잘못했냐는 그런 얼굴이었다.

정말 미치겠다며 베시는 입술을 오물거렸다. 마음 같아서는 입을 열어 속 시원하게 그의 경솔함을 짚어 주고 싶었지만, 그럴 수는 없었다.

결국 베시는 제발 저스틴이 제 뜻을 알아주길 바라며 애절한 시선만을 보냈다. 아무래도 좋으니까 제발 이 이상, 여기 분위기 좀 험악하게 만들지 말아 줘.

마침내 그 뜻이 통한 것일까.

저스틴이 흉흉하게 뿜어내던 노기가 눈 녹은 듯 스르르 사라졌다. 만일 기척에 예민한 사람이 있다면 저스틴이 단지 분노를 잘 감추었을 뿐이라는 걸 알아차렸겠지만, 다행스럽게도 부티크 안에는 그런 걸 알아차릴 정도의 실력자가 없었다.

"……제가 흥분해서 숙녀분들을 놀라게 한 것 같군요. 무례를 용서하시길."

저스틴이 정중하게 고개를 숙여 인사를 하자 눈가에 눈물을 달고 있던 아가씨들이 어리둥절한 얼굴을 하였다.

"숙녀분들의 대화에 끼어드는 게 예의가 아니라는 건 알지만, 도저히 그냥 지나칠 수 없는 이야기를 들었기에 본의 아니게 실례를 범했습니다."

아까 전과는 달리 저스틴이 부드러운 어조로 말을 잇자, 그제야 부티크의 공기가 조금 가벼워졌다. 울먹거리던 아가씨들의 얼굴 역시 살짝 밝아졌다. 하지만 그녀들은 여전히 저스틴이 왜 화를 냈는지 모르겠다는 표정이었다. 저스틴은 작게 헛기침을 하였다.

"두 분께서 에일 관장에 대해 잘못된 인식을 가지고 있는 것 같아 저도 모르게 흥분하였습니다. 제가 최근 개인적인 일로 인해 관장과는 교류가 잦은 편이라서."

저스틴이 도서관에서 봉사 활동 중이라는 걸 이미 알고 있는 그녀들은 고개를 끄덕였다.

눈앞의 남자는 평소에도 불의를 못 참는 걸로 유명한 기사였다. 그런 남자가 친분 관계가 있는 사람의 험담을 듣고 화를 내지 않을 리가 없었다. 그제야 자신들의 무엇이 저스틴의 기분을 불쾌하게 만든 것인지 깨달은 귀족 영애들이 조심스럽게 사과의 말을 입에 담았다.

"그랬군요. 저스틴 경. 저희는 그런 것도 모르고……."

"저스틴 경과 친분이 있는 분에 대해 함부로 말하다니, 저희가 큰 결례를 범했네요. 용서해 주시겠어요?"

사실 그녀들이 용서를 구해야 할 대상은 저스틴이 아니라 베시였지만, 두 아가씨에게는 마녀보다도 저스틴 하이네의 화를 푸는 게 더 중요한 문제였다.

"괜찮습니다. 다만 앞으로는 에일 관장에 대해 불확실한 소문은 삼가 주시면 좋을 것 같습니다."

당연히 그러겠다며 아가씨들이 앞다투어 고개를 끄덕였다. 그러자 저스틴이 빙그레 미소를 지었다. 평소에는 그 어디서도 보기 힘들다던 저스틴 하이네의 미소를 마주한 귀족 영애들이 눈을 커다랗게 떴다.

"그, 어, 저, 저스틴 경께서 친분이 있다고 하시니 그 신임 관장님이 어떤 분이실지 참 궁금하네요!"

귀한 것을 보았다는 흥분과 모처럼 저스틴과 말을 나눌 기회를 잡았다는 기쁨에 가득 찬 귀족 아가씨 한 명이 얼른 입을 열었다.

"세레니티 영애가 한 번 뵌 적이 있는데, 참 재미있고 지적인 분이라고 칭찬을……."

저스틴에게 잘 보이려는 것처럼 두 아가씨들이 앞다투어 만난 적도 없는 베시에 대한 칭찬을 쏟아 냈다. 아까 전과는 달라도 너무 다른 태도였다.

베시는 긴장으로 굳어졌던 몸에 힘이 풀리는 것을 느끼며 한숨을 푹 내쉬었다. 이제는 검은 원피스를 찾으러 간다던 점원이 빨리 돌아와 주었으면 하는 마음뿐이었다.

"—에일 관장이 재미있고, 지적이다, 라."

무슨 생각에서인지 저스틴이 베시를 힐끔 보았다. 그와 눈이 마주친 베시는 가슴이 철렁하였다. 저스틴이 입가에 의미심장한 미소를 짓고 있었다. 그것을 보고 있자니 이 남자가 또 무슨 엉뚱한 일을 벌이려는 건가 싶어서 불안했다.

"……어, 혹시 아닌가요? 제가 듣기로는……."

영문을 모르는 귀족 영애들은 조금 전보다 더 심하게 저스틴의 눈치를 보기 시작했다. 저스틴은 여전히 베시 쪽으로 시선을 고정시킨 채, 입을 열었다.

"아니요. 맞습니다. 그녀는 지적이고, 참 재미있는 여성이죠."

베시를 보는 저스틴의 눈이 평소보다 다정하고, 따듯했다. 그 눈빛을 마주하고 있자니 오랜만에 내리쬐는 햇빛을 맞이하는 것처럼 몸이 간질간질하였다.

"에일 관장은 이제까지 제가 만난 그 어떤 여성보다 강하고,

현명한 그런 사람입니다. 저는 그런 그녀를 존경합니다."

무슨 이유에서인지 베시의 귓불이 화끈거렸다. 가게 안의 공기가 갑자기 왜 이렇게 더워졌담. 베시는 손에 들고 있는 물건더미에 얼굴을 파묻고 싶었다.

영문을 모르겠지만, 저스틴이 자신을 칭찬하니 지금 당장 어디로 숨어버리고 싶을 만큼 부끄러운 기분이었다. 저 말이 그저 이 상황에 맞추어 하는 농담 같은 것이라 생각하면서도 저스틴의 목소리가, 그 눈빛이 자꾸 그녀의 가슴을 들뛰게 만들었다.

"동시에 어려운 사람의 곤경을 그냥 보아 넘기지 못할 정도로 상냥하고, 선량하기까지 합니다."

"어머나. 정말 훌륭한 분이시네요."

저스틴의 연이은 칭찬에 귀족 영애들이 한두 마디 말을 더 보탰다. 베시는 이제 그만하면 되었다고 외치고 싶었다.

칭찬받는 것에 좀처럼 익숙하지 않은 그녀에게 이런 분위기는 고문에 가까웠다.

"……제가 만일 기사의 맹세를 해야 한다면 에일 관장 같은 분에게 바치고 싶을 정도로."

아— 맙소사.

기사의 맹세는 그 기사가 가장 존경하는 동시에 소중하게 여기는 상대에게 바치는 맹세였다. 그것을 저스틴이 모를 리 없었고, 귀족 아가씨들이 모를 리가 없었다. 심지어 부티크 안에 있는 다른 손님들도.

그 증거로 사람들이 모두 넋이 나간 얼굴로 저스틴을 바라보고 있었다.

대체 어쩌자고 그런 헛소리를 하는 거야! 베시는 지금이라도 달려가서 저스틴의 멱살을 쥐고 싶었다. 당장 내일부터라도 수도에 떠도는 마녀에 대한 소문 중 '저스틴 하이네를 홀린'이라는 수식어가 붙어도 이상할 게 없었다.

이제는 한계였다.

베시는 싸해진 부티크의 공기에서 도망치려는 것처럼 슬금슬금 뒤로 물러섰다. 그녀가 향하는 곳은 검은 원피스를 찾아오겠다며 기약 없는 여정을 떠난 점원이 사라진, 창고로 향하는 뒷문 쪽이었다.

바늘이 떨어지면 그대로 소리가 들려올 것 같은 부티크를 뒤로하며 베시는 속으로 중얼거렸다.

이건 꿈일 거야, 라고.

*　　*　　*

"아, 어, 그, 그러시군요."

베시가 뒷문으로 사라진 후, 굳어 있던 귀족 영애 중 한 명이 더듬더듬 입을 열었다. 뭐라 해야 할지 모르겠다는 얼굴의 그녀들을 보며 저스틴은 픽 웃었다.

"그 정도로 전 그녀를 존경합니다."

"아, 아! 존경! 그러시군요! 존경의 의미로 기사의 맹세를—"

저스틴이 내뱉은 '존경'이라는 단어에 그제야 얼어붙은 공기가 녹아내렸다. 기사가 맹세를 바치는 상대가 꼭 연모하는 이성뿐인 건 아니었다.

"네, 그러니까 앞으로는 부디 에일 관장에 대한 허튼 소문이 퍼지는 일이 없도록 두 분께서도 신경을 써 주시면 좋겠습니다."

말투는 예의 바르나 그 내용은 말투처럼 부드러운 것이 아니었다. 두 아가씨는 영문 모를 오한을 느끼면서도 고개를 끄덕였다.

"그럼요, 물론이죠."

"앞으로는 그런 말을 하는 사람이 있다면 꼭 잘못을 바로잡아야겠어요."

그녀들이 그럴 일이 절대 없으리라 생각하면서도 저스틴은 웃었다. 어쨌거나 당초의 목적을 달성했으니 더는 의미 없이 시간을 낭비하고 싶지 않았다.

"그렇군요. 그럼 오늘은 실례가 많았습니다. 저는 이만."

일방적으로 인사를 끝낸 저스틴은 자신의 등 뒤로 따라붙는 시선을 무시한 채, 성큼성큼 걸어 나갔다.

물론 그가 향하는 곳은 방금 전, 베시가 사라졌던 뒷문이었다.

조금 빽빽한 문을 여니 안에서 창고 특유의 퀴퀴한 습기가 코를 찔렀다.

"손님, 죄송하지만 조금만 더 기다려 주시겠어요? 저쪽에는 분명 검은 원피스 재고가 있을 거예요."

"괜찮으니까 천천히 찾아 주세요."

익숙하지 않은 목소리와 익숙한 목소리. 저스틴은 목소리가 들리는 방향으로 걸어갔다. 곧 부티크 유니폼을 입은 점원이 무언가를 맹렬히 찾는 모습과 멀뚱히 그 뒤에 서 있는 베시의 뒷모습이 보였다.

그는 사냥에 나선 맹수가 그러하듯 기척을 죽여 슬금슬금 베시에게 다가갔다.

"뭘 하는 겁니까, 베시?"

"꺄악!"

갑자기 귓가에서 들린 나지막한 목소리에 베시는 요란하게 비명을 질러 댔고, 당연히 놀란 점원은 뒤를 돌아보았다. 그리고 그녀 역시 저스틴을 알아보고 소리를 질렀다.

"저스틴 하이네 경!?"

저스틴이 그런 반응이 성가시다는 얼굴로 가볍게 고개를 끄덕였다.

"방해하러 온 게 아니니 하던 일 계속하십시오."

점원은 당혹스러움을 감추지 없는 얼굴을 하면서도 저스틴의 지시에 순순히 따랐다. 하지만 갑자기 나타난 저스틴의 존재가 신경이 쓰여 죽겠다는 얼굴로 연신 그를 힐끔거렸다.

"저, 저스틴 군은 대체 여길 왜—"

따라온 거냐, 그렇게 불만을 터트리기 전에 저스틴이 다시 한 번 강한 어조로 물었다.

"베시. 내 질문이 먼저입니다. 지금 뭘 하는 겁니까?"

지금 뭘 하냐니? 베시는 저스틴이 어째서 이렇게 불쾌한 기색을 풀풀 뿜어내는지 도저히 이해하지 못하겠다고 생각하며 커다란 눈을 깜빡거렸다.

"뭐 하냐니, 그거야 당연히 옷을 사러 왔죠."

"옷을 사러 왔다고요?"

정직한 베시의 대답에 저스틴은 도저히 믿을 수 없다는 얼굴을 하였다.

"갑자기 무슨 바람이 분 겁니까. 당신이 쇼핑이라니."

어쩜 이렇게까지 내 예상과 한 치의 어긋남이 없담. 베시는 자신이 이네딧 부인에게 했던 말을 그대로 내뱉는 저스틴을 보며 입술을 삐죽였다.

"왜요? 난 옷 사러 오면 안 되나요?"

"아니, 안 된다는 게 아닙니다. 당신 옷이나 장신구에는 별 관심도 없잖습니까."

"내가 관심 없다고 누가 그래요? 나 패션에 완전 관심 많거든요."

거짓말. 패션에 관심이 많은 여자는 절대 그렇게 촌스런 안경을 쓸 리 없고, 죽은 쥐색 코트를 입을 리도 없다. 저스틴의 눈에서 의심이 걷히질 않자 베시는 한숨을 푹 내쉬었다.

"이제 슬슬 날이 따뜻해지니까, 옷 좀 몇 벌 사야겠다 싶었어요. 그게 그렇게까지 말이 안 되는 일인가요?"

"아니요, 말이 안 되지는 않습니다. 다만 전 당신이 왜 저에게 비밀로 해 달라는 부탁까지 하며 옷을 혼자 사러 온 건지 알 수가 없군요."

아— 베시는 그제야 저스틴이 왜 이렇게 화가 난 것인지 알 수 있었다. 은근 잔걱정이 많은 남자라니까. 자신이 어째서 혼자 부티크로 온 건지 사실을 밝힐 수 없는 베시는 일부러 토라진 얼굴을 하였다.

"그거야 아까 전에 저스틴 군도 그랬잖아요. 무슨 바람이 분 거냐고. 내가 옷 사러 가겠다고 하면 괜히 얄미운 소리를 할까 봐 비밀로 해 달라고 했던 거라고요."

"……정말 그게 이유입니까?"

저스틴이 한쪽 눈을 가늘게 찌푸리며 베시를 보았다. 아무래도 쉽게 베시의 말을 믿어 줄 것 같지가 않았다.

이 상황에서 무어라 하면 더 그럴싸한 변명이 될까 고심하며 베시가 머리를 굴리던 찰나였다.

"손님! 찾았어요! 마녀 같아 보이는 검은 원피스!"

분위기 파악을 못하는 점원의 발랄한 목소리가 들려왔다. 베시는 자신의 이마를 탁 내리치고 싶은 기분이었다. 그렇다고 이 상황에서 그런 말을 하면 어쩌느냐고 점원을 나무랄 수도 없었다.

점원은 이런 난데없는 일이 벌어진 상황에서도 그저 자신의 맡은 바, 소임을 다한 성실 근면한 사람이니까.

"마녀 같아 보이는 검은 원피스?"

이게 무슨 소리냐는 얼굴로 저스틴이 얼굴을 와그작 구겼다. 하지만 무언가 짚이는 구석이 있는지 그의 표정이 서서히 변하였다.

"베시. 당신 설마—"

"그, 그런 거 아니에요! 당신이 나한테 마녀 안 같다고 하고, 이네딧 부인도 동의해서 내가 막 자존심에 상처를 입어서 마녀 같아 보이려고 그럴싸한 옷을 사러 온 건 결코 아니라고요!"

아, 내 입을 꿰매 버리고 싶다.

신나게 진심을 외친 후, 베시는 이루 말할 수 없는 자괴감을 느꼈다. 이상하게 저스틴 앞에서는 거짓말을 하기 어려울 때가 종종 있었다. 바로 지금처럼.

"……베시."

저스틴이 한 번도 본 적 없는 얼굴로 베시를 보고 있었다. 베시 역시 느껴 본 적 없는 창피함에 얼굴이 화끈거렸다. 그녀는 바닥에 얼굴을 파묻을 기세로 고개를 숙였다.

"그냥, 그냥 진짜로 옷 사러 온 거예요. 검은 원피스는 겸사겸사 보려고 했는데, 마침 예전 재고가 남은 게 있다고 해서……."

어째 말을 하면 할수록 변명 같아졌다. 에이, 모르겠다. 창피함이 극에 달하자 베시는 부아가 치밀었다. 자신이 왜 이 상황을 부끄러워해야 한 단 말인가. 천하의 베시 에일이.

"그래요! 저스틴 군이 한 말 때문에 검은 원피스 사러 왔어요! 물론 옷도 살 예정이긴 했는데, 마녀 같아 보이는 옷을 사는 게 제일 중요한 목적이에요! 이제 됐어요!?"

자포자기한 것처럼 베시가 소리를 버럭 지르자 저스틴이 어깨를 으쓱하였다.

"아직 아무 말도 안 했습니다."

"아직 아무 말도 안 했다는 건, 곧 무슨 말을 하려고 했다는 거잖아요!"

"……설마 당신이 내 말을 그렇게까지 신경 쓸 줄은 몰랐다고 한마디 하려고 했습니다."

"당연히 신경 쓰죠! 내 정체성을 부정한 거나 다름없는데."

그렇게 외친 베시가 입술을 삐죽거리며 씩씩거렸다. 설마 정말로 그 말에 상처를 받았던 건가. 저스틴은 당황하고 말았다.

결코 악의적인 의도로 한 말은 아니었다. 하지만 설령 자신의 의도가 어떠하였던 간에 상대가 상처받았다는 그것은 분명 폭언이다.

"베시—"

저스틴이 얼른 오해를 풀고 사과를 하기 위해, 입을 열었다. 하지만 옆에서 불쑥 들려온 목소리가 그것을 방해하였다.

"저, 손님. 이 검은 원피스 시착하실 수 있게 준비할까요?"

아무리 혼란스러운 상황에서라도 제 본분에 충실하는 점원의 모습에 베시와 저스틴은 잠시 말을 잃었다. 하지만 베시는 곧바로 정신을 차리고 고개를 끄덕였다.

"네, 시착 준비해 주세요."

베시의 얼굴에 어느새 비장함이 흘러넘쳤다. 저스틴은 대체 이게 무슨 상황인가 싶었지만, 더는 베시의 기분을 상하게 하고 싶지 않았기 때문에 침묵하였다.

"그럼 피팅 룸은 바깥쪽으로……."

그렇게 말하던 점원이 힐끔 저스틴 쪽을 보았다. 마치 그래도 괜찮겠냐고 묻는 것 같은 시선에 잠시 의아함을 느꼈던 저스틴은 곧 점원의 뜻을 알아차렸다.

"평소에 이용하던 공간으로 안내해 주십시오."

불쑥 저스틴이 꺼낸 말에 먼저 창고를 빠져나가려던 베시는 어리둥절한 얼굴을 하였다. 하지만 점원은 알겠다는 듯 고개를 끄덕이며 들어온 곳과는 다른 곳으로 이어진 문을 벌컥 열었다.

"손님. 그럼 죄송하지만, 이번에는 이쪽 입구로 모시겠습니다."

"네? 어?"

저기로 가는 게 아니라 여기로? 베시가 어리둥절한 얼굴로 저스틴을 보자, 그가 고개를 끄덕였다. 얼떨떨한 채로 베시가 그곳으로 향하자 저스틴이 곧 그 뒤를 따랐다.

낯선 문으로 이어진 공간은 제법 넓은 어느 방이었다. 고급 소파, 고급 그림, 고급 테이블, 고급 꽃병, 온통 비싸 보이는 물건이 즐비한 공간은 어느 부유한 집안의 응접실처럼 꾸며져 있었다. 다만 응접실과 다른 점이 있다면, 작은 탈의 공간이 갖추어져 있다는 점이었다.

아무래도 이곳은 부티크를 찾는 특별한 손님을 위해 마련된 피팅 룸인 모양이었다. 비록 쇼핑과는 담을 쌓고 사는 베시였지만, 그녀 역시 고급 부티크에는 이런 공간이 있다는 것을 들은 적이 있었다.

고귀한 여성들은 이런 곳에서 카탈로그를 넘기며 우아하게 옷을 고르고, 눈이 튀어나올 만큼 비싼 드레스를 싹 쓸어 간다는 사실도.

베시가 멍하니 그곳을 둘러보는 사이, 점원이 베시에게 다가오더니 그녀가 골라 두었던 손수건과 스카프, 그리고 브로치를 받아 들었다.

"아, 그거 전부—"

살 건데요, 라는 말을 하기도 전에 점원은 다 알고 있다는 얼굴로 싱긋 웃었다.

"시착이 전부 끝나신 후, 함께 계산하실 수 있게 미리 포장해 두겠습니다."

점원은 텅 빈 베시의 손에 포장을 벗겨낸 원피스를 들려 주었다.

"사이즈는 어떠실지 모르겠지만 우선 한 번 입어 보시면 마름질을 다시 하도록 하겠습니다. 한 번 입어 보시죠."

그렇게 말한 점원은 베시를 커튼이 쳐져 있는 작은 공간으로 다시 밀어 넣었다. 곧 하늘색 커튼이 쳐지는 것과 동시에 문이 열리고 닫히는 소리, 그리고 익숙한 발걸음 소리가 들려왔다.

머뭇거림 없이 울려 퍼지는 그 발걸음 소리는 분명 저스틴의 것이었다. 베시와 달리 저스틴은 아무래도 이곳이 그리 낯설지 않은 모양이었다.

그의 규칙적인 발걸음 소리가 멎음과 동시에 점원이 저스틴을 접객하는 소리가 들려왔다.

"저스틴 경. 차는 언제나 드시던 걸로 준비할까요?"

"네, 그렇게 해 주십시오."

딸그락거리는 소리며 부스럭거리는 기척이 들려오는 가운데, 베시는 떨떠름하게 손에 든 검은 원피스를 보았다.

대체 어쩌다가 커튼 하나 너머로 저스틴을 두고, 옷을 시착하는 상황이 온 건지 알 수가 없었다. 난 그냥 저스틴 군에게 마녀답다는 한 마디만 듣고 싶었을 뿐인데.

끙, 앓는 소리를 내던 베시는 한숨과 함께 코트를 벗었다. 기왕 이렇게 된 거 빨리 옷을 갈아입고, 초기의 목적을 달성하는 게 좋겠다 싶었다.

꼼지락거리며 옷을 훌훌 벗어던진 베시는 원피스로 갈아입는데 꽤 고역을 치렀다. 어릴 때를 제외하면 스커트라는 의류와는 담을 쌓고 지낸지가 어언 몇 년이나 된 탓이었다. 심지어 아동용 원피스와 달리 성인용 원피스는 단추며 지퍼가 영 불편한 구조로 되어있었다.

몇 분의 실랑이 끝에 간신히 원피스를 입는데 성공한 베시는 흐트러진 머리카락을 대충 손으로 빗은 뒤, 다시 묶었다. 탈의 공간 안에 있는 작은 거울로 얼핏 비추어보니, 어울리는지 뭔지 감이 오질 않았다.

음, 이게 정말 이네딧 부인이 말한 '마녀'같은 모습인가? 눈에 힘을 준 베시가 작은 거울 속의 제 모습을 한참 노려보던 때였다.

"베시, 아직입니까?"

밖에서 자신을 재촉하는 소리가 들려오자 베시는 얼굴을 팍 찌푸렸다.

"잠깐만요, 나갈 거예요!"

허둥지둥 옷매무새를 정리한 베시가 빼꼼, 커튼 너머로 고개를 내밀었다. 저스틴이 편안히 소파에 앉아 차를 한 모금 마시고 있는 모습이 눈에 들어왔다. 고개를 들어 올린 저스틴은 베시에게 어서 안 나오고 뭐하느냐는 것처럼 눈을 깜박거렸다.

"손님, 사이즈는 어떠신가요?"

한쪽에 물러서 있던 점원이 눈치껏 베시의 앞에 나서서 물었다. 베시는 커튼을 옆으로 걷어 내며 바깥으로 발을 내디뎠다.

"허리가 조금 남는 것 같아요."

"어머, 그 상품은 상당히 허리 라인이 얇게 나온 건데 남으신다고요?"

점원은 깜짝 놀라며 베시를 이리저리 살피었다. 그리고 정말 베시의 말대로 허리가 넉넉하게 남는 것을 보고 감탄하였다.

"손님 허리가 정말 가녀리시군요. 제 팔로도 충분히 안고도 남을 것 같아요."

다소 호들갑을 떨며 점원이 칭찬을 했건만, 베시는 시큰둥한 얼굴이었다. 언제나 펑퍼짐한 코트를 입고 다니느라 남에게 제 몸매를 보인 적이 없는 그녀였기에 이런 칭찬은 낯설었다. 그녀는 점원의 그 말이 그냥 접객용 문구라고 생각할 뿐이었다.

"그럼 허리 말고 다른 곳은 어떠세요? 불편하신 부분은 없으신가요?"

"다른 곳은 대부분 괜찮은 것 같아요. 길이가 생각보다 길긴 하지만—"

"베시."

베시가 점원에게 사이즈에 대한 이야기를 하려던 찰나, 저스틴이 그녀를 불렀다. 그 목소리에 어서 보여 달라는 재촉의 기색이 서려 있다는 걸 깨달은 베시가 얼굴을 찌푸렸다. 어쩐지 어색한 기분이었기에 그녀는 쭈뼛거리며 저스틴 앞에 섰다.

"……어때요?"

소파에 앉은 저스틴이 가만히 고개를 들어 올려 베시를 보았다. 그는 잠시 침묵하다가 점원 쪽으로 시선을 돌렸다. 왜 이런 옷을 이 사람에게 가져다주었느냐는 책망이 다소 담긴 눈빛이었다. 그것을 깨달은 점원이 재빨리 입을 열었다.

"손님께서 마녀 같아 보이는 검은 원피스를 원하셔서……."

"어딜 봐도 저 옷은 마녀처럼은 보이지 않잖습니까."

담담한 목소리로 저스틴이 점원을 책망하였다. 점원은 머쓱한 얼굴을 하였고, 베시는 시무룩해지고 말았다.

"뭐예요, 저스틴 군? 지금 나 별로 안 마녀 같아요?"

"네. 전혀 마녀 같지 않습니다. 오히려 장례식장에 참여하는 미망인 같습니다."

뭐? 미망인!? 저스틴의 입에서 나온 말에 베시가 눈을 사납게 치켜 떴다. 저스틴은 저스틴 대로 탐탁치 않아하는 기색이 역력한 얼굴이었다. 분위기가 심상치 않다는 것을 깨달은 점원이 얼른 수습에 나섰다.

"아, 아아! 베일을! 베일을 좀 써 보시는 건 어떨까요! 이런 베일을 쓰면 한결 마녀 같은 느낌이 살 것 같네요!"

허둥지둥 점원이 내민 검은 레이스 망사 베일이 곧 베시의 머리를 살포시 덮었다. 베시는 베일 너머로 눈을 반짝 빛내며 저스틴을 보았다.

"어때요? 이제는 좀 마녀 같아 보여요?"

저스틴은 오만상을 쓰더니 자리에서 일어섰다. 그러더니 베시에게 따라오라는 것처럼 고갯짓을 하여 그녀를 거울 앞에 세웠다. 베시는 거울에 비친 자신의 모습을 보고 무심코 생각하였다.

'진짜 미망인 스타일인데?'

점원이 찾아다 준 검은 원피스는 몸에 쫙 들러붙는 A라인 스커트 형태의 원피스였다. 노출이 별로 없는 그 원피스는 청순함과 정숙함의 상징 같은 디자인이었기에 분명 장례식장에서 상복으로 입을 법한 스타일이었다. 심지어 검은 망사 레이스 베일을 쓰고 있자니, 더더욱.

저스틴의 말에 분노할 수 없게 된 베시의 어깨가 축 늘어졌다.

"미망인 같네요."

베시는 시무룩하게 베일을 벗었다. 평소 같으면 그런 베시에게 그걸 이제 알았느냐고 얄밉게 한마디 했을 저스틴이 아무 말도 하지 않았다. 그는 베시가 풀이 죽은 것에 다소 당황한 눈치였다.

"……베시, 그렇게까지 마녀로 보이고 싶습니까?"

마녀로 보이는 것보다는 마녀처럼 안 보이는 게 훨씬 더 세상살기는 편한 게 아닌가. 베시는 입술을 삐죽거렸다.

"꼭 그런 건 아니지만요. 계속 그렇게 마녀 같지 않다고 말하면, 어쩐지 나를 부정당한 기분이 든다고요."

"그런 겁니까?"

저스틴은 역시나 베시를 잘 이해하지 못하겠다 생각하며 고개를 옆으로 기울였다.

"당신은 어느 쪽인가 하면 마녀보다는 학자 같아 보이는 인상입니다."

"응?"

베시가 눈을 휘둥그레 떴다.

"나 학자 같아 보여요?"

저스틴은 고개를 끄덕였다. 그러자 조금 전까지는 시무룩하던 베시의 얼굴이 활짝 폈다.

"뭐야, 그런 거예요? 그럼 됐어요."

무엇이 되었다는 것인지는 알지 모르지만, 뜻밖에도 베시는 저스틴의 한마디에 기분이 풀린 모양이었다. 어리둥절하던 그는 곧 무언가를 깨달은 얼굴을 하였다. 그녀가 무엇 때문에 이런 반응을 보이는 건지 알 것만 같았다.

"베시."

"응?"

"당신은 언제나 '베시 에일'처럼 보입니다."

이번에는 조금 더 크게 베시가 눈을 떴다. 생각지도 못한 말을 들었다는 것처럼 굳어 있던 베시가 곧 눈을 가늘게 접으며 웃었다. 활짝 핀 꽃처럼 어여쁜 웃음이었다.

아, 역시나.

저스틴은 그제야 확실히 알 것만 같았다.

베시는 자신을 인정받는 '말' 그 자체에 기뻐하고 있는 것이다.

불쑥 그녀가 귀엽다는 생각이 들었다. 남의 시선 따위는 신경 쓰지도 않으면서 때때로 이렇게 예상하지 못한 곳에서 소녀 같은 모습을 보여 주는 그녀가.

"저스틴 군, 요새 너무 사람이 변한 거 아니에요? 나 기분 좋게 만드는 말을 너무 잘 아네!"

딱히 변한 건 없다 말하려던 저스틴은 멈칫하였다.

정말 변한 게 없나? 확신이 서질 않았다. 베시와 자신 사이에 흐르는 공기, 그리고 자신이 베시에게 느끼는 감정이 모두 처음 만났던 그때와 같은 것이라고 말할 수는 없을 것 같았다.

결국 그는 다른 말을 입에 담았다.

"그렇습니까? 그럼 제가 베시를 기분 좋게 만들었으니 저한테 뭔가 상이라도 주실 겁니까?"

"……잠깐, 이상하네? 저스틴 군이 상이라고 하니까 기시감이……."

거기까지 말한 베시는 저스틴이 마녀에 대한 책을 다 읽으면 상을 달라 졸랐다는 걸 깨닫고 고개를 절레절레 저었다. 어린애도 아니고 무슨 남자가 이렇게 상 받는 걸 좋아한담.

"네, 네. 좋아요. 상 줄게요. 내일은 2시간 늦게 나와도 돼요. 좋죠?"

"……베시, 내 기억이 맞으면 내일은 원래 내가 나오지 않는 날 아닙니까?"

"어머, 그랬었나?"

"벌써부터 심한 건망증에 시달리는 겁니까. 가엽게도."

"누가 건망증이라는 거예요!? 나도 당신 쉬는 날인 거 알고 있었거든요! 상 달라니까 그냥 한 말—"

평소처럼 저스틴과 투닥거리던 베시는 문득 자신의 옆얼굴에 아프게 꽂히는 시선을 눈치채고 고개를 들었다. 그리고 무어라 표현할 수 없는 얼굴을 하고 있는 점원의 존재를 그제야 눈치챘다.

아! 베시는 얼른 자신이 입고 있는 검은 원피스를 내려다본 후, 점원을 향해 미안한 표정을 지어 보였다. 모처럼 힘들게 찾아 준 옷이었건만, 이 옷을 사야할 이유가 사라지고 말았다.

그래도 이미 시착까지 한 거니까 살까? 베시가 진지하게 그런 생각을 하는 사이, 저스틴이 물었다.

"그래서 베시. 그 옷은 어쩔 겁니까?"

"음, 그러게요."

베시는 점원의 눈치를 힐끔 본 후, 옷자락을 만지작거렸다. 거울 너머로 힐끔 보면 역시 원단도 디자인도 나쁘지 않은 옷이었다. 문제는 이 옷을 입고 있는 사람이 옷에 어울리지 않는다는 것뿐.

결코 옷에는 잘못이 없다. 그렇다면 더는 고민할 필요가 없었다.

"살까 봐요!"

생각에 잠겨 있던 베시가 기세 좋게 외치자 저스틴이 놀란 얼굴을 하였다.

"살 겁니까?"

"장례식에 갈 때 입고 가면 좋을 것 같아서요."

"……그런 불길한 소리는 하는 게 아닙니다."

세상 천지에 상복을 미리 사 두는 여자가 어디 있단 말인가. 저스틴이 한숨을 쉬며 절레절레 고개를 저었다. 그가 그러거나 말거나 베시는 웃으며 점원에게 말하였다.

"이건 살 테니까, 허리 사이즈 좀 고쳐 주세요."

"알겠습니다, 손님."

점원은 자신의 고생이 헛되지 않았다는 것이 적잖이 기쁜 모양이었다. 그것을 물끄러미 지켜보고 있던 저스틴이 불쑥 입을 열었다.

"베시. 그럼 다른 옷은 어떻게 할 생각입니까?"

"다른 옷?"

어리둥절한 얼굴로 베시가 고개를 갸웃하였다. 또 무슨 옷이 필요했더라? 그녀는 이미 이네딧 부인에게 개장식 때 입을 정복을 사겠다고 말했던 사실이며, 다른 옷도 몇 벌 사기로 했던 것을 까맣게 잊어버리고 있었다.

"아까 당신이 스스로 그러지 않았습니까. 마녀 같아 보이는 옷을 사는 게 중요한 목적이지만, 다른 옷도 살 예정이었다고."

"아, 맞다! 맞아요, 그리고 개장식 때 입을 만한 옷도 사야 해요."

베시는 잠시 생각에 잠겼다. 그녀가 옷을 선택하는 기준은 언제나 첫째도 실용성, 둘째도 실용 성, 셋째도 실용성이었다. 그래서 베시는 언제나 회색 계열의 옷을 선호하였다.

검은색 옷은 자칫 잘못하면 어두워 보이고, 하얀색 옷은 잘 더럽혀진다. 하지만 회색 옷은 검은색 옷의 장점과 회색 옷의 장점을 모두 가지고 있었다. 심지어 책 먼지가 묻어도 잘 티가 나지 않는다는 것이 언제나 베시에게 최고의 만족도를 선사하였다.

"죄송하지만, 혹시 회색 원피스나 블라우스—"

거기까지 말한 베시는 멈칫하였다. 도서관을 나서기 전, 자신에게 회색만은 절대 안 된다고 신신당부했던 이네딧 부인의 결연한 얼굴이 떠오른 탓이었다.

"—가 아니라, 음……."

평소처럼 마음 편하게 옷을 살 수 없게 된 베시는 얼굴을 잔뜩 찌푸렸다. 저스틴과 점원의 시선이 베시에게 쏠렸다.

평소에 신경도 쓰지 않던 문제를 고민하기 시작한 그녀는 진지하게 상복 같은 이 검은 원피스도 일상복으로 꽤 나쁘지 않은 것 같다는 위험한 생각을 하는 지경에 이르렀다.

"이 검은 원피스를 더 찾아봐 주실 수 있을까요?"

"네? 그걸 더 사시려고요?"

"대체 왜 그걸 더 사려는 겁니까?"

점원과 저스틴이 동시에 내뱉은 말에 베시가 어깨를 으쓱하였다. 그녀가 '옷 고르기 귀찮아서'라는 이유를 내뱉기 전에, 어째서인지 점원이 안타까운 얼굴로 말했다.

"손님. 그러지 마시고 카탈로그를 한 번 찬찬히 보시면서 옷을 골라 보시는 건 어떨까요? 물론 손님께서는 피부도 무척 고우시고, 몸매가 아름다우셔서 어떤 옷을 입던 간에 잘 어울리실 거예요. 하지만 이 검은 원피스는 아무래도 좀 일반적인 건 아니니까—"

점원은 진심을 다해 베시를 설득하려고 하였지만, 베시는 그마저도 귀찮았다. 빅터가 언제나 말하는 것처럼 청개구리 기질이 강한 그녀는 남이 하지 말라면 더더욱 하고 싶어 하는 그런 습성을 가지고 있었으니까.

"아, 괜찮아요. 이만하면 소재도 좋고, 생각보다 움직이기도 편해서 입고 다닐 만할 것 같아서 그래요. 그냥 그러지 말고 이걸 한 다섯 벌 정도만—"

"절대 안 됩니다."

베시가 미처 말을 다 끝내기도 전에 저스틴이 단호하게 그녀의 말을 잘라 냈다. 아니, 대체 왜? 베시는 놀란 얼굴로 저스틴을 보았다. 내가 내 옷 사는 걸 가지고 대체 왜 당신이 된다, 안 된다 하는 거야?

베시가 어이없다는 얼굴을 하거나 말거나 저스틴은 점원을 향해 입을 열었다.

"카탈로그를 가져다주십시오."

점원은 그제야 안심한 얼굴로 고개를 끄덕였다. 그녀가 부리나케 문을 여닫고 사라지자 베시는 한쪽 눈썹을 꿈틀거리며 말했다.

"내가 내 돈으로 내 옷 사겠다는 데, 왜 저스틴 군이 그걸 반대해요?"

"그럼 제가 제 돈으로 베시에게 옷을 선물하면 기꺼이 옷을 받아줄 겁니까?"

뭐? 잠깐 어째서 그런 말이 나오는 건데? 베시는 당황하여 눈을 깜빡거렸다.

"아니, 그게 그런 맥락에서 한 말이 아니잖아요. 내가 하고 싶은 말은 어디까지나 대체 왜 내 맘대로 옷도 못 사게 하냐고—"

"베시."

저스틴이 전에 없이 진지한 목소리로 그녀의 이름을 불렀다. 퉁퉁 부은 베시가 퉁명스럽게 대꾸하였다.

"왜요?"

"지금 입고 있는 그 검은 원피스가 정말 마음에 드는 겁니까?"

"네? 음, 뭐 엄청 마음에 드는 건 아니지만, 그냥 입을 만하다고—"

"그래서 안 된다는 겁니다."

그는 거울 속에 비친 베시의 모습을 힐끔 보며 말을 이었다.

"만일 당신이 정말 좋아서 그 옷을 대량으로 사겠다는 거면 저도 말리지는 않겠습니다. 저는 기꺼이 당신의 뜻을 존중할 겁니다. 하지만 그게 아니라 단지 귀찮다거나 자신에게 어울리는 옷을 고를 자신이 없어서 대충 옷을 고르는 거라면 전 당연히 반대할 수밖에 없습니다."

베시는 당황하고 말았다. 지금 저스틴이 상당히 진지하다는 건 그의 눈을 보고도 알 수 있었다.

"아니, 그러니까 대체 왜 저스틴 군이—"

아까 전보다 한결 수그러든 기세로 베시가 다시 한 번 입을 열자, 저스틴이 딱 잘라 입을 열었다.

"제가 혼날 겁니다. 이네딧 부인에게."

"……네?"

갑자기 어째서 이네딧 부인이 여기서 나오는 거지? 베시가 고개를 갸웃거리는 사이, 저스틴이 설명을 시작하였다.

"베시가 저 상복으로 쓸 법한 옷들을 잔뜩 사 들고 가서 입는다면 이네딧 부인은 함께 가서 그런 베시를 말리지 못한 저를 탓할 겁니다."

"……아니, 이네딧 부인은 그러지는 않을 것 같은데요."

베시는 저스틴을 제쳐 두고 자신에게 잔소리를 폭탄처럼 퍼붓는 이네딧 부인의 모습을 어렵지 않게 상상할 수 있었다. 하지만 저스틴은 그와는 정반대의 모습을 상상한 것처럼 고개를 저었다.

"아니요, 제가 야단맞을 겁니다. 그러니까 절대 당신이 그런 옷을 다섯 벌이나 사게 둘 수는 없습니다."

"……그러니까 지금 이네딧 부인에게 혼나는 게 무서워서 절 말리겠다는 거예요?"

"네, 무섭습니다."

거짓말! 지금 눈도 안 깜빡이고 거짓말을 하네, 이 기사님! 베시는 기가 막힌다는 얼굴로 저스틴을 노려보았다. 그가 세상에서 무서운 거 하나 없는 남자인 걸 뻔히 아는데도, 이렇게 뻔뻔하게 거짓말을 하는 모습을 보니 어이가 없었다.

자신을 탓하는 것 같은 베시의 시선에 머쓱해진 것인지 저스틴이 가볍게 헛기침을 하였다.

"흠, 그리고 기왕 사는 것이라면 자신에게 어울리는 것을 골라 사는 게 더 효율적이지 않겠습니까."

"하지만 난 옷 같은 건 잘 몰라서……."

베시가 무심코 진짜 속마음을 털어놓자, 저스틴이 그럴 줄 알았다는 얼굴로 피식 웃었다.

"그런 건 걱정 안 해도 됩니다. 내가 고를 테니까."

응? 잠깐만? 지금 뭔가 이상한 말이 들린 것 같은데?

베시가 얼떨떨한 얼굴로 저스틴을 보고 있는 사이, 문이 열리는 소리가 들려왔다.

어느새 점원이 두툼한 카탈로그를 한 아름 안아 들고 있었다.

저스틴은 베시를 향해 정중히 손을 내밀어 그녀가 소파에 앉을 수 있도록 에스코트하였다. 소파에 앉은 베시는 마치 정말 이런 고급 부티크를 애용하는 귀부인이 된 기분이었다.

곧 저스틴이 그 옆에 앉아 점원이 테이블 위에 올려 둔 카탈로그 중 한 권을 집어 들었다.

"이번 봄에 유행하는 일상복과 외출복 카탈로그와 파티용 드레스 카탈로그까지 전부 가져왔습니다. 편하게 살펴보세요."

점원이 공손하게 손을 앞으로 모은 뒤, 뒤로 물러섰다. 저스틴은 이런 일이 익숙한 듯 고개를 끄덕였다. 베시는 카탈로그를 진지하게 내려다보는 저스틴의 옆얼굴을 심각하게 바라보았다.

여성복 부티크와는 전혀 관련이 없을 것 같은 이 남자가 이렇게까지 이런 상황에 능숙한 게 너무나 의외였다. 대체 어째서 저스틴 군이 나보다 이런 걸 더 잘 아는 거지?

한참 생각에 잠겨 있던 베시는 얼굴을 슬그머니 찌푸리며 물었다.

"저스틴 군. 혹시 이런 곳 자주 와요?"

"네, 가끔."

헉, 역시나! 베시는 저도 모르게 등을 꼿꼿하게 세웠다.

예전에 에릭이 말했던, '저스틴 하이네는 수도에서 제일 인기가 많으면서도 스캔들 한 번 난 적 없다'는 이야기가 갑자기 떠올랐다. 어쩌면 소문만 안 났을 뿐이지, 사실 이 남자 꽤 여성과의 만남이 잦은 건 아닐까?

"……."

그렇게 생각하는 순간, 베시의 기분이 갑자기 급격하게 나빠지기 시작하였다. 이유는 모르지만, 가슴 속으로 굵은 가시 여러 개가 툭툭 떨어지는 느낌이었다. 뭐야, 이 남자. 안 그런 척 하더니 바람둥이였다 이거지?

괜히 심동이 난 그녀가 저스틴의 손에서 이제 됐다며 카탈로그를 빼앗아 버리려던 찰나였다.

"후후, 하이네 공작가의 분들은 모두 공작 부인을 모시고 자주 내방을 해 주시니까요. 공작 각하도 그렇지만 저희는 레이몬드 경도, 저스틴 경도 자주 뵐 수 있어서 영광이랍니다."

잠깐, 공작 부인? 점원이 웃으며 건넨 말을 들을 순간, 베시는 자신이 터무니없는 오해를 했다는 걸 깨닫고 눈 밑을 붉게 물들였다.

생각해 보니 전에 분명 세라가 저스틴이나 아들 보리스를 데리고 자주 쇼핑을 다닌다고 했었다. 레이몬드가 누군지는 모르지만 그도 틀림없이 공작가의 일원 중 하나이리라.

베시가 슬그머니 고개를 숙이며 표정을 감추려 하자, 점원이 저스틴에게는 들리지 않을 목소리로 베시에게 속삭였다.

"하지만 저스틴 경께서 손수 카탈로그를 살펴보시는 일은 처음이에요. 평소에는 공작 부인이 아무리 옷을 봐 달라고 해도 절대 관여하지 않으시던데."

그렇게 말한 점원이 의미심장한 얼굴로 웃고 있었다. 베시는 더더욱 고개를 들 수 없었다. 저스틴의 이런 과한 친절이며 참견이 아무 의미가 없으리라 생각하면서도 괜히 기분이 좋아지는 동시에 부끄러웠다.

"……일단 이것과 이걸— 응? 뭡니까?"

심각하게 옷을 고르고 있던 저스틴이 고개 숙인 베시와 싱글벙글 웃고 있는 점원을 보고 의아하다는 얼굴을 하였다. 점원은 금방 접객의 프로다운 모습을 보여 주었다.

“아무것도 아닙니다, 저스틴 경. 어떤 옷을 고르셨는지 한 번 더 말씀 부탁드리겠습니다.”

저스틴은 의심스럽다는 얼굴을 하면서도 카탈로그를 들어 올려 보였다. 그가 펼친 페이지는 붉은 머리를 틀어 올린 우아한 여성이 새하얀 드레스를 입고 의자에 앉아 휴식을 취하고 있는 그림이 그려져 있었다.

“이 드레스, 지금 가게에 준비되어 있습니까?”

저스틴이 가리킨 드레스를 본 점원이 눈을 커다랗게 떴다. 지금 그가 고른 이 옷은 세계에서 손꼽히는 미인으로 소문난 어느 공주가 사교계 파티에 데뷔할 때 입었던 의상과 같은 디자인으로 제작된 것이었다.

원단은 물론 사용한 부자재도 품질이 좋고 희귀한 것뿐이라 엄청난 고가를 자랑하였다. 귀족 영애는 누구나 이 드레스로 사교계 데뷔를 꿈꿨지만, 사실 귀족조차도 쉽게 손을 뻗을 수 있는 가격이 아니었다.

“물론입니다, 저스틴 경! 저 옷으로 말할 것 같으면 이번에 에투스 부인께서 외국에서 특별히 들여오신 수입 실크를 이용해서 만든…….”

“가져와 주십시오.”

점원이 옷에 대한 구구절절한 설명을 채 하기도 전에, 관심 없다는 얼굴로 저스틴이 그녀의 말을 단숨에 잘라 버렸다.

불안해진 베시는 저스틴의 그 말에 숙이고 있던 고개를 들어

올렸다. 그리고 저스틴이 펼친 카탈로그의 페이지를 보고 놀라고 말았다.

잘은 모르겠지만, 그림 속의 옷은 아까 전 부티크 안에서 사람들이 굉장히 비싼 드레스라고 수군거리던 옷과 무척 닮아 보였다.

'저거 분명 어느 나라 공주님이 입었다던 그 옷 아니야?'

아니, 설령 그 옷이 아니더라도 저런 옷을 고르는 그의 미적 감각을 도저히 이해할 수 없었다.

"하? 저스틴 군! 잠깐만요!"

베시는 저스틴의 일방적인 선택에 항의하려고 하였다.

"대체 왜 저런 걸 고르는 거예요? 저런 건 나한테 절대 안 어울린다고요!"

드레스라니, 그것도 귀족 아가씨나 입을 것 같은 저런 샤랄라한 드레스라니! 이 남자가 미쳤나 봐! 베시는 준비하지 말라는 의미로 점원을 향해 연신 고개를 저었지만, 저스틴은 단호하였다.

"당장 입어 볼 수 있도록 준비해 주십시오."

"아니, 저스틴 군! 멋대로 무슨—"

베시와 저스틴 사이에서 잠시 눈치를 보던 점원은 곧 현재 주도권을 저스틴이 쥐고 있음을 깨달았다. 그리고 잘하면 오늘 매상을 아주 크게 올릴 수 있을지 모른다는 사실도.

"역시나! 탁월한 안목이십니다, 저스틴 경! 잠시만 기다려 주세요! 금방 준비해 오겠습니다!"

그렇게 외치는 점원의 입에서 침이 분수처럼 튀어나올 것만 같았다. 그녀가 얼마나 흥분했는지 베시는 옷의 가격을 짐작하는 것조차 무섭게 느껴지기 시작했다.

마치 바람처럼 점원이 그들의 시야에서 사라졌다. 그리고 잠시 후 나타난 그녀는 혼자가 아니었다. 다른 점원 두 명이 함께 조심스레 끌어안고 온 드레스는 눈이 부실 정도로 새하얀 색이었다.

저걸 내가 입는다고? 말도 안 돼! 베시는 자리에서 벌떡 일어섰다. 물론 이 상황을 부정하기 위해서였다. 하지만 베시의 뜻을 다르게 이해한 점원은 신나게 그녀를 탈의 공간 안으로 밀어 넣었다.

베시는 곧바로 빠져 나오려고 했으나 젊은 점원 한 명이 얼른 탈의 공간 안으로 따라 들어왔다.

"아가씨, 착용을 도와드리겠습니다."

"아니, 그럴 필요는 없—"

"자, 아가씨. 갈아입어 보실 옷이 많으니 얼른 탈의해 주세요."

히익, 뭐야, 무서워! 여기! 베시는 젊은 점원의 눈이 무서울 정도로 번쩍번쩍 빛나고 있다는 걸 깨닫고 어깨를 움츠렸다. 상대에게서는 여차하면 제 옷을 찢어 벗기고라도 새 옷을 입힐 것 같은 기세가 느껴졌다.

"아, 아니, 저기, 저는 그러니까—"

어지간한 일로는 당황하는 법이 없는 마녀였지만, 아무리 그녀라도 이렇게 과격하게 흥분한 사람을 상대하는 건 두려웠다.

"자, 자, 벗으시겠습니다."

젊은 점원은 호호 웃으며 베시가 입고 있는 검은색 원피스를 단숨에 벗겨 내 버렸다. 그 손이 얼마나 재빠른지 베시는 잠시 동안, 자신이 사실 아까까지도 옷을 벗고 있었던 게 아닐까 하는 생각을 할 정도였다.

"어머, 아가씨! 정말 피부가 눈처럼 고우시네요! 매일 질 좋은 우유로 씻으시나 봐요! 아니면 특별한 화장품으로 관리를 하시나요?"

점원은 호들갑을 떨며 베시의 피부를 칭찬해 댔다. 베시는 그런 그녀에게 차마 자신은 피부 관리는커녕 아무런 손질도 해 본 적이 없다는 사실을 밝힐 수가 없었다.

"그럼 아가씨, 이제 시착 들어가시겠습니다."

점원이 하얀 드레스를 옷걸이에서 꺼내는 사이, 그 틈을 타서 베시가 재빨리 입을 열었다.

"저기, 정말 죄송한데요. 저는 지금 이런 옷을 고르려고 했던 게 아니라 착오가 좀……."

베시는 필사적으로 자신이 이런 드레스를 입을 필요가 없다는 걸 어필하려고 하였다. 하지만 인기 많은 기사가 어떤 숙녀에게 직접 드레스를 골라 주는 로맨틱한 상황을 전해 들은 젊은 점원의 귀에 베시의 말이 들릴 리가 없었다.

"그럼요, 그럼요. 다 이해하고 있습니다아. 저스틴 경께서 밖에서 기다리고 계신답니다. 후후."

후후. 그렇게 웃는 점원의 눈이 심상치가 않았다. 베시는 저도 모르게 등골이 오싹한 걸 느꼈다.

잊을 뻔했지만, 이 가게는 베이론 제국의 모든 스캔들이 하룻밤 사이에 천 리로 퍼져 나가기로 유명한 가게였다.

그런 가게에서 수도에서 가장 인기 있는 미혼 기사가 손수 어떤 여성에게 옷을 골라 주었다니? 그것도 그 여성이 나라니! 미쳤나 봐!

베시는 꺄악, 하고 비명을 내지를 뻔한 걸 간신히 참아야 했다. 소문! 소문이 나고 말 거야! 그것도 엄청 터무니없는 소문!

자신이 속옷 차림인 것도 상관하지 않은 채, 베시는 마구간을 도주하는 망아지처럼 재빠르게 탈의실 밖으로 뛰쳐나가려고 하였다. 저 드레스를 입으니 차라리 속옷 차림이 낫지! 하지만 멀지 않은 곳에서 들려 온 저스틴과 점원의 대화 소리가 그것을 간단히 막아섰다.

"호호, 저스틴 경이 고르신 옷은 두말할 것도 없이 모두 아가씨에게 무척 잘 어울릴 것 같네요."

"그렇습니까. 저도 무척 기대가 되는군요."

얼핏 들으면 평소처럼 무뚝뚝한 목소리였건만, 거기에는 분명 평소와는 달리 조금 들뜬 기색이 느껴졌다.

저스틴 하이네가 들떴다고? 자신이 고른 옷을 내가 입는 모습을 보고 싶어서?

하늘색 커튼 자락을 잡은 베시의 손에 힘이 꾹 들어갔다. 조금 전까지만 하더라도 속옷 차림이건 아니건 간에 당장 커튼 밖으로 튀어나가려던 몸이 어째서인지 그대로 멈추어 움직이질 않았다. 어째서인지 저렇게 기대에 찬 저스틴을 실망시키고 싶지 않다는 생각이 들었다.

베시의 시선이 천천히 옆으로 돌아갔다. 그녀의 눈에 젊은 점원이 한창 손질 중인 드레스가 들어왔다.

드레스는 눈꽃 같은 하얀빛이었다.

저도 모르게 베시는 미간을 찌푸렸다. 그녀는 하얀색을 별로 좋아하지 않았다. 남들이 순결함의 상징이라 칭송하는 그 색은 베시에게 이제는 잔흉터처럼 희미한 어느 기억을 떠올리게 만들었다.

인신매매단에게 납치당해 필사적으로 탈출을 시도하던 날, 반쯤 정신을 잃었던 그녀의 앞에 나타났던 하얀 날개의 천사—

너무 오래전 일이고, 제정신이 아니던 때의 기억이라 베시는 그것이 자신의 환각이리라 생각하였다. 지나친 갈망이 낳은 어리석은 미련. 그렇게 생각하면서도 베시는 하얀색을 멀리하게 되었다.

그러니 당연히 저스틴이 자신을 위해 골라 내민 하얀 드레스는 마음에 들지 않았다.

'하지만…… 옷에는 아무 잘못이 없잖아?'

베시는 다시 한 번 드레스를 살펴보았다.

촘촘하게 짜인 레이스는 네크라인과 허리 부분을 세련되게 장식하고 있었으며, 윤기가 부드럽게 흐르는 진주알과 붉은 실크로 만들어진 작은 장미는 풍성하게 주름 잡힌 치맛단 군데군데 박혀 있었다.

여자라면 누구나 한 번쯤은 입어 보고 싶다고 생각할 만큼 화려하면서도 아름다운 드레스.

베시는 그것을 물끄러미 내려다보았다. 한동안 그것을 보던 그녀는 무거운 얼굴로 드레스의 자락을 펼쳤다.

"아가씨, 안경을 벗고 시착을…… 어머, 왜 그러세요?"

드레스 손질을 끝낸 젊은 점원이 베시를 보고 의아하다는 얼굴을 하였다. 이렇게 아름다운 드레스를 두고 기뻐하기는커녕 착잡한 얼굴을 하고 있으니 당연한 일이었다.

베시는 깊게 한숨을 쉬었다. 대체 어쩌다가 일이 이렇게 된 건지는 모르겠지만, 한 번은 저스틴의 뜻에 따라 주는 것도 나쁘지 않겠다 싶었다.

그도 그러지 않았는가. 상을 달라고. 그러니까 어쩌면 이건 그가 그토록 원하는 상을 주는, 그런 행위였다.

'잠깐만 옷 갈아입기 인형 노릇 좀 하지, 뭐.'

그렇게 중얼거린 베시는 안경을 벗어 옆에 있던 테이블 위에 올려 두었다. 그리고 깊고 굵은 심호흡과 함께 젊은 점원이 펼쳐 준 드레스 자락에 몸을 감쌌다.

그야말로 마지막 전쟁터로 향하는 망국의 장군 같은 비장한 얼굴로.

*　　*　　*

꽤 시간이 지난 것 같은데.

가만히 소파에 앉아 베시를 기다리던 저스틴은 베시가 있을 하늘색 커튼 너머를 힐끔거렸다.

커튼은 제법 두꺼워서 그 너머에서 움직이는 사람 그림자조차 제대로 보이질 않았다. 그래서 저스틴은 베시가 안에서 옷을 제대로 갈아입고 있는 것인지, 아니면 진지하게 도망칠 궁리를 하고 있는 것인지 짐작조차 할 수 없었다.

정말 너무 싫어서 망설이고 있는 거라면 그냥 나오라고 하는 게 나을까. 아니, 하지만 저 옷은 정말 베시와 잘 어울릴 것 같기도 한데.

어느새 저스틴의 머릿속에서 욕망과 이성이 끊임없이 다툼을 벌이기 시작하였다.

자신이 직접 고른 옷을 입은 베시가 보고 싶다. 하지만 그녀가 싫어하는 행동을 해서 괜히 그녀를 불편하게 만들고 싶지는 않다.

아직까지는 욕망 쪽이 조금 더 우세하였다.

점원은 저스틴이 뭐 마려운 강아지처럼 자리를 서성이는 걸 보면서 빙그레 웃었다. 마치 이제 막 사귀기 시작한 풋풋한 커플을 보며 흐뭇해하는 동네 아주머니 같은 얼굴이었다.

저스틴은 그녀가 힐끔힐끔 자신을 보는 게 영 불편하였기에 무뚝뚝한 목소리로 물었다.

"제 얼굴에 뭐라도 묻었습니까?"

"네? 호호. 아니에요, 저스틴 경. 저스틴 경도 그런 얼굴을 하시는구나, 싶어서요."

"그런 얼굴? 제 얼굴이 뭐가 어떻기에 그러십니까?"

저스틴은 저도 모르게 거울을 찾아 고개를 이리저리 돌렸다. 그러나 점원이 웃음기 가득한 목소리로 한 다음 말에 저도 모르게 굳어 버리고 말았다.

"저스틴 경의 지금 얼굴, 꼭 처음에 이곳에 오셨던 공작 각하의 얼굴과 똑같습니다. 하이네 공작 부인께 처음 선물할 보석을 고르시던 그 표정, 말이에요."

"……큰형님의?"

점원은 여전히 즐거워 보이는 얼굴로 고개를 끄덕였다.

"후후, 네. 처음 보내는 선물이라고 마음에 들어야 할 텐데, 하고 걱정하시던 그 얼굴과 지금 표정이 똑같으세요. 심지어 약간, 기대에 찬 그 눈빛까지 아주 똑같으세요."

그럴 리가. 저스틴은 자기도 모르게 고개를 갸웃하였다.

자신이 베시에게 옷을 골라 준 건 어디까지나 그녀의 괴상한 패션센스에 대한 불신 때문이었다. 그런 자신이 대체 무엇 때문에 예쁘게 단장하고 나올 베시의 모습 기대하고 있단 말인가.

그것도 형님과 똑같은 얼굴을 한 채.

말도 안 되는 소리라며 저스틴은 고개를 저었다.

알렉스 하이네 공작의 아내 사랑은 아주 유명하였다. 오죽하면 크리스는 그가 가진 유능함의 비결은 정시 퇴근을 해서 한시라도 빨리 사랑하는 아내를 만나기 위해서라는 농담 아닌 농담을 해 대고는 하였다.

그러니 그런 큰형님과 자신이 똑 닮은 얼굴을 하고 있다는 점원의 말이, 저스틴은 이해가 가지 않았다.

그거야 물론 베시 에일이라는 여자가 다른 사람과는 달리 자신에게 특별한—

물 흐르는 것처럼 흘러가던 저스틴의 생각이 갑자기 커다란 벽을 만난 것처럼 딱 멈추고 말았다. 아니, 그것은 오히려 머리를 얼음덩어리로 쿵 얻어맞은 것에 가까운 충격이었다.

특별. 그래, 분명 베시 에일은 특별했다. 저에게 둘도 없는 그런 사람이었다. 그것을 도저히 부정할 수 없었고, 부정하고 싶지 않았다.

도돌이표같이 반복해 왔던, 하지만 보류해야만 했던 대답이 결국 한계까지 치밀어 올라왔다.

제일 먼저 떠오른 것은 자신을 등지고 앞서 걷던 베시의 모습이었다.

그 가녀린 어깨를 끌어안아 그녀를 안심시켜 주고 싶어 하던 감정이 그의 안에 분명 존재하였다.

다음으로 떠오른 것은 자신을 골리려다 되레 놀림 받고 토라진 베시의 얼굴이었다. 그 얼굴을 보고 귀엽다고 생각하며, 더 놀려 주고 싶다고 느꼈던 감정은 덜 익은 풋내 나는 과일 같은 것이었으리라.

이 수도에서 처음으로 베시를 만났던 날부터 지금 이 순간까지.

그녀와 보낸 모든 시간이 천천히 다시 기억 속에 새겨졌다.

그는 이제 이것이 무엇을 뜻하는 것인지 분명히 알고 있었다.

지켜주고 싶은, 친해지고 싶은, 신뢰받고 싶은, 함께 있어 주고 싶은, 좋아하는.

베시, 베시 에일.

저스틴은 저도 모르게 베시의 이름을 입속으로 중얼거렸다.

마치 갈기갈기 찢어져 있던 그림 조각들이 하나의 모습을 되찾은 것처럼, 그녀의 이름을 부르는 순간 조각난 감정들이 불현듯 하나의 감정으로 겹쳐졌다.

저스틴이 짧게 탄식하였다. 결국 이렇게 깨달아 버리다니.

내가 베시, 당신을―

"어머나! 다 갈아입으셨네요!"

미루고 미뤘던 제 감정을 저스틴이 마음속에 되새기던 찰나.

옆에서 호들갑스러운 목소리가 들려왔다. 그 목소리를 따라 고개를 가만히 돌려보니 걷힌 하늘색 커튼 너머에 베시가 서 있었다.

저스틴이 고른 드레스로 몸을 감싼 채, 쭈뼛거리는 그녀가.

마치 촉이 뭉툭한 화살이 심장에 박히는 것처럼, 탁하고 둔한 고통이 느껴졌다. 그 감정을 표현할 말을 찾는 게 쉽지가 않았다.

사랑이라는 그 한 마디로 정리하기에는 막 자각한 저스틴의 마음이 너무나 달고, 또 너무나 썼다. 그래서 그는 그저 드레스를 입은 베시의 모습에 넋을 놓은 사람처럼 서 있을 수밖에 없었다.

"아, 안 어울리죠, 역시? 이런 건 입어 본 적이 없어서 엄청 어색하다고 해야 할지."

저스틴이 아무 말도 없자, 베시는 머쓱한 얼굴로 머리를 긁적였다. 예쁜 드레스를 입고 있는 숙녀가 취할 행동은 아니었다.

조금 전까지 저스틴과 잡담을 나누고 있던 점원은 목소리에 힘을 한껏 실어 베시의 말을 부정하였다.

"어머! 절대 아니에요! 무슨 말씀이세요! 이렇게나 잘 어울리시는데! 아가씨는 피부도 하야시고, 얼굴도 작아서 이런 드레스가 너무 잘 어울리시네요. 머리와 화장만 좀 손보시면 이대로 바로 파티에 나가셔도 될 거예요. 그렇죠, 저스틴 경?"

멍하니 베시를 바라보고만 있던 저스틴은 점원이 자신에게 무언가를 물었다는 것을 뒤늦게야 깨달았다.

"네? 아, 네."

얼핏 들으면 성의가 없어 보이는 그의 대답에는 그 무엇으로도 대신할 수 없는 진심이 담겨 있었다.

그가 베시를 위해 고른 드레스는 한겨울의 눈처럼 새하얀 색이었지만, 드레스 사이로 드러난 베시의 피부는 그보다도 더욱 하얗고 고왔다. 대리석처럼 매끄러운 그 피부를 따라 시선을 옮기니 평소와는 달리 베시의 얼굴이 아주 선명하게 보였다. 촌스러운 안경이 없어진 덕이었다.

시린 겨울 하늘 같은 눈동자에 빨려 들어갈 것만 같았다. 그는 베시가 평소에 안경을 쓰고 다녀서 다행이라고 생각하였다.

아무 방해물 없이 들여다보는 그녀의 눈동자가 저렇게 아름답다는 사실은 자신만이 알고 싶었다.

저스틴은 저도 모르게 속으로 침을 삼켰다. 그는 지금 자신의 눈앞에 있는 여자가 무언가를 부탁하면 설령 목숨을 달라 해도 기꺼이 줄 수 있다고 생각하였다.

막 깨달은 자신의 감정이, 그 감정을 느끼게 하는 사람의 아름다움이 그의 가슴을 쇠사슬처럼 움켜쥐었다.

숨이 막히도록 달콤한 통증이었다.

알기 전에는 이런 게 존재하리라는 생각도 못 했던, 하지만 알고 난 후에는 돌이킬 수 없는 그런 감각.

"베시."

잠긴 목소리로 저스틴이 베시를 불렀다. 한시도 그는 그녀에게서 시선을 떼지 못했다. 마치 자신이 눈을 떼는 순간, 아름다운 그녀의 모습이 물거품처럼 사라져 버릴 거라고 믿는 것 같았다.

이름이 불린 베시는 저도 모르게 얼굴에 열기가 몰리는 것을 깨닫고 "네?"라고 웅얼거렸다. 그녀는 저스틴의 눈에 담긴 빛이 평소와 다르다는 걸 알아차렸다.

드러난 어깨며 팔에 와 닿는 저스틴의 눈빛이 방금 불붙은 불꽃처럼 따가웠으니까.

대체 왜 저런 눈으로 날 보는 거지? 역시 이게 나랑 심하게 안 어울리나?

객관적으로 상황을 살필 여유가 없는 베시는 저스틴의 눈빛을 '어쩜 저렇게 안 어울리는 모습을 하고도 저렇게 뻔뻔할 수가 있는 거지?'라는 의미라고 오해하고 말았다. 그녀는 머쓱해져서 괜히 부드러운 드레스 자락을 끌어당겼다.

"아, 역시 나한테는 이런 거 별로—"

별로인 것 같다며 당장 벗겠다고 베시가 말하기도 전에, 탈의 공간 안에 따라 들어왔던 젊은 점원이 불쑥 끼어들었다.

"그럼 아가씨, 모처럼이니까 장신구도 한 번 착용해 보시면 어떨까요?"

눈치 없는 점원의 말에 처음부터 베시를 접객하던 점원도 옳다구나 맞장구를 쳤다.

"그러게요! 마침 아가씨에게 어울릴 목걸이가 하나 어제 막 들어와서—"

히이익. 여기서 얼마나 더 나를 흉하게 만들려고! 베시는 속으로 비명을 지르며 고개를 붕붕 저었다.

"아뇨, 됐어요!"

"가져와 주십시오."

직업 정신이 투철한 점원의 제안에 베시와 저스틴은 각각 다르게 반응하였다. 베시는 놀란 얼굴로 저스틴을 보았다. 조금 전까지 아무 말 없이 베시를 물끄러미 보고 있기만 하던 남자의 목소리가 묘하게 들떠 있는 것 같았다.

"옷, 악세사리, 신발. 무엇이든 상관없습니다. 이 사람에게 어울릴 것 같은 건 전부 가져다주십시오."

"……어?"

난데없는 그의 말에 베시는 눈을 천천히 깜빡거렸다. 피팅 룸에 있던 세 명의 점원 역시 마찬가지였다. 하지만 그들은 베시보다 빠르게 혼란에서 벗어났다.

"네, 네! 물론 전부 준비해 오겠습니다!"

그렇게 외친 점원 한 명이 다른 점원에게 눈짓을 하였다. 그들은 눈빛으로 기쁨을 나누었다. 야호. 오늘 매상 완전 대박이다!

"티아! 자기는 옷 좀 더 가지고 오고, 레이첼! 넌 당장 신발을 준비해 오렴!"

그렇게 지시를 내린 점원은 자신도 신나게 가장 비싸고 화려한 악세사리를 쓸어 모으기 위해 달려갔다. 점원 세 명이 나가고 나자 피팅 룸 안은 무거운 침묵에 휩싸였다. 맙소사.

머리가 지끈지끈 아파 오는 것을 느끼며 베시는 이마를 문질렀다.

"저기요, 저스틴 군. 사지도 않을 건데 저렇게 희망 고문시키는 거 완전 나쁘다고 생각하지 않아요? 이거 나랑 어울리지도 않잖아요."

베시는 아까 저스틴이 이 옷을 가져오라 했을 때, 점원이 얼마나 흥분했는지를 똑똑히 기억하고 있었다. 그것은 이 이 옷이 절대 예사로운 금액의 옷은 아니라는 뜻이었다.

상황이 이렇게 되고 말았으니, 이제 이 옷은 살 수밖에 없으리라. 하지만 드레스 한 벌 정도야 제 돈으로 산다 쳐도 신발이나 다른 옷, 보석까지 살 여유는 없었다.

베시가 걱정스러운 목소리로 그렇게 말하자 저스틴은 성큼성큼 베시 앞으로 다가왔다.

"걱정할 것 없습니다. 전부 사면 됩니다."

그렇게 속삭이는 저스틴이 너무 가까웠다. 베시는 저스틴이 속삭인 내용에 놀라기보다는 묘한 기시감에 흠칫 놀라고 말았다.

'이 상황, 분명히 최근에 한 번 비슷한 상황이 있었던 것 같은데.'

베시는 주변을 두리번거렸다.

혹시나 또 수상한 자가 미행이라도 하는 건가?! 미행하는 놈을 방심시키기 위하여 저스틴 군은 이런 불필요한 지름을 나에게 권해서—

"그리고 이 옷도, 당신과 무척 잘 어울립니다."

언젠가 맡았던 물망초 향기와 무척 닮은 달콤한 음성이 베시의 가슴에 가볍게 내려앉았다.

이런 아름다운 드레스가 자신과 어울릴 리가 없다. 베시는 그런 반박의 말을 하려고 하였지만, 자신을 내려다보는 저스틴의 눈빛에 차마 그 말을 할 수는 없었다.

"아름답습니다."

그렇게 말한 저스틴은 베시를 향해 살그머니 손을 뻗었다.

검을 오랫동안 잡아 딱딱한 그의 손끝이 베시의 보드라운 뺨을 봄바람처럼 스치고 지나갔다. 그는 마치 세상에서 가장 좋은 것들로만 만들어진 아름다운 인형을 보고 감탄하는 어린아이처럼, 달고 뜨거운 시선으로 베시를 바라보았다.

그런 그의 시선에 베시의 얼굴이 자신의 머리카락처럼 붉어졌다.

"저, 저스틴 군! 혹, 혹시 오, 오늘도 누가 옆에 있어요?"

베시가 딴에는 소리를 죽여 물은 질문에 저스틴은 잠시 의아한 얼굴을 하였다가 곧 고개를 저었다. 베시는 더더욱 당황하고 말았다.

"그럼 대체, 대체 왜 이, 이런—"

이런 행동을 하는 거죠?

그렇게 물으려던 베시의 입술이 멈추었다. 저스틴의 손끝이 베시의 귓불을 스쳐 지나간 까닭이었다. 흠칫 놀란 베시의 새하얀 어깨가 부서지는 파도처럼 흔들렸다. 저스틴은 그 모습이 매우 눈부시다고 생각하며 조심스레 베시의 머리끈을 풀어냈다.

물결치는 것처럼 붉은 머리칼이 베시의 어깨 위로 흩어졌다.

마치 언젠가 보았던, 장미 꽃잎이 바닥으로 우수수 떨어지던 그 아름다운 날을 연상케 하는 모습이었다.

그는 그대로 그 손으로 그녀의 허리를 슬며시 잡아 자신 쪽으로 그녀의 몸을 끌어당겼다. 농염한 장미 향 같은, 하지만 그녀만의 향기가 코끝에 닿았다. 그는 그 향기를 더욱 가까이에서 맡고 싶었다.

조금 더 가까이에서 그 누구도 알 리 없는 그녀를 느끼고, 보고 싶었다.

저스틴이 천천히 고개를 들었다. 귀가 아프도록 울리는 심장박동이 제 것인지, 아니면 이 사람의 것인지를 알 수가 없었다.

"저, 저스틴 군?"

베시는 불안해졌다. 아무 말도 없이 그저 자신을 보고만 있는 이 남자가 사실은 저스틴 하이네가 아니라 그의 탈을 쓴 다른 사람이 아닐까, 하는 의심마저 들었다.

그게 아니라면 그가 어째서 이토록 사랑스러운 사람을 보는 눈빛으로 자신을 바라본단 말인가. 그것도 이렇게 어두울 정도로 깊은 눈으로, 마치 금방이라도 사랑을 속삭일 것 같은 얼굴로.

"베시, 나는."

어느새 저스틴의 한손이 베시의 머리며 뺨을 사랑스럽다는 듯이 어루만지며 움직이고 있었다.

베시는 거부하지 않았다. 아니, 거부할 수가 없었다. 달콤한 꿀에 잔뜩 절인 것처럼 몸이, 마음이 무거웠다.

하지만 그 손길이 무척 기분 좋다는 것을 베시가 미처 깨닫기도 전에, 불청객이 찾아들었다.

"오래 기다리게 해 드려, 어머나! 죄, 죄송합니다!"

신발 상자를 여러 개 들고 있던 젊은 점원이 화들짝 놀라 급하게 열었던 문을 닫아 버렸다. 쾅, 쾅! 두 번이나 세게 닫힌 요란한 문소리는 그녀가 얼마나 당황했는지를 알려 주었다.

조금 전까지 비정상적인 열기로 가득 차 있던 공간에 갑자기 찬비가 후두둑 쏟아진 느낌이었다.

저스틴은 여전히 베시의 뺨에 가만히 손바닥을 댄 채 침묵을 지켰고, 베시는 방금 본 점원의 얼굴이 마치 홍당무 같았다는 생각을 하며 입을 다물었다.

"저, 저스틴 군. 일단 이것 좀."

한참 후에야 먼저 정신을 차린 베시는 자신의 허리를 꼭 붙잡고 있는 저스틴의 손에서 벗어나기 위해 몸을 비틀었다. 그의 손힘이 제법 강했기에 베시 혼자의 힘으로는 도저히 그의 품에서 벗어날 수가 없었다. 대체 이 남자가 왜 이러는 거야?

"저스틴 군! 이것 좀 놓아요!"

결국 베시가 소리를 한 번 지르고 난 후에야 저스틴은 매우 아쉬워 죽겠다는 눈으로 그녀를 놓아주었다. 그 눈빛이 심상치 않았기에 베시는 본능적으로 뒤로 후다닥 물러섰다.

잠시라도 방심하면 다시 그의 품에 단단히 끌어안기게 될 것만 같았다. 베시는 어색함을 감추기 위해 흘러내린 잔머리를 귀 뒤로 쓸어 넘기며 빠르게 중얼거렸다.

"아! 음…… 이 옷은, 사야겠네요. 입을 일도 없는데 어울리지도 않는 드레스를 사다니…… 하, 하하하."

이런 쓸모없고, 무의미한 예상외 지출이라니! 베시는 입고 있는 드레스 자락 자락을 한 손으로 살짝 걷어올려 보았다. 이거 원단이 무척 좋으니까 시트 대신 덮고 자면 쓸 만하지 않을까? 그럼 적어도 아주 의미 없다는 생각은 안 들 텐데.

그녀는 쓸데없이 하얗고 비싸고 예쁘기만 한 드레스를 대체 어떻게 사용해야 할지 고민에 빠지고 말았다.

"베시. 아까도 몇 번이나 말한 거지만, 당신에게 잘 어울립니다, 이 옷."

그렇게 말한 저스틴의 손이 드레스 자락을 걷어 올리던 베시의 손 위에 겹쳐졌다. 그 손이 무척 뜨겁다는 것을 알아차린 베시가 저도 모르게 다시 얼굴을 붉혔다.

"……고, 고마워요."

그녀의 새하얀 얼굴이 마치 꽃잎처럼 빨갛게 변해 가는 것을 보니, 저스틴의 심장도 크게 뛰었다. 평소에는 뻔뻔할 정도로 태연하면서도, 이런 상황에서 이렇게나 부끄러워하며 어쩔 줄 몰라 하는 그녀가 참을 수 없을 정도로 사랑스러웠다.

아아, 그렇군.

저스틴은 결국 인정할 수밖에 없었다.

자신이 베시를 보던 눈빛이 알렉스가 세라를 바라보던 눈빛과 정말로 똑같았을 거라는 사실을.

멋쩍음을 감추려는 것처럼 헛기침을 하며 베시가 입을 열었다.

"그나저나 저스틴 군, 생각보다 되게 느끼한 말 잘하네요. 당신이 이런 사람인 줄 몰랐어요."

"네, 저도 몰랐습니다."

베시의 말에 저스틴이 한숨과 함께 수긍하였다. 영 예상한 것과 다른 반응에 베시가 고개를 슬그머니 들어 올리자 저스틴이 쓴웃음을 짓고 있었다. 정말 곤란하다는 얼굴로 웃고 있는 그의 얼굴이 낯설었기에 베시는 괜히 부끄러워하던 것도 잊고 눈을 휘둥그레 떴다. 아니, 대체 당신이 왜 그런 얼굴을 하고 있는 거죠?

똑똑—

들려오는 조그만 노크 소리에 베시와 저스틴이 고개를 돌리자 문 너머에서 헛기침 소리가 들려왔다.

"저스틴 경. 아가씨. 물건을 준비해 왔습니다만."

들어가도 되냐고 묻는 점원의 목소리가 매우 조심스러웠다.

저스틴은 문밖에서 여러 개의 기척이 어쩔 줄 몰라 하며 우왕좌왕하는 것을 알아차리고, 입을 열었다.

"들어와도 됩니다."

저스틴의 허락이 떨어지자 문이 천천히 열리더니 점원 세 명이 줄지어 안으로 들어왔다. 베시는 그들의 손에 산처럼 들린 상자를 보며 입을 쩍 벌렸다. 저 안에 대체 뭐가 얼마나 들었는지는 모르겠지만, 일단 한 가지는 분명했다.

저걸 다 입어 보다가는 지쳐 죽을 것이다.

"저스틴 군, 나—"

어떻게든 이 무서운 상황을 벗어나고자 베시는 재빨리 저스틴을 불렀다. '옷 필요 없어요! 그냥 이거라도 입고 다닐게요!' 그렇게 외치려는 베시의 목소리는 저스틴의 말에 가로막혔다.

"일단 장신구부터 준비해 주십시오."

말투는 정중하지만, 고개를 까닥하는 모양이나 목소리는 순전 명령조였다. 점원들뿐만이 아니라 베시가 도저히 저항할 수 없게 만드는 그런 목소리.

"네, 아가씨. 그럼 이쪽으로—"

후후, 웃는 점원들의 얼굴에서 느껴지는 박력이 무서웠다. 그녀들에게 팔이 잡힌 베시는 고개를 뒤로 홱 돌려 저스틴을 보았다. 원망 가득한 눈으로 그를 노려봐 주기 위해서였다.

하지만 저스틴은 베시에게 고개를 돌리고 점원들이 가져온 물건을 살피느라 여념이 없었다.

결국 베시는 소리 없는 비명을 지르며 탈의실로 다시 질질 끌려가는 수밖에 없었다.

*　　*　　*

베시가 끔찍한 중노동에서 해방된 건 그로부터 몇 시간 후였다.

그녀는 그사이, 총 11벌의 의상과 9켤레의 슈즈, 3점의 귀걸이와 5점의 목걸이와 팔찌, 7개의 보석 브로치, 리본 등을 몸에 걸치고 벗었다. 자신이 마치 상점에 전시된 사람 모양 마네킹이 된 기분이었다.

그리고 베시를 더더욱 기가 차게 만든 건 그녀가 입고 착용한 모든 의류와 장신구를 저스틴이 덜컥 사 버렸다는 점이었다.

베시는 진지하게 저스틴이 이것을 사서 하이네 공작 부인에게 선물로 주려나 보다 생각하였다. 그가 자신에게 이런 고가의 선물 공세를 펼칠 이유가 없으니.

하지만 저스틴이 그 모든 물건의 수령지를 베시의 집으로 지정하자 경악할 수밖에 없었다.

"잠깐만요! 저스틴 군, 설마 이거 다 내 거예요?"

분명 다른 여성이었다면 좋아 죽겠다는 얼굴로 물었겠지만, 베시는 어이가 없다는 얼굴을 할 뿐이었다. 저스틴은 그러거나 말거나 지갑을 열어 대금을 전부 지불하였다.

베시의 입장에서야 그야말로 어마어마한 액수였지만, 사실 하얀 사자 기사단의 부단장이자 하이네 공작 가의 일원인 저스틴에게는 별 부담이 가지 않는 금액이었다.

물론 그런 사실을 다 알고도 베시는 극구 사양을 했다. 자신이 저스틴에게 이걸 받을 이유도, 필요도 없다고 생각했기 때문이었다.

하지만 저스틴은 평소보다 더욱 심하게 고집을 부렸다.

그 고집을 좀처럼 꺾을 수 없었던 베시는 입고 갈 곳도 없다는 핑계를 대었다. 그러자 저스틴은 "언젠가 생길 겁니다."라는 말을 의미심장하게 할 뿐이었다. 베시가 미처 그 의미를 되짚어 볼 틈도 없이 저스틴은 이제 볼일이 끝났으면 가자고 베시를 불러댔다.

제 등 뒤로 따갑게 박히는 사람들의 시선을 모른 체하며 베시는 허둥지둥 가게를 나섰다.

오늘은 베시 에일의 삶에서 가장 충격적이고, 역동적인 하루임이 분명했다.

혹시나 저스틴에게 무슨 충격적인 일이 있었던 게 아닐까 생각하며 베시는 자신의 옆에 선 그를 가만히 살펴보았다. 그러자 때마침 베시를 조용히 내려다보고 있던 저스틴과 눈이 마주쳤다.

괜한 어색함에 베시가 먼저 고개를 돌렸다.

"……부담 가질 필요 없습니다. 의문 가질 필요도 없고."

저스틴이 먼저 꺼낸 말에 베시가 흠칫하였다. 그녀는 돌렸던 고개를 다시 저스틴에게로 고정시켰다.

"왜요?"

지극히 당연한 질문이었다. 당신이 대체 왜 이런 친절을 나에게 베푸는 거죠? 저스틴의 대답은 단순하였다.

"전부 당신에게 어울렸으니까."

"……나한테 어울렸으니까 전부 샀다고요? 날 주려고?"

그의 대답은 전혀 대답이 되질 않았다. 그런데도 저스틴은 그 외에 다른 답이 무엇이 더 필요하냐는 얼굴이었다. 덕분에 베시는 한참 이나 말을 골랐다.

"저기, 저스틴 군. 원래 그래요? 누가 뭐가 잘 어울린다 싶으면 사서 막 선물해요?"

혼란이 고스란히 느껴지는 목소리에 저스틴은 잠시 침묵하였다. 당신한테는 무엇이든 주고 싶어서 그랬다는 솔직함이, 지금 이 상황에 어울리는 것인지 확신할 수 없었다.

베시에게 당신을 사랑한다 말하기에는 아직 무언가가 부족하다는 생각이 들었다.

그것이 정확히 무엇인지는 몰라도, 그는 당장 막 자각한 제 감정을 추스르는 것만으로도 벅찼다.

결국 저스틴은 다른 말없이 고개를 끄덕였다.

베시는 그런 저스틴을 경악하는 눈으로 보았다.

"어머, 저스틴 군은 돈 진짜 남아도나 봐요."

"……."

좋아하는 여자에게 선물을 산처럼 가져다 바치고, 고작해야 듣는 말이 이런 것이라니. 좀처럼 침울함을 느끼지 못하는 저스틴이었지만, 이 순간만큼은 진심으로 우울해지고 말았다.

저스틴의 표정이 딱딱해지자 분위기가 심상치 않다는 것을 감지한 베시가 얼른 입을 다물었다. 자신의 지금 태도가 저스틴에게 매우 실례되는 것이라는 걸 깨달았으니까. 감사 정도는 솔직하게 하자고 중얼거리며 그녀는 작게 헛기침을 하였다.

"……고마워요, 저스틴 군."

어쨌거나 굉장한 선물을 받았으니 답례 인사를 안 할 순 없었다.

"이런 거, 처음 받아봐서 내가 좀 어색해서 음, 그래서 솔직하게 바로 고맙단 인사가 안 나온 거예요. 귀족들끼리는 이런 선물 주고받는 게 흔할지 몰라도 나 같은 평민은 아니라고요. 그, 고마워요. 진짜로."

머리를 다시 하나로 묶은 베시가 괜히 안경테를 만지작거렸다. 그녀의 얼굴에 감출 수 없는 부끄러움이 드러났다. 그것을 본 저스틴이 슬그머니 미소를 지었다.

조금 전까지는 제 기분을 지옥 바닥까지 처박았던 사람이 이번에는 다시 자신을 하늘 위로 떠올려 준다.

그녀는 정말 사랑스러울 정도로 얄밉고, 동시에 얄미울 정도로 사랑스러운 사람이었다. 자신이 그런 여자를 좋아하고 있다는 사실을 느끼는 매 순간이 그에게는 커다란 떨림을 주었다.

"……별말씀을."

그렇게 말하는 저스틴은 마치 커다란 선물을 받은 사람처럼 기쁜 얼굴이었다.

선물을 받아서 기뻐하는 경우는 봤어도 선물을 주면서 이렇게 기뻐하는 경우를 보는 건 또 처음이라 베시는 고개를 갸웃하였다. 대체 뭐가 저리 좋아 그가 기쁜 얼굴을 하는 것인지 베시는 도통 이해가 가질 않았다.

그 큰돈을 의미도 없이 나한테 쓰고 이렇게까지 좋아하다니. 그간 자신은 미처 몰랐지만, 어쩌면 저 남자의 머릿속에는 관용 정신과 박애주의가 넘쳐흐르다 못해 빗물처럼 새는 게 아닐까 싶었다.

"그래서, 베시. 지금은 어디로 가는 겁니까?"

"응? 아—"

저스틴은 베시가 향하는 길이 성으로 가는 방향이 아니라는 걸 깨달았다. 베시는 쓴웃음을 지으며 고개를 기울였다.

"저스틴 군, 내가 괜찮다고 해도 따라올 거죠?"

"물론입니다."

두말하면 입이 아프다며 저스틴이 고개를 끄덕였다. 전에도 무의식중에 과할 정도로 베시를 지키고 보호하던 그였다. 그런 그가 이제 막 베시를 향한 제 감정을 깨달았으니 강물처럼 넘실거리는 걱정과 애정을 멈출 수 있을 리가 없었다.

“대체 이번에는 어딜 혼자 몰래 가려고 했던 겁니까? 설마 또 위험한 장소인 겁니까?”

저스틴은 베시가 자신 몰래 에릭을 만나러 뒷골목에 있는 술집으로 가려했다는 걸 떠올렸다. 혹시라도 또 그런 지저분한 장소에 가는 것이라고 한다면—

“아니에요! 내가 뭐 하러 위험한 곳에 가겠어요?”

베시가 억울하다는 얼굴로 입술을 삐죽거렸지만, 저스틴은 넘어가지 않았다.

“그럼 제가 함께 가도 되겠군요. 만일 절 떼어 놓고 가려고 한다면 몰래라도 쫓아갈 겁니다.”

“……그러니까 그건 스토커라니까요. 후— 알았어요, 알았어. 같이 가요.”

항복 선언이라도 하는 것처럼 베시가 양손을 들어 올렸다.

“딱히 이상한 데를 가려던 건 아니에요. 서점에 잠깐 들를 생각이었거든요.”

“서점?”

베시의 입에서 나온 행선지는 정말 위험하거나 수상한 장소는 아니었다. 저스틴은 베시가 또 도서관에 필요한 어떤 서적 주문을 하려나 보다 생각하며 안심하였다.

“어느 서점으로 가실 겁니까? 길모퉁이 쪽에 있는 서점이라면 이 길보다는 저쪽으로 가시는 게—”

원래 그는 서점 위치를 그렇게 잘 아는 편은 아니었지만, 베시와 함께 다니는 사이에 제법 여러 서점을 알게 되었다. 그의 입에서 술술 나오는 말을 듣고 있던 베시가 웃으며 고개를 저었다.

"길모퉁이에 있는 서점이라면 수염 많은 아저씨가 운영하는 그 가게 말하는 거죠? 유감스럽지만 거긴 아니에요. 지금부터 우린 훨씬 재미있는 곳으로 갈 거예요."

그렇게 말하며 베시는 허리에 척 손을 얹었다. 그녀의 장난스러운 표정을 보아하니 무언가 일이 이상하게 돌아간다는 생각이 들었다.

"……베시. 어딜 가려는 겁니까?"

"응? 말했잖아요. 서점 갈 거라니까요."

그렇게 말하며 베시가 눈초리를 가늘게 접으며 웃었다. 그 웃는 얼굴을 본 저스틴은 순간적으로 그녀를 다그치는 것도 잊고, 그녀가 무척 사랑스럽다고 생각을 해 버렸다. 덤으로 조금 더 자주 저렇게 웃어주면 좋을 텐데, 라는 작은 희망도 품었다.

"하아— 알겠습니다."

행선지를 더 캐물어도 소용없다며 저스틴은 묻기를 포기하였다. 어차피 베시가 어딜 가든 저스틴은 그녀의 곁을 지킬 뿐이다.

설령 그녀가 가는 곳이 아무것도 없는 세상의 끝이건 위험천만한 지옥 불구덩이건 아무 상관이 없었다. 어느 순간부턴가 그랬지만, 이제 그에게 있어서 가장 중요한 건 제 옆에 있는 사람뿐이었다.

"당신이 재미있는 곳으로 데려가 준다니, 기대해 보도록 하죠."

저스틴의 고분고분한 대답에 베시가 눈을 커다랗게 떴다. 마치 당신이 웬일이냐고 묻는 것처럼. 하지만 그 놀라움은 곧 짙은 장난기에 묻히고 말았다.

"후후. 맞아요. 기대해요! 아마 저스틴 군은 깜짝 놀랄걸요? 한 번도 본 적 없는 광경을 보게 될 테니까."

대체 어떤 곳으로 자신을 데려가려고 이러는 걸까.

저스틴은 그런 생각을 하면서도 잠자코 베시의 뒤를 따랐다. 그래 봐야 책 좋아하는 수준 높은 이들만 찾는 이색적인 서점으로 향하는 것이리라 생각하며.

물론 그건 저스틴의 터무니없는 착각이었다.

10.

도서관에는 사서가 필요하다

베시가 저스틴을 끌고 향한 곳은 예전에 두 사람이 에릭과 만났던 술집 근처의 골목이었다. 저스틴은 서점을 찾아간다던 베시가 점점 더 어둡고 으슥한 곳으로 향하는 것이 영 불안하기 그지없었다.

“정말 이곳에 서점이 있는 겁니까?”

“그렇다니까요. 걱정하지 말고 따라와요. 이상한 데로 가서 저스틴 군 팔아먹지는 않을 테니까.”

베시가 히죽거리며 던지는 그 말이 농담처럼 들리지 않는 것은 어째서일까. 그래도 그녀를 이런 곳에서 혼자 돌아다니게 둘 수는 없었다.

저스틴은 매우 심란한 얼굴로 베시의 뒤를 따랐다. 그의 시선은 자연스럽게 가벼운 발걸음으로 앞장서는 그녀의 뒷모습으로 향하였다. 하나로 질끈 동여맨 붉은 머리칼이 살랑살랑 흔들리는 게 마치 고양이 꼬리 같았다.

'고양이라? 닮았을지도.'

저스틴은 베시의 머리에 고양이 귀가 붙어 있는 모습을 상상해 보고, 저도 모르게 피식 웃었다. 그녀는 변덕스러우면서도 새침하고, 그러면서도 장난을 좋아하는 것이 꼭 고양이 같았다.

저스틴은 조카 보리스가 키우는 털이 부드러운 애완 고양이의 모습을 떠올리며 그녀의 머리칼이 그 털처럼 보드라울까 생각해 보았다.

"아! 저기—, 저스틴 군. 지금 뭐해요?"

눈을 반짝 빛내며 고개를 돌린 베시가 매우 미심쩍다는 얼굴로 허공에 떠 있는 저스틴의 손을 응시하였다.

"아무것도 아닙니다."

무심코 베시의 머리칼을 만지려고 손을 뻗던 저스틴은 태연한 얼굴로 들어 올렸던 손을 아래로 내렸다. 그의 얼굴에서 아주 짧은 순간, 머쓱함이 스쳐 지나갔다. 그것을 본 베시가 눈을 가늘게 좁혔다. 명탐정이 울고 갈 만큼 예리한 눈초리였다.

"저스틴 군, 혹시 지금……."

난 당신이 무엇을 하려고 했는지 알고 있다. 베시는 확신을 담아 외쳤다.

"내 머리카락 잡아당기려고 했죠?!"

"내가 무슨 애입니까?"

넘겨짚어도 한참을 잘못 넘겨짚은 베시의 헛다리에 저스틴은 한숨을 푹 내쉬었다.

머리카락에 닿으려고 했던 건 맞지만, 잡아당기려고 한 적은 없었다. 물론 고양이 꼬리처럼 살랑거리는 것이 상당히 잡아당기기 좋은 모양새긴 했지만.

"그럼 뭐예요? 대체 손은 왜 그러고 있어요?"

"……머리에 뭐가 붙어 있어서 떼어 주려고 한 겁니다."

무난한 저스틴의 변명에 베시는 생각보다 순순히 속아 넘어갔다. 그녀는 제 머리를 더듬거리며 "어디예요?"라고 물었고, 저스틴은 아무것도 붙어 있지 않은 곳을 가르쳐 주었다.

"거기에 실 가닥이…… 네, 됐군요. 떨어졌습니다."

"응? 진짜요? 손에 잡힌 건 없는데?"

베시가 어리둥절한 얼굴로 바닥과 제 손을 번갈아 살펴보았다. 태연하게 거짓말을 한 저스틴은 성큼성큼 앞으로 걸어 나갔다. 그 입가에 짓궂은 미소가 떠올라 있다는 것을 알아차린 베시가 얼굴을 팍 찌푸렸다. 뭔가 지금 나 속은 느낌인데?

"그래서? 저기 뭐가 있다는 겁니까?"

괜스레 머리카락을 쓰다듬어 보던 베시는 저스틴의 질문에 입을 열었다.

"아. 우리가 갈 가게가 저기 있어요. 저기 간판 떨어지고 유리창에는 먼지만 낀 곳 보이죠? 가게 주인이 야반도주했을 것 같은 가게."

베시가 가느다란 손가락으로 가리킨 곳은 그녀의 표현대로 정말 음산한 분위기가 나는 곳이었다.

가게 밖으로 커다란 상자가 몇 개씩 놓여 있었고, 주변에는 빛바랜 종이들이 어지러이 굴러다니고 있었다. 꽉 닫힌 문 너머의 모습은 보이지 않지만, 그 안도 바깥 모습과 크게 다르지 않으리라.

더럽군. 저스틴이 그런 생각을 하면서 얼굴을 찌푸리자 베시가 그의 생각을 알아차린 것처럼 빙긋 웃었다.

"지저분하죠? 우리 부단장님에게는 너무 자극이 강했나? 근데 이 근방은 원래 다 저래요. 청결함과는 거리가 멀죠."

저스틴은 베시와 에릭과 함께 만났던 술집의 모습을 떠올리고 고개를 끄덕였다. 그리고 동시에 이런 더러운 뒷골목에 대체 왜 서점이 있는 건지 의아해할 수밖에 없었다.

"……베시, 저 가게는 정말 서점이 맞는 겁니까?"

그의 물음에 베시는 조금 묘한 얼굴을 하였다. 그러더니 곧 의미심장한 미소를 지으며 말했다.

"네, 맞아요. 저긴 분명 서점이에요. 조금 '특수'한 서적이나 문헌을 주로 취급하는 서점이긴 하지만."

베시는 '특수'라는 부분에 특별히 힘을 주어 말하였다.

"세상에는 별 특이한 사람이 다 있군요. 이런 곳에 서점을 차려 운영하는 주인이나, 이런 곳까지 굳이 책을 사러 오는 손님이

나.”

하지만 가게를 경계하듯 살피고 있던 저스틴의 귀에는 그것이 제대로 닿지 않았다. 그는 그저 베시가 맞다 하니 저게 정말 서점인가 보다 생각할 뿐이었다.

“대체 뭐가 필요하기에 여길 온 겁니까?”

저스틴의 따가운 시선을 받으며 베시는 빙그레 웃었다.

“지금 당장 필요한 건 아닌데, 대신 꼭 필요한 걸 찾기 위해서 필요한 거요.”

“……그게 무슨 말입니까? 그래서 필요하다는 겁니까? 아니라는 겁니까?”

저스틴은 베시에게 더 자세한 설명을 해 보라는 눈빛을 보냈다.

“일단 지금 사려는 건 필요한 게 맞아요. 아니, 정확히는 그 책 자체가 중요한 게 아니라 그걸 통해서 내가 뭘 좀 확인해야 하거든요.”

그녀가 설명을 늘어놓을수록 점점 더 대화는 미궁으로 빠져들었다. 베시 본인도 그것을 느꼈는지 어깨를 으쓱하였다.

“어쨌든 아마 전에 와서 부탁해 두었으니까 아마 준비해 놨을 거예요. 그리고 오늘도 부탁할 게 있으니 한번 가볍게 협박을—”

“전에 와서? 협박?”

그녀의 입에서 나오는 말은 갈수록 가관이었다. 저스틴은 대체 베시가 언제 자신의 눈을 피해 여길 왔다 간 것인지 알 수 없었다. 심지어 협박은 또 뭐란 말인가? 아무리 생각해도 위험한 일에 그녀가 스스로 머리를 들이밀고 있음이 분명했다.

분위기가 험악해졌다는 것을 깨달은 베시가 허둥지둥 입을 열었다.

"앗! 전에 왔다는 건, 아주 꽤 오래전이에요! 저스틴 군이랑 같이 다니기로 약속하기 전에!"

"……."

그녀가 딱히 거짓말을 하는 것처럼 보이지는 않았지만, 그런다고 해서 딱딱하게 굳어진 저스틴의 얼굴이 쉽게 풀어질 리가 없었다.

"……다니면서 위험한 일은 전혀 없었으니까 그런 얼굴 하지 말아요. 저기 정말 위험한 곳 아니라니까요? 잘 봐요, 내가 이렇게 먼저—"

그렇게 말한 베시가 먼저 씩씩하게 앞장을 섰다. 그에게 지금부터 우리가 향하는 행선지가 안전한 곳임을 증명하기 위해서였다. 하지만 그녀가 두 번째 발걸음을 미처 떼기도 전에 저스틴이 한쪽 손을 들어 살며시 그녀를 저지하였다.

어? 베시가 어리둥절한 얼굴을 하자 저스틴이 딱딱한 목소리로 말하였다.

"알았습니다. 일단 제가 먼저 가게 안을 확인하죠."

아무리 수도 안이라 하더라도 이런 뒷골목은 치안이 썩 좋지 않았다. 여행자가 무심코 들어간 가게에서 대기하고 있던 인신매매단이 여행자를 납치하는 사건도 드물게 발생했으니까.

여러 가지 경우를 생각하며 저스틴은 자신이 베시를 지켜야 한다는 사명감에 불탔다. 물불 안 가리는 이 여자와 함께 다닐 때, 방심은 언제나 금물이었다. 베시는 저스틴의 뒤에서 "괜찮을 텐데……."라고 중얼거렸지만, 그를 말리지는 않았다.

저스틴은 녹이 슨 가게 문 손잡이를 열고 그것을 안으로 밀었다.

끼이익—

생각보다는 부드러운 소리와 함께 문이 열리자 어두운 실내의 모습이 눈 안으로 들어왔다.

안은 밖에서 보는 것보다는 제법 커다랬다. 가게 안에 있는 모든 벽면에는 책장이 들어서 있었고, 그 책장에는 천장 끝까지 책이 빼곡하게 꽂혀 있었다. 그뿐만 아니라 바닥이나 테이블에도 책이 놓여 있었고, 암만 봐도 어항 비스름한 것으로 보이는 유리 수조 안에도 책이 있었다.

난생처음 보는 모습에 놀라 저스틴은 자리에 가만히 멈추어 섰다. 이게 서점이란 말인가?

그는 자신이 스스로 한 질문에 고개를 젓고 싶었다. 적어도 이제까지 그가 베시와 다니며 보았던 다른 서점들은 절대 이런 모습이 아니었다.

적어도 서점이라면 질서 정연하게 정리된 책들이 손님을 반기는 곳이 아니던가.

하지만 여긴 아무리 봐도 책이 많이 있는 창고로밖에 보이지 않았다.

"……드문 손님이 왔군. 기사 나부랭인가."

어디선가 들린 걸쭉한 사내의 목소리에 놀란 저스틴이 저도 모르게 검이 있는 허리춤으로 손을 가져갔다. 아무리 살기가 없어 방심했다 하더라도 자신이 기척을 느끼지 못하다니.

그는 가볍게 충격을 받으며 갑자기 나타난 인물을 경계했다.

"검을 빼 들 생각일랑 하지 말게. 여기가 어디라고 생각하는 게야? 이곳에서 손님이 빼 들어도 되는 건 그런 흉측한 물건이 아니라 지갑에 있는 돈뿐일세."

저도 모르게 검집에 손을 댄 저스틴을 험하게 꾸짖으며 등장한 자는 다리 한쪽을 저는 남자였다.

백발이 드문드문 섞인, 하지만 얼굴에 주름은 별로 없는 남자. 그에게서는 여전히 살기나 적의는 느껴지지 않았다.

저스틴은 그가 위험한 인물이 아니라고 판단하였다. 그렇기에 검을 다시 검집으로 되돌렸다. 하지만 경계심을 완전히 풀지는 않은 채, 고개를 까닥하였다.

"실례했습니다. 당신이 이 서점의 주인입니까?"

"그래. 내가 바로 이 가게의 주인장이지."

저스틴의 질문에 무뚝뚝하게 대꾸한 서점 주인이 저스틴을 위아래로 훑어보았다. 저스틴이 얼굴을 찌푸리며 불쾌해하거나 말거나 서점 주인은 제 할 말만을 떠들어댔다.

"흥. 여기가 처음인 모양이지? 그래서 기사 양반은 뭘 찾으러 예까지 왔나? 만일 엊그제 입고된 '그거'라면 이제 딱 한 권 남았네."

"그거?"

난데없이 튀어나온 지시대명사에 저스틴이 한쪽 눈썹을 까딱거렸다. 그러자 서점 주인이 히죽 웃으며 목소리를 한 톤 낮추어 속삭였다.

"사로잡힌 성녀의 감금 생활 배덕 편 초회 한정판."

"……네?"

서점 주인의 입에서 나온 낯선 단어의 조합에 저스틴이 순간적으로 고개를 갸웃하였다. 사로잡힌 성녀의 뭐? 지금 이자가 뭐라고 한 거지?

그때, 저스틴의 등 뒤에서 유쾌한 웃음소리가 들려왔다.

"아하하하! 유감이지만 틀렸어요, 아저씨. 그 사람은 그냥 내 동행이에요. 그리고 저스틴 군은 그런 저급한 소설 같은 건 읽지도 않을걸요?"

"흥, 뭐야. 마녀로군. 고새 죽지도 또 온 거냐."

점주가 퉁명스럽게 대꾸하는 사이, 저스틴이 뒤를 돌아보았다.

어느새 저스틴을 따라 가게 안으로 들어온 베시가 웃겨 죽겠다는 얼굴을 하고 있었다.

저스틴은 대체 저 서점 주인이 무슨 말을 하는 거냐는 얼굴로 베시를 보았다. 그것을 눈치챈 베시는 작게 헛기침을 하고 대답했다.

"사로잡힌 성녀의 감금 생활. 작가는 미상인데, 최근 대륙에서 엄청나게 유행하는 소설이에요. 내용은…… 어느 아름다운 성녀가 그녀를 사랑하는 미친 황제에게 사로잡히면서 벌어지는 그런 이야기랄까."

"왜 굳이 내용을 좋게 포장하려 드는 거야? 까놓고 말해 그냥 야한 소설이지. 음란 서적."

아이씨. 내가 왜 일부러 두루뭉술하게 설명을 한 건데! 저 아저씨가 진짜.

베시는 도끼눈으로 서점 주인을 노려보았다. 하지만 서점 주인은 그러거나 말거나 책이 가득 쌓여 있는 테이블 아래에서 책 한 권을 꺼내 들었다.

빨간색 표지에는 멋들어지게 『사로잡힌 성녀의 감금 생활 ―배덕편―』이라는 타이틀이 적혀 있었다. 그리고 그 밑의 띠지에는 '절대 밤에 읽지 말 것! 잠을 설쳐도 본 출판사는 책임지지 않음!'이라고 적혀 있었다. 그리고 그 옆에는 '낮에 보면 안 될 책! 당신의 일상이 엉망이 되어도 작가는 책임질 수 없음!'이라고 적혀 있었다.

그것을 보고 저스틴은 조금 어이가 없어졌다.

아니, 밤에도 낮에도 읽지 말라면 대체 언제 저 책을 읽어야 하는 거란 말인가? 아, 아예 안 읽으면 되는 건가.

저스틴이 무표정한 얼굴로 얼빠진 생각을 하고 있는 사이, 어느새 그의 곁으로 바짝 다가온 서점 주인이 장사치의 얼굴로 물었다.

"기사님은 처음 오셨으니 특별 가격으로 모시지. 단돈 은화 두 개. 어떤가?"

서점 주인의 제안에 저스틴은 절레절레 고개를 저었다. 이딴 걸 팔려고 하다니, 제정신이 아니군. 점주에게 필요 없다 대답하려던 저스틴은 멈칫하였다.

조금 전에 무심코 넘겼던 사실이 그의 뇌리를 강하게 두들겼기 때문이었다.

'이 남자는 대체 내가 기사라는 걸 어떻게 알았지?'

지금 저스틴은 기사복을 입고 있는 상태가 아니었으며 가지고 있는 검 역시 개인적으로 사용하는 검이었다. 그런데도 이 가게의 점주는 저스틴이 '기사'라 확신하였다.

저스틴은 다리 한쪽을 저는 서점 주인을 가만히 보았다. 그는 비록 다리를 절고 있었지만, 저스틴은 그의 몸놀림이 예사롭지 않다는 것을 깨달았다. 그리고 옷으로 감추어져 있지만, 그가 제법 탄탄한 근육질의 몸매를 갖고 있다는 사실도.

이 자, 대체 정체가 뭐지? 저스틴의 얼굴이 딱딱하게 굳어졌다. 그러자 점주가 무슨 생각을 한 건지 허허 웃으며 그의 어깨를 툭 쳤다.

"어허, 그렇게 뒤로 빼지 말게. 자네도 사내라면 관심이 있을 거 아닌가. 응, 안 그런가? 이 책 한 권이면 오늘 밤은 아주 화끈한 밤이 될 수 있으리라 내 장담을 하지."

나는 다 안다. 우리는 다 같은 남자가 아니더냐. 그러니 괜히 부끄러워하지 마라. 그렇게 말하는 것처럼 서점 주인은 음흉하게 웃고 있었다. 암만 봐도 밝힘증을 가진 중년 남자로밖에 보이지 않는 모습이었다.

그것을 본 저스틴은 생각을 고쳐먹었다. 이 남자를 경계하는 건 매우 어리석은 일인 것 같다고.

"필요 없습니다. 그런 게 없어도 전 이미 밤에는 충분히 바빠서."

가만히 대화를 지켜보고 있던 베시가 눈을 휘둥그레 떴다. 잠깐? 뭐야? 밤에 충분히 바빠? 당신이 대체 무슨 일로?

베시는 순간적으로 저스틴이 여러 귀족 영애들과 늦은 밤 산책을 즐기는 모습을 상상하고 말았다. 에이, 말도 안 돼. 그건 저스틴 하이네의 평소 모습과는 달라도 너무 다르지 않은가.

그녀는 제 안에 떠오른 불필요한 이미지들을 털어 내기 위해 머리를 절레절레 저었다. 그것이 매우 터무니없는 상상이라는 건 알았지만, 매우 강하게 이유 없는 불쾌함을 느껴야만 했다.

"그러니까 그 빨간책 좀 이제 그만 저리 치우시죠. 저한테는 쓸모가 없는 물건이니."

저스틴이 오만하게 턱을 들어 올리더니 짜증스럽게 고갯짓을 하였다. 저스틴에게는 전혀 필요 없는 그 물건을 쥔 서점 주인은 부러움 가득한 눈을 그에게 보내며 감탄하였다.

"허허. 밤 선약이 이미 꽉꽉 차 있는 거로군. 역시 젊고 잘생기고 볼 일이야. 참 좋을 때야. 나도 젊은 시절에는 하룻밤에 몇 명이나 되는 미인들과—"

"지금 뭔 상상을 하는지 모르겠지만, 밤에는 가족들과 식사 후 검술 훈련을 할 예정이라 바쁘다는 뜻이었습니다."

잠시 가게 안이 조용해졌다.

가족 식사, 검술 훈련. 베시는 갑자기 가슴이 뻥 뚫린 것 같은 기분에 방긋 웃었다. 그녀는 기분 좋게 주머니에 손을 찔러 넣으며 "바쁜 일정이긴 하네."라고 중얼거렸다.

엄한 오해를 했던 점주는 머쓱하게 헛기침을 하였다. 그를 안쓰럽게 보던 저스틴은 고개를 돌려 베시를 향해 물었다.

"베시. 정말 이딴 데 당신이 찾는 게 있는 겁니까?"

"이딴 데라니!"

자신의 가게에 그런 모욕적인 언행은 삼가라며 점주는 분노하였다. 베시는 그런 점주를 안쓰러운 눈으로 바라보며 말했다.

"아저씨. 쓸데없는 불평은 넣어두시고요. 저번에 부탁한 책이나 주세요."

"……잠깐 기다리게."

넓은 등을 시무룩하게 만 서점 주인이 몸을 돌렸다. 그의 투박한 손이 곧 먼지투성이의 책장 한편에 꽂힌 책 한 권을 꺼내 들었다. 그는 그것을 베시에게 휙 던졌다.

저스틴은 운동신경이 없는 베시가 책에 얻어맞기 전에 재빠르게 책을 받아 내었다. 표지를 힐끔 확인해 보니 『이란타의 암호 해독학』이라는 타이틀이 눈에 들어왔다. 암호 해독학? 대체 왜 이런 책을?

저스틴이 물끄러미 책을 내려다보자, 베시가 자연스레 손을 뻗어 그것을 가져갔다. 그녀가 책장을 넘겨 내용을 확인하는 사이, 점주가 넋두리를 늘어놓기 시작하였다.

"그거 이제 정말 구하기 어려운 책인 거 알지, 마녀? 책값은 좀 넉넉히 받을 거야!"

점주의 말에 저스틴은 베시의 손에 들린 책을 힐끔 보았다. 연식을 느끼게 하는 빛바랜 표지에는 군데군데 해진 곳이 보였다. 아무리 봐도 비싼 금액을 요구할 만한 책으로는 보이지 않았다.

하지만 의아해하는 저스틴과 달리, 책장을 넘기는 베시는 만족스러운 미소를 짓고 있었다.

"응, 위조품이 아니네요. 원전 확실하네. 제법이에요, 아저씨. 이걸 정말 구해 올 줄은 몰랐어요."

책을 한 번 훑어보는 것만으로 상태 확인을 전부 끝낸 그녀가 표지를 조심스레 덮었다. 정말 귀한 책인 모양이었다. 궁금증을 참지 못한 저스틴이 넌지시 물었다.

"그게 그렇게 구하기 어려운 겁니까?"

"응? 아아. 네. 암호학에 관련된 책은 원래 고가긴 한데, 이건 좀 더 특별히 비싸요. 이 책에는 수많은 나라에서 쓰던 기밀 암호 해독법이 기록되어 있거든요. 물론 이제는 쓰이지 않는 암호들도 있긴 하지만, 적어도 이건 암호 해독을 연구하는 사람이라면 기본적으로 읽어 봐야 할 책이에요."

베시의 설명이 끝나자 기다렸다는 것처럼 서점 주인이 말을 보탰다.

"하지만 그 책 때문에 큰 낭패를 보았던 한 왕이 책을 전부 불살라 없애 버렸지. 그래서 원서는 세상에 거의 안 남았어. 덕분에 책 좋아하는 호사가들도 구하지 못해 발을 동동 구르는 물건이야, 그거."

그런 물건을 구해 온 내 능력이 참 대단하지 않느냐며 서점 주인이 가슴을 쭈욱 폈다. 베시는 고개를 끄덕였다.

"맞아요. 정말 대단해요. 이제 확인 끝났으니 본론으로 들어가도 되겠네요."

"뭐? 본론?"

"이번에는 '슐레이 반 듀벨 전 황제 서거'에 관련된 문헌을 찾아 주세요."

베시의 입에서 흘러나온 말에 서점 주인이 눈을 커다랗게 떴다.

물론 놀란 것은 점주만이 아니었다. 저스틴 역시 당혹감을 감추지 못하여 눈을 가늘게 좁혔다.

갑자기 전 황제 폐하의 서거 관련 문헌이라니? 그러나 그는 곧 영민한 머리를 움직여 이 상황을 제대로 이해하였다.

'그녀가 진짜 필요로 한 게 이거였군.'

크리스의 부탁으로 전 황제 암살 사건을 은밀히 조사 중인 베시에게는 필연적으로 슐레이 반 듀벨에 대한 자료가 필요했다. 사실 슐레이 반 듀벨 황제에 대한 자료는 찾기 쉬운 편이었다. 그는 역사서에 남을 만한 위인이자 황제였으니까.

그렇지만 그런 그의 죽음에 대한 정보나 자료는 찾는 건 결코 쉬운 일이 아니었다. 그러니 베시에게는 찾기 힘든 서적이나 문헌을 주로 취급하는 사람이 필요했으리라.

저스틴은 때때로 베시가 자신과 함께 간 서점에서 주인들에게 어떤 종잇조각을 내밀었던 것을 떠올렸다. 대부분은 자신은 이런 걸 못 구한다며 고개를 바로 저었다.

하지만 지금 이 가게의 주인은 베시가 원하는 책을 훌륭히 찾아낸 것이다. 그의 시선이 베시와 마찬가지로 점주에게로 향하였다. 명백히 기대가 어린 눈빛이었다.

마녀와 기사의 시선을 한 몸에 받은 서점 주인이 경기를 일으켰다.

"그, 그런 건 아무리 나라도 못 구해! 애초에 여긴 성인들을 위한 책을 취급하는 서점이라고! 대체 왜 어른의 꿈과 희망을 파는 가게에서 그딴 걸 찾는 거야?"

언제부터 빨간책이 어른의 꿈과 희망이었단 말인가. 저스틴은 차가운 눈으로 서점 주인을 보았다. 하지만 베시는 그런 서점 주인의 말을 가볍게 무시하였다.

"왜요? 이곳에서는 못 구하는 게 없다면서요. 실제로 이것도 구해 왔잖아요."

베시가 손에 든 암호학 책을 들어 올려 보이자, 점주의 목소리가 한 톤 낮아졌다.

"아, 암만 그래도 전 황제 폐하 서거에 관한 문헌은 못 구해. 그게 언제 적 일인데……."

"언제 적이긴 언제 적이에요. 14년 전이지."

베시는 그게 뭐 대수냐는 식으로 대꾸한 뒤 자신의 발 주변에서 굴러다니는 책 한 권을 집어 올렸다.

"푸른 지평선 끝으로. 이것도 24년 전쯤 나온, 엄청 인기 없던 서평집 아니에요? 이란타의 암호 해독학이며 이런 서평집은 거뜬히 구하시는 양반이 설마 14년 전 문헌 하나 못 구하시겠어요? 정 서적이 무리라면 내용이 몇 줄만 적힌 신문 기사라도 상관없어요."

"아니, 서적이건 기사건 무엇이든 무리라니까! 게다가 차라리 후대가 남긴 자서전 기록이면 모를까, 신문 기사는 더더욱 구할 수가 없어."

전에도 독특한 취향을 가진 애호가들이 베시와 비슷한 요청을 몇 번 했었다며 서점 주인은 한숨을 푹 내쉬었다.

"당시에는 신문에 제대로 관련 내용이 실린 것도 없었거니와 그 얼마 안 되던 기사들도 어느 순간에는 전부 사라져 버리고 말았거든."

"……사라져 버렸다, 라."

베시의 푸른 눈 안쪽이 날을 세운 검같이 예리해졌다. 그게 불길한 신호라는 걸 알 리 없는 점주는 베시를 향한 설득을 시작했다.

"그래. 그러니까 그런 건 놔두고, 얼른 책값이나 치르고 가게. 아! 아니면, 기사님. 자네가 좋아하는 장르에 대해 말해 보게. 이곳에 없는 게 없으니 자네가 원하는 책은 무엇이든 찾아 주겠네!"

점주는 베시 대신 저스틴을 공략하기로 결심한 모양이었다.

"됐습니다, 난 그저 그녀의 동행으로……."

그렇게 말하던 저스틴이 멈칫하였다. 서점 주인 뒤에 있는 책장에 꽂혀 있는 수많은 책 중 한 권이 묘하게 그의 마음에 걸렸다.

그는 자신을 향해 애타는 눈빛을 보내는 점주를 무시하고, 성큼성큼 책장 아래로 걸어갔다. 묘하게 제 마음을 어지럽히는 책을 찾아 뽑은 그는 입김을 후 불어 먼지를 날려 보냈다.

그러자 표지에 적힌 문자가 들어왔다.

마녀. 표지에 적힌 것은 단지 그 두 글자뿐이었다.

그것을 확인한 순간, 저스틴의 눈이 반짝 빛났다. 어느새 그는 자신도 모르게 책의 표지에 묻은 먼지를 탁탁 털어 낸 후 책장을 넘기고 있었다.

첫 페이지는 작가 본인이 직접 쓴 것으로 보이는 헌정사가 적혀 있었다.

《누구보다 이 세상을 사랑했던 그대들에게 바칩니다. 그대들이 더는 사람들에게 오해받질 않길, 고통 받지 않길 바라며. 그리고 우리의 저주로부터 자유로워지길 바라며.》

수수께끼 같은 그 헌정사는 묘하게 저스틴의 마음을 끌었다. 마지막에 쓰여 있는 사인은 이상하게 친숙하게 느껴졌다. 그것을 한참 내려다보던 저스틴은 곧 깨달았다.

친구를 찾아 온 세상의 반을 여행했던 꼬마 마녀. 이 사인은 분명 그 동화책의 저자와 같은 사인이었다.

마녀가 나오는 동화책을 쓴 저자가 마녀에 대한 기록 서적도 저술하였다? 아무래도 우연은 아닌 것 같았다.

호기심에 책장을 넘겨 본 저스틴은 소리 없이 놀랐다. 그 책은 이제까지 자신이 본 그 어떤 책보다도 훨씬 더 일목요연하게 마녀에 대한 것을 기술하고 있었다.

요새 한참 마녀에 대한 책을 열심히 읽고 있던 저스틴에게 그것은 매우 반가운 발견이었다.

이걸 사야겠군. 저스틴은 주변을 둘러보았다. 어쩌면 이 엉망진창인 서점 안에 마녀에 대한 또 다른 책이 있을지도 모른다는 생각 때문이었다.

그는 다른 책 더미에 파묻힌 책 한 권의 제목이 '마녀' 라는 단어가 들어간 것을 보고 반가워하며 그것을 손에 쥐었다.

하지만 그가 손에 쥔 책은 저스틴이 생각했던 그런 책이 아니었다.

“오호! 기사님은 취향이 상당히 특이하시구만. 고른 책이 ‘능욕당하는 마녀의 끝나지 않는 밤’이라니! 이거 상당히 수위가 세기로 유명한 물건인데, 기사님 취향이 이쪽이셨나?”

베시의 관심이 자신에게서 벗어날 건수를 잡은 게 신났는지 서점 주인은 일부러 큰 소리로 외쳤다. 저스틴은 얼굴을 찌푸렸다.

“아닙니다. 난—”

“하하! 뒤로 뺄 것 없네. 그건 나도 상당히 좋은 책이라고 생각하니까 말일세. 처음에는 그토록 젊은 이단 심문관의 손길을 거부하던 마녀가 결국 그 남자에게 몸도 마음도 허락하게 되면서…….”

“우와, 기분 나빠.”

서점 주인이 신나서 책의 내용을 설명하기 시작하자 베시가 아주 조용한 목소리로 중얼거렸다.

한 번도 들어 본 적 없는 목소리에 저스틴은 놀라 베시를 보았다. 그녀는 정말 혐오스럽다는 얼굴을 한 채, 저스틴의 손에 들려 있는 책을 보고 있었다.

아무래도 자신이 마녀인 만큼 마녀에 관련된 성인 소설에 강한 거부감이 드는 모양이었다. 저스틴은 아무 말 없이 손에 들려 있던 빨간책을 내던졌다. 부메랑처럼 날아간 책은 탁— 소리와 함께 다른 책 더미 사이에 파묻히고 말았다.

"으악! 이게 대체 무슨 짓이야!"

점주가 책이 날아간 방향을 보며 비명을 질렀다.

"실례. 저급한 내용에 너무 놀라 손이 헛나갔군요. 책은 변상하겠습니다."

저스틴은 아무 일도 없었다는 듯이 무심한 얼굴이었다. 그 덕에 베시도 금세 평정을 되찾았다. 지금은 저런 빨간책에 신경 쓸 때가 아니지, 참.

"흠, 그래서 아저씨? 구해다 주실 거예요, 말 거예요?"

"뭐, 뭘?"

베시가 말하는 게 무엇인지 뻔히 알면서도 서점 주인은 오리발을 내밀었다. 부드러운 설득이 도저히 안 통한다 판단한 베시는 한숨을 쉬었다. 이제 슬슬 방법을 바꿔야 할 때였다.

"……하아. 내가 진짜 이 방법은 안 쓰고 싶었는데. 안 되겠네요. 아저씨, 조만간 제가 신고 좀 한 번 넣어 드릴까요?"

"뭐, 뭐!? 신, 신고라니, 내가 뭘 어쨌다고……!"

"국내에 수입이 금지된 음란 서적을 대량으로 유통하여 판매하고 있으니 충분히 신고감이죠. 전에도 몇 번 감옥 좀 다녀오셨다면서요? 요새 감옥은 검은 빵 대신 흰 빵 준다던데 한 번 가서 맛 좀 보실래요? 흰 빵을 눈물에 적셔 먹으면 목구멍으로도 잘 넘어가지 않을까요?"

"크, 윽……! 이런 노인네를 옥살이시키려고 하다니…… 역시 네놈은 간악하기 짝이 없는 마녀로구나! 이 못된 마녀! 언젠간 천벌을 받을 거다!"

마치 모험 소설에 나오는 정의의 사도가 악당을 꾸짖는 것 같은 목소리로 서점 주인이 목소리를 높였다. 그러자 베시가 기가 막힌다는 얼굴로 팔짱을 끼고 대꾸했다.

"뭔 소리예요. 그렇게 늙지도 않은 양반이. 게다가 아저씨 왕년에 잘나가던 용병이었다면서요? 지금 건강 상태로 보아 하면 한 4년 정도 옥살이 정도는 거뜬하실 것 같은데."

"4, 4년씩이나!?"

"여기 있는 책 중에 90%가 음란 서적이잖아요. 물론 이 가게가 이런 외진 곳에 있으면서도 장사가 되는 이유는 그것 덕이지만요. 어쨌든 수입 금지 품목을 수입했으니 징역 1년 혹은 벌금형, 판매 금지 품목을 판매했으니 징역 2년, 서적 유통 관리 등록법을 어겼으니 징역 1년 혹은 벌금형. 그러니까 어림잡아 4년 정도. 그쵸, 저스틴 군?"

"아닙니다."

베시의 불시 질문을 받은 저스틴이 고개를 저었다. 당황한 베시가 얼굴을 구겼다. 앗, 저 바보! 이런 상황에서는 날 좀 도와줘야지! 그에 반해 서점 주인의 얼굴은 환해졌다. 하지만 저스틴의 입에서 이어진 다음 말에 그는 무너지고 말았다.

"정확히는 6년 이상이 나올 겁니다. 수입 금지 품목은 작년부터 징역이 3년으로 늘어났고, 판매 금지 품목 역시 3년으로 늘어났습니다."

"……."

서점 주인은 마치 눈앞에서 구조선이 침몰하는 것을 본 조난자 같은 얼굴이었다.

물론 이번에는 그와는 정반대로 베시의 얼굴이 환해졌다.

"어머, 그랬어요? 몰랐어요! 저스틴 군이랑 같이 오길 정말 잘했네요."

"……도움이 되었다니 기쁘군요."

저스틴이 미묘한 얼굴을 하였다. 베시가 자신을 필요로 해 준다는 사실은 무척 기쁘긴 하나, 적어도 이런 상황에서는 아니었다.

"자, 들으셨죠? 아저씨. 제가 이 가게를 신고하면 실제로 좀 아저씨가 많이 귀찮아지시겠네요. 그렇죠?"

후후 웃는 베시의 얼굴은 악랄한 마녀 그 자체였다. 점주는 애꿎은 원망을 저스틴에게로 돌렸다.

"너무하는구만, 기사님."

"뭐가 말입니까."

"마녀랑 합심해서 선량한 제국민을 괴롭히면 쓰나. 자네들이 무슨 부부 공갈 협박단도 아니고."

서점 주인의 말에 저스틴은 한쪽 눈썹을 꿈틀거렸다.

"선량한 제국민은 수입 금지 품목을 수입하지도 않고, 판매 금지 물건을 팔지도 않습니다."

"아니, 그게 내가 막 그렇게 법을 어기고 그런 건 결코 아니고—"

"그렇습니까? 그럼 경비대가 출동하여 조사를 진행해도 아무 거리낌이 없으시다는 말이군요."

저스틴의 심드렁한 목소리로 점주는 무너지고 말았다. 베시보다는 이쪽이 조금 더 대화가 통할 것이라던 제 판단이 터무니없는 착각이었음을 깨달으며.

"……크, 크흠! 알겠네, 알겠어! 내가 힘 좀 써 보도록 하지!"

그렇게 점주가 외치는 것과 동시에 베시가 신이 난 얼굴로 손뼉을 짝 쳤다. 그녀가 얼마나 기뻐하는지 저스틴도 저도 모르게 피식 웃음이 흘러나올 정도였다.

"와! 아저씨 최고! 정말 고마워요!"

그렇게 외친 베시가 점주에게 달려들어 그를 와락 끌어안았다. 제 딴에는 고마움을 표현하는 동시에 축 늘어진 서점 주인을 좀 위로하고자 하는 기특한 행동이었지만, 그녀의 뜻은 이루어지지 않았다.

"응?"

자신의 몸이 무언가에 의해 가로막히자 베시는 어리둥절하여 고개를 옆으로 비틀었다. 그러자 제 허리를 단단하게 끌어안아 그녀의 몸을 못 움직이게 붙잡아둔 저스틴의 손이 보였다.

이게 대체 무슨 의미람? 베시가 설명하는 요구하는 눈빛을 저스틴에게 보냈다.

"……실례. 베시가 넘어지려는 줄 알았습니다."

아니, 그게 아니라 아저씨 좀 안아서 등 좀 팡팡 두들겨 주려고 했던 건데? 내 자세가 넘어지려는 것처럼 보였단 말이야? 베시가 어리둥절함과 의아함을 동시에 느끼는 얼굴로 고개를 갸웃거렸다.

그녀가 그러거나 말거나 저스틴은 베시를 뒤로 조금 더 끌어당겨 안전하게 몸을 세워주었다.

"이제 볼일이 끝난 겁니까?"

"응? 잠시만요."

그렇게 말한 베시는 고개를 길게 빼서 저스틴의 뒤로 보이는 점주를 보았다.

"아저씨. 그럼 약속한 거 찾아다 주시는 거 맞죠?"

점주는 말하기도 귀찮다는 듯 손을 휘저어보였다. 그러자 베시가 심술 맞은 얼굴로 말했다.

"좋아요. 그럼 다음에 올 때는 제가 원하는 게 있으면 좋겠네요. 없으면 제가 너무 많이 실망해서 당장 경비대로 달려갈지도 몰라요."

말은 부드러웠지만, 그 내용은 치사한 협박이었다. 서점 주인은 윽, 하는 신음을 흘리며 가슴을 부여잡는 시늉을 하였다.

"아까부터 어떻게 그런 무서운 협박을……! 이러다가 이 노인네가 심장마비로 쓰러지면 어쩌려고 이러나!?"

뭐? 노인네는 무슨.

베시의 시선이 아무리 봐도 20대 청년보다도 더 두꺼워 보이는 서점 주인의 팔 근육과 두툼한 목을 오갔다. 다리를 절고 있다는 점만 제외하면 그는 아주 건강해 보였으니까.

그런 생각을 한 건 베시만이 아니었는지, 그녀의 앞에 있는 저스틴이 입을 열었다.

"제 눈에 문제가 있는 게 아니라 심장마비로 오늘내일할 것처럼 보이지는 않으시군요. 곰도 맨손으로 때려잡으실 수 있을 것 같은데."

"자네들 진짜 쌍으로 왜 이러나!"

서점 주인은 베시가 처음 이 가게를 찾아왔던 그날, 당장 가게를 이전해야 했다고 생각하며 머리를 쥐어뜯었다. 마녀 하나도 상대하기 벅찬데, 이제는 그녀를 따라온 기사조차도 골칫덩이었다.

아무래도 오늘은 별자리 운세가 최악인가 봐. 점주는 빨리 두 골칫덩이를 가게 밖으로 몰아내고 싶은 마음에 힘없이 손을 휘저었다.

"알았어, 알았어. 내가 최선을 다해서, 아니 반드시 찾아오겠네. 그러니까 이제 제발 좀 가 주게."

애원조로 서점 주인이 부탁했다. 제발 이 가게에서 좀 사라져 달라고.

"아직 책값 계산 안 했잖아요. 계산해 주세요, 이거."

베시는 자신이 들고 있는 암호학 책을 흔들어 보였다. 순간 기민하게 눈을 빛낸 점주는 손가락을 세 개 펼쳐 보였고, 베시는 곧장 주머니를 뒤져 금화 세 개를 꺼내 들었다. 그것을 본 저스틴이 눈썹을 까닥거렸다. 책 한 권에 금화를 세 개씩이나?

아까는 리본 한 줄에 은화 세 개도 비싸다고 하던 여자가 책 한 권에는 잔말 없이 돈을 턱 내놓는 모습을 보니 이상한 기분이 들었다.

"……책값은 깎지 않는군."

저스틴이 저도 모르게 중얼거린 말에 베시가 싱긋 웃었다.

"그건 책에 대한 예의가 아니죠."

내가 아무리 악랄한 마녀라도 그런 짓은 안 한다고요. 점주는 이제까지 얄미운 말만 하던 베시가 처음으로 마음에 드는 소리를 했다는 것처럼 웃었다.

"그럼 이건 포장 없이 계산—"

베시가 서점 주인에게 다가가 책값을 치르려고 하자, 저스틴이 그것을 막았다. 아까부터 이 남자가 대체 왜 이러는가 싶어 흘겨보니 저스틴이 제 손에 들린 책을 보여 주었다.

"이것과 함께 제가 계산하고 오겠습니다."

그는 베시가 됐다 말할 틈을 주지 않고, 성큼성큼 점주가 있는 방향으로 걸어갔다.

"이 책을 사고 싶습니다. 함께 계산해 주십시오."

그 순간, 점주의 표정이 환해졌다. 그럼 그렇지!

사실 이곳을 찾는 기사는 손가락으로 꼽아 셀 수 없을 정도로 많았다. 하얀 사자 기사건, 검은 곰 기사건, 하다못해 품위에 목숨을 건다는 은빛 매 기사마저 은밀하게 이곳을 찾았으니까.

서점 주인은 저스틴 역시 다른 기사들과 별반 다를 바 없다 생각하며 음흉하게 웃었다. 만일 이 기사가 이대로 음란 서적을 사 간다면 반대로 자신이 그를 협박할 수 있는 빌미를 잡을 수 있기 때문이었다.

"하하! 역시 기사님도 사내는 사내로군! 이런 곳에 오면 빨간 책 하나쯤은 사 가는 거지!"

"아니요, 이 책은—"

저스틴이 심드렁한 얼굴로 무언가를 말하려고 하였지만, 점주는 그의 어깨를 거세게 내리칠 뿐이었다.

"그래. 그래! 말 안 해도 다 아네, 내가 자네 마음을 알아! 명색이 사내가 이곳에 와서 책 한 권 안 사고 간다는 게 말이 되나?"

암, 그렇고말고. 이곳이 어떤 곳인데. 서점 주인은 흐뭇한 미소를 지었다. 그는 온 대륙의 성인 소설이 전부 갖추어진 제 가게에 매우 큰 자부심을 가지고 있었다. 기왕이면 가격을 팍팍 깎아 준 뒤, 자신을 잘 봐 달라는 어필도 좀 하리라 생각하며 저스틴의 손에서 책을 획 빼앗았다.

"음, 그럼 어디 기사님이 대체 어떤 책을 고르신 건지 한 번 볼……."

책의 타이틀을 확인한 서점 주인은 잠시 침묵하였다.

쓰여 있는 것은 단 두 글 자. 마녀.

아무리 봐도 질척거리는 내용이 담긴 책으로 보이지는 않았다. 그는 혹시 하는 마음으로 책을 열어 보았다. 그리고 자신의 예상대로 너무나도 건전한 내용에 기겁하여 책장을 덮었다.

그는 저스틴을 보았다. 저스틴이 팔짱을 낀 채, 차가운 얼굴을 하고 있었다.

"……기사 양반, 정말 이걸 살 생각인가?"

"왜 그러십니까? 혹시 안 파는 물건입니까?"

"아, 아니. 그런 건 아니네만……."

대체 이딴 책은 뭐에다 쓰려고 사는 거지? 점주는 도저히 저스틴을 이해할 수 없다는 얼굴로 보았다. 이건 혈기왕성한 사내에게 필요한 책이 아니잖아?

"쓸데없는 사족은 필요 없으니 계산이나 해 주시죠."

그렇게 말하며 주머니 안에 지갑을 꺼내든 저스틴은 잠시 멈칫하였다.

"혹시나 해서 묻는 거지만, 여기 이 책을 쓴 저자의 다른 책도 있습니까?"

"응? 이 책을 쓴 저자의 다른 책?"

서점 주인은 저스틴이 내민 책의 저자 이름을 확인하였다.

계산이 제법 길어질 것이라 생각한 것인지 뒤에서 베시가 지루하다는 목소리로 말했다.

"저스틴 군, 일 보고 나와요. 나 바깥에서 기다릴게요."

"잠깐, 베시. 금방 끝날 테니 함께 나가는 게—"

"여기 공기가 너무 탁해서 그래요."

그렇게 말한 베시는 등을 돌려 손을 흔든 뒤, 문밖으로 빠져나갔다. 저스틴이 그 뒷모습을 불안하게 쳐다보는 사이, 서점 주인은 작은 산처럼 쌓여 있는 책 더미를 뒤지기 시작하였다.

"흠, 어디 보자— 여기에는 없고…… 여기도, 없고. 그럼 저기는……."

혼잣말을 중얼거리며 다리를 질질 끌던 서점 주인이 마침내 책 한 권을 꺼내 들었다.

"여기 같은 사람이 쓴 책이 한 권 있네만…… 이건 어린애들 보는 동화책인데. 괜찮나?"

저스틴은 눈을 가늘게 뜨고 점주가 들고 있는 책의 타이틀을 확인하였다. 자신이 읽었던 동화책과는 다른 제목이었다.

아무래도 이 작가는 원래 동화책을 주로 쓰는 인물인 모양이었다. 그것도 마녀를 주인공으로 하는.

"상관없습니다. 그것도 사죠."

점주가 절뚝거리며 책을 들고 카운터 쪽으로 돌아왔다. 그는 참 별난 사람을 다 본다는 얼굴로 저스틴을 보며 두 권의 책을 포장해 주었다.

"학자라면 몰라도 기사가 마녀에 관심을 갖는 건 처음 보는군. 같이 다니는 마녀 때문인가?"

저스틴은 아무 대답을 하지 않았다. 그 침묵을 무엇으로 해석

했는지 점주가 달갑지 않은 소리를 하였다.

"마녀에게 너무 깊게 관여하지 않는 게 좋을 걸세."

"……그게 무슨 뜻입니까?"

말투는 정중하였으나, 점주를 향한 저스틴의 목소리와 눈빛은 결코 부드럽지 않았다. 대답 여부에 따라서는 당장 다리가 불편한 아저씨의 멱살 정도는 잡을 것 같은 흉흉함이었다. 하지만 그런 저스틴을 앞에 두고도 점주는 태연하였다.

"말 그대로의 의미일세. 마녀는 불행을 부른다는 말이 있잖나."

실제로 나에게도 이런 터무니없는 문제나 떠맡기고. 서점 주인이 진절머리가 난다는 듯 투덜거렸다.

"그런 말은 그냥 근거 없는 미신입니다."

불쾌해진 저스틴의 반박에 서점 주인이 피식 웃더니 표정을 바꾸었다. 속없고 가벼워 보이던 분위기가 단숨에 사라졌다. 긴장된 공기에 저스틴은 저도 모르게 눈을 가늘게 떴다.

"마녀 때문에 일어난 불행을 기록한 서적은 수없이 많다네. 원한다면 그런 책들도 찾아 줄 수 있지."

"……."

저스틴이 길게 침묵하자 서점 주인이 씁쓸한 얼굴로 팔짱을 꼈다. 그의 목소리가 가게 안을 뒤덮은 먼지처럼 탁하였다.

"대부분의 마녀는 어린 나이에 가족들 곁을 떠나 마녀들의 도시인 하얀 달밤으로 향하지. 자신들이 곁에 있는 누군가를 불행하게 만들지 모른다고 불안해하며."

"……잘 아시는군요. 아는 사람 중에 마녀 때문에 불행해진 사람이 있기라도 했던 겁니까?"

빈정거림이 섞인 저스틴의 대답에 점주가 무어라 형용할 수 없는 표정을 지었다. 하지만 그것은 순간에 지나지 않았다. 그는 저스틴을 향해 마치 안쓰럽게 여기는 것 같기도 하고, 어리석게 보는 것 같기도 한 눈빛을 보냈다.

그것을 알아차린 저스틴이 다시 얼굴을 찌푸리자, 점주는 저스틴이 고른 두 권의 책을 가리키며 입을 열었다.

"이 책을 쓴 저자 말일세. 연인이 마녀였다는 이야기를 들은 적이 있네."

이 작가가 마녀와 연인 사이였다고? 생각지도 못했던 정보에 저스틴이 드물게 놀란 얼굴을 하였다.

"길을 한 번 잘못 들면 다시 빠져나오는 것은 쉽지가 않지. 그래서 신중하라는 걸세."

"마녀가 '잘못된 존재'라고 말하고 싶은 겁니까?"

점주가 흠칫 어깨를 굳혔다. 저를 향한 저스틴의 분노가 예사로운 것이 아니라는 걸 알아차린 탓이었다. 아무래도 이 기사는 같이 다니는 마녀에게 깊은 정을 느끼고 있는 모양이었다. 자신의 실수를 깨달은 점주는 얼른 고개를 저었다.

"아니, 그런 건 아닐세. 나는 그냥……."

"제가 마녀에게 관심을 가지건 아니건 그건 전적으로 저의 문제입니다. 타인인 당신이 상관할 일은 아니라고 생각합니다."

저스틴이 재차 불쾌함을 드러내자 점주는 허허 웃었다.

"미안하네. 내 실없는 소리니 너무 마음에 담지 말게."

그의 딴에는 분위기를 한결 누그러트리려는 의도였지만, 명백한 실패였다.

"그런 식으로 끝낼 말이라면 아예 처음부터 입에 담질 말았어야 합니다."

노기어린 음성으로 대꾸한 저스틴이 몸을 빙글 돌렸다.

"포장 끝나면 부르십시오. 그때까지 다른 것 좀 살펴보고 있겠습니다."

더는 점주의 얼굴을 보고 싶지 않다는 것처럼 저스틴은 가게 안을 살피기 시작하였다.

머쓱해진 점주는 뒷머리를 긁적였다. 괜한 참견을 했다 생각하며 손을 분주히 움직이던 서점 주인의 눈에 문득 책 한 권이 들어왔다.

『능욕당하는 마녀의 끝나지 않는 밤.』

그것을 물끄러미 보던 점주는 혼자 고개를 끄덕이더니 그 책을 집어 올려 다른 책들과 함께 포장하였다. 다른 의도는 없었다. 그저 저스틴의 마음을 불편하게 한 게 조금 미안하여 사과의 의미에서 넣은 작은 성의였다.

물론 저스틴에게는 매우 불필요한 선물이었다.

*　*　*

가게 밖으로 빠져나온 베시는 가게 안을 힐끔 보았다. 더러운 유리창 너머로 가게 주인이 무언가를 포장하고 있는 모습이 보였다. 그리고 그 옆에서 저스틴이 멀뚱히 서 있는 모습도.

그것을 가만히 보며 베시는 제 턱을 긁적였다. 대체 저 기사님이 무슨 책을 산 걸까? 순수한 호기심에 그녀는 혼자 이런저런 추측을 하기 시작하였다.

저 기사님 성격상 야한 책을 사지는 않았을 테고. 혹시 검술에 관한 책 같은 거라도 있었나? 그게 아니면 가족에게 선물할 만한 책? 아님—

보다 편한 자세로 저스틴을 기다리기 위해 베시는 벽에 등을 기대었다. 돌벽에 서려 있는 찬 기운이 등에 닿아 몸이 서늘해졌다.

으, 햇빛 안 드는 곳은 아직 역시 좀 춥네. 베시는 손끝이 조금 차가워진 것을 느끼며 코트 주머니 안으로 손을 찔러 넣으려고 하였다.

그 순간이었다.

무언가 꺼림칙한, 하지만 정확히 무엇이라고는 콕 집어 말할 수 없는 시선이 느껴졌다. 저도 모르게 몸을 딱딱하게 굳힌 채, 베시는 시선이 느껴진다고 생각하는 방향으로 고개를 돌렸다.

하지만 그곳에는 아무도 없었다.

기분 탓이었던 걸까. 베시가 그런 생각을 하는 것과 동시에 휙— 무언가가 재빠르게 움직이는 소리가 들렸다. 얼핏 들으면 바람이 움직이는 것 같은 소리였다.

깜짝 놀란 베시는 자신이 보던 곳과는 정반대 방향으로 고개를 돌렸다.

붉은 무언가가 그녀의 눈 안에 잔상처럼 남았다가 사라졌다.

괜한 오싹함에 베시가 어깨를 작게 말았다. 슬슬 대비가 필요할 때구나. 그녀는 습관처럼 주머니 속에 넣어 둔 종이쪽지들을 매만졌다.

여차한 순간에는 단 한 마디의 말을 내뱉을 수 있도록 만반의 준비를 다한 채.

긴장 때문에 등줄기가 오소소 떨려왔다. 베시는 입안으로 몇 번이고 '작성 끝'이라는 말을 되뇌었다. 그러나 준비가 무색하게도 그녀가 마법을 쓰는 사태는 벌어지지 않았다.

"늦어서 미안— 베시?"

낡은 문이 끼긱거리는 소리와 함께 저스틴의 목소리가 들려왔다. 놀라 고개를 돌리니 손에 포장된 책을 든 저스틴이 한쪽 눈썹을 까닥거리는 모습이 보였다.

"무슨 일이라도 있었습니까?"

길고양이처럼 주변을 경계하고 있던 베시는 잠시 저스틴을 보다가 아무것도 아니라는 것처럼 고개를 저었다. 아직 아무것도 확실한 게 없으니 지금은 입을 다물 셈이었다. 워낙 눈치가

빠른 남자라 소용이 없을 수도 있지만.

“아니요. 그냥 눈이 좀 침침해졌나 봐요.”

그렇게 말한 베시는 제 눈을 문질렀다.

“……베시. 신경 쓰이는 일이 있다면 말해주었으면 합니다. 내가 미리 대비할 수 있도록.”

저스틴은 여전히 진지한 얼굴로 그녀를 보고 있었다. 그것을 깨달은 베시는 저스틴에게 걱정을 끼치지 않기 위해 히죽 웃어 보였다.

“아무것도 아니라니까요. 그나저나 저스틴 군. 뭐 샀어요? 설마 저질 소리 들을 만한 책 산 건 아니겠죠?”

일부러 화제를 돌리기 위해 베시가 꺼낸 말에 저스틴은 적당히 넘어가 주었다.

“성인 소설을 샀느냐 묻는 거면 아닙니다. 개인적으로 관심이 가는 작가의 책이 있어서 산 것뿐입니다.”

베시는 저스틴의 대답이 의외라는 것처럼 눈을 휘둥그레 떴다.

“어머, 저스틴 군이 좋아하는 작가가 누군데요?”

“좋아한다, 고까지는 말하기는 뭣하지만…… 최근 관심이 생긴 작가입니다.”

“헤에, 그래서 누군데요?”

포기할 줄 모르고 베시가 질문을 되풀이하자 저스틴은 한숨과 함께 작가의 이름을 알려 주었다. 그러자 베시가 기억을 더듬는 것 같은 얼굴을 하였다.

입속으로 작게 작가의 이름을 몇 번 중얼거린 그녀가 이윽고 알겠다는 얼굴로 외쳤다.

"아! 그 사람! 꼬마 마녀 시리즈 동화책을 쓴 작가잖아요!"

"……아는군요."

베시가 어깨를 으쓱하였다.

"그거야 당연하죠. 그나저나 의외네요. 그 작가의 책이 저런 서점에 있다니."

천천히 걸음을 옮기기 시작한 베시가 힐끔 서점 쪽으로 시선을 주었다. 제법 거리가 멀어진 탓에 유리창 안의 풍경은 더 이상 보이지 않았다. 하지만 보이지 않아도 알 수 있었다.

지금쯤 서점 주인은 급하게 소금을 찾아 가게 문 앞에 뿌리려고 할 것이다. 그리고 제멋대로인 마녀를 저주하며 이를 갈고 있을 터였다. 아니, 마녀뿐만이 아니라 성격 더러운 기사에게도 욕설을 퍼붓고 있겠지.

저스틴은 한쪽 옆구리에 포장된 책을 잘 끼고 베시의 옆을 따랐다. 베시 역시 저스틴이 대신 계산해 준 암호학 책을 옆구리에 끼고 있었다.

"다른 분야 책이면 몰라도 저 아저씨네 가게에 동화책을 사러 오는 손님은 없을 것 같은데."

"정확히는 동화책은 아니고, 그 작가의 다른 책을 발견해서 그걸 산 겁니다. 동화책도 한 권 있기에 사긴 했지만."

저스틴의 설명에 베시가 호기심이 동한 얼굴이었다.

"그 작가의 다른 책이라면 어떤 책인데요?"

"……마녀에 대한 책입니다."

그 짧은 대답에 베시는 고개를 갸웃하였다. 그러더니 곧 작게 웃었다.

"한결같네요, 그 작가. 동화책에도 늘 마녀가 주인공으로 나오더니, 일반 서적도 마녀에 대한 걸로 썼다니."

그녀를 정말 많이 사랑했나 봐. 잔바람 같은 중얼거림이 들려왔다. 청각이 예민한 저스틴이 아니라면 미처 듣지 못했을 정도로 작은 속삭임이었다.

"베시도…… 이 작가의 책을 읽어본 적이 있습니까?"

"당연하죠. 아까도 말했잖아요. 그 사람의 꼬마 마녀 시리즈는 전부 다 읽었어요. 애초에 마녀들 중에 그 시리즈 안 읽은 사람이 없을걸요?"

베시는 허리를 꼿꼿하게 펴며 가볍게 기지개를 켰다.

꼬마 마녀 시리즈는 작은 마녀가 여러 모험 후에 반드시 행복해지는 이야기였다.

삽화가 사랑스럽고, 내용도 아기자기하여 아이들에게도 제법 오래 사랑을 받은 책이기도 하였다.

"마녀들의 필독서 같은 겁니까?"

저스틴의 물음에 베시가 웃음을 터트렸다. 어떤 의미로 틀린 말은 아니다 싶었다.

"비슷해요. 모두가 그 시리즈를 좋아했거든요."

하얀 달밤에 있던 마녀들은 대부분 그 책을 즐겨 읽었다. 나도 이 아이처럼 행복해지고 싶다는 말은 아무도 하지 않았다. 하지만 모두가 그런 소망을 은밀히 품고 있었음을 알았다. 모두 꼬마 마녀와 같은 결말을 꿈꿨다.

나를 알아주고, 이해해주는 사람을 만나는 해피엔딩을.

"당신도?"

"뭐가요?"

"당신도 이 책을 좋아하는지 물었습니다."

허공을 물끄러미 보고 있던 베시가 멈칫하였다. 이 감 좋은 남자 같으니라고.

"뭐, 싫어하지는 않아요."

거짓말이었다. 베시는 작은 마녀 시리즈를 좋아하지 않았다. 사랑을 갈구하는 아이, 그리고 결국에는 원하는 것을 얻게 되는 마녀.

지나치게 아름답고 환상적인— 그래서 비현실적인 이야기였다.

"그나저나 저스틴 군이 그 동화책을 안다는 것도 좀 의외네요. 당신 조카에게 읽어주다 본 거예요?"

불편한 주제에서 벗어나고 싶어진 베시가 얼른 장난스러운 말을 꺼냈다.

"보리스와는 상관없습니다. 베시와 한 내기를 위해서 마녀에 대한 책을 읽다 알게 되었습니다."

"응? 나랑 한 내기?"

우리가 무슨 내기를 했더라? 베시가 기억이 안 난다는 것처럼 고개를 갸웃거리자 저스틴이 말했다.

"도서관에 있는 마녀 관련 서적을 전부 읽으면 상을 준다 약속했잖습니까."

"응? 아, 아아! 그거! 응? 그거 진짜로 하는 거였어요?"

난 당신이 이미 예전에 잊어버리고 있는 줄 알았는데? 베시가 놀란 얼굴을 하자 저스틴이 피식 웃었다.

"완전히 잊고 있었다는 얼굴이군요."

"아니, 그게—"

내가 아니라 당신이 잊어버리고 있는 줄 알았다는 말은 쉬이 나오질 않았다. 저스틴은 베시의 곤란해 하는 얼굴을 바라보며 담담하게 입을 열었다.

"뭐, 상관없습니다. 당신은 우리가 그런 약속을 했다는 것만 기억하고 있으면 되니까. 참고로 말하자면 책은 다 읽었습니다."

"자, 잠깐요! 다? 전부? 도서관에 있는 걸?!"

베시의 놀라움에 경악이 더해졌다. 승자 특유의 여유 넘치는 얼굴로 저스틴이 고개를 끄덕인다.

"당신이 요구한 감상문도 쓰고 있습니다. 조금 있으면 아주 완벽한 감상문이 책상 앞에 놓여 있을 겁니다."

맙소사. 졌다. 설마 이 남자가 자신의 열정을 이런 쓸데없는 데 불태울 줄은 몰랐다 생각하며 베시가 한숨을 쉬었다. 대체 그깟 게 뭐라고 이렇게 열심히 마녀에 대한 서적을 모은단 말인가.

"저번에도 그렇긴 했지만…… 저스틴 군이 이렇게 마녀에 대한 궁금증이 강한 줄 몰랐어요, 진짜."

"아니요, 내가 궁금한 건 마녀…… 라기보다는."

어째서인지 저스틴은 하던 말을 멈추었다. 베시는 그의 뒷말을 재촉하듯 고개를 갸웃하였다. 하지만 저스틴은 헛기침과 함께 끝끝내 뒷말을 감추었다.

"아무것도 아닙니다. 어쨌거나 이번 내기는 제가 이긴 거나 다름없겠군요. 착한 아이 도장 찍어 줄 준비를 해 두시죠."

베시가 한 말을 단 한 마디도 잊지 않았다는 듯, 저스틴이 심술을 부렸다.

에이, 이 남자가 진짜. 베시는 저스틴이 얄미워 죽겠다는 얼굴로 그를 흘겨보았다.

"……뭐가 그렇게 궁금한 건데요?"

한참 입술을 삐쭉거리던 베시가 툭 뱉은 말에 저스틴이 반사적으로 "응?"이라 대답하였다. 베시가 다시 한 번 물었다.

"마녀에 대해서 뭐가 궁금한 건데요?"

"이번에는 제가 물으면 무엇이든 대답해 주실 겁니까?"

"……무엇이든은 좀 그렇고, 가능한 범위에서 특별 서비스로 많이 알려 줄 수는 있어요. 그러니까 저스틴 군이 받을 상은 그걸로 쳐요, 우리.”

크게 선심쓰듯 베시가 한 말에 저스틴은 속으로 웃었다. 베시가 스스로 자신에 대해, 그리고 마녀에 대해 말해 주는 건 그가 그 무엇보다 바라는 일이었다.

“그렇군요. 그럼 일단—”

“아, 단 제 이명(Another Name)은 빼고요. 마녀의 이명은 가족이나 연인 아니면 안 밝히는 건 아시죠?”

베시가 못을 박듯 한 말에 저스틴이 고개를 두어 번 끄덕였다. 처음부터 기대하지는 않았지만, 조금 실망스럽다는 얼굴로.

물론 저스틴은 마녀에게 있어서 이명이 얼마나 중요한 것인지 알고 있었다. 그러니 언젠가는 그녀의 이명을 그녀의 입으로 듣는 그런 사이가 되고 싶었다.

하지만 지금은 아직 그럴 때가 아니었다. 저스틴은 서운함을 억누르며 대답했다.

“……네, 알고 있습니다.”

“응. 좋아요. 그럼 그거 빼고는 뭐든 물어봐요. 대답해 줄 수 있는 건 해 줄게요.”

베시가 가슴을 쭉 펴고 한 대답에 저스틴의 눈이 예리하게 빛났다. 이번에는 흑심보다는 순수하게 호기심이 발동한 그가 궁금했던 것 중 몇 가지를 묻기 시작하였다.

“책에서 보니 이명을 가진 마녀는 특별한 존재라고 들었습니다. 그건 무슨 뜻입니까?”

"문자 그대로예요. 이명을 가진 마녀는 특별해요. 모든 마녀가 다 이명을 갖는 게 아니거든요. 이명을 갖는다는 건 그 마녀가 두 가지 종류의 마법을 쓸 수 있다는 걸 의미하니까요."

"두 가지 종류의 마법?"

"응. 예를 들면…… 내가 잘 아는 어떤 마녀는 숨이 거의 끊어진 사람도 반드시 살릴 수 있는 약을 만들지만, 동시에 조금 전까지만 해도 아주 건강하던 사람을 한순간에 반드시 죽이는 약을 만들 수도 있어요. 그녀의 마법은 죽이는 동시에 살리는 힘. 두 종류의 힘이죠."

이명, 또 다른 이름은 말 그대로 마녀가 자신이 가진 마법의 힘에 따라 부여받는 이름이었다. 그러니 마녀의 이명을 알게 된 자는 그녀의 마법이 가진 힘, 그 자체를 알게 되는 셈이었다.

마녀는 자신의 이명을 아는 자를 거스를 수 없었다.

과거 어떤 나라의 왕은 한 마녀의 이명을 알게 된 후, 그녀의 힘을 이용하여 대륙을 지배하려고 했던 역사도 있을 정도였다.

"이명을 가진 마녀는 많지 않아요. 대륙을 통틀어도 손에 꼽을 정도죠. 보통의 마녀는 한 가지 마법만을 쓸 수 있거든요."

"베시는 이명을 가진 마녀라고 들었습니다. 그럼 당신도 두 가지 마법을 쓸 수 있는 겁니까?"

"맞아요. 나도 두 가지의 마법을 써요."

당신한테는 그 마법도 이미 한 번 보여 줬지만.

베시는 뒷말을 입속으로 꾹 삼켰다. 물론 이 말을 듣는다고 해서 저스틴이 베시의 '이명'을 알아낼 수 있을 리는 없었다.

하지만 방심은 금물이었다.

이명을 가진 모든 마녀는 언제나 자신의 또 다른 이름에 관해서 만큼은 신중해야 했다.

"마녀들의 마법은 모두 다른 것이라는 건 사실입니까? 제가 읽은 책에 의하면 마법의 종류는 모래알 같아서 얼핏 보기에는 다 비슷해 보여도 사실은 전부 다른 것이라고 하던데."

"아, '마녀의 기원'을 읽었나 보네요. 그 책 설명대로예요. 마녀의 마법이라는 건 얼핏 보면 비슷한 것도 있지만, 그 근본이 되는 힘이 다 다른 것들이에요. 같은 마법은 하나도 없죠."

"그럼…… 혹시. 마법으로 과거에 있었던 일을 보거나 하는, 그런 종류의 마법은 없습니까? 그런 마법이 있다면 당신이 전하께 부탁받은 조사도 순식간에 끝날 텐데."

저스틴이 던진 질문에 베시가 멈칫하였다. 자리에 잠시 멈추어 선 그녀는 그의 생각에 감탄하는 것 같은, 동시에 곤란해하는 것 같은 눈으로 저스틴을 보았다. 그리고 작게 한숨을 내쉬고 고개를 끄덕였다.

"네, 있어요."

"역시, 없…… 잠깐, 있다고요?"

고개를 젓던 베시의 입에서 나온 말은 저스틴이 생각한 것과는 정반대의 것이었다. 과거를 볼 수 있는 마법이 실존하다니, 잘된 일이 아닌가? 저스틴은 베시가 대체 왜 저런 어두운 얼굴을 하는 것인지 도통 알 수가 없었다.

"하지만 안 돼요. 그건 '이 일'에는 쓸 수 없을 거예요."

베시 역시 처음에는 저스틴이 말한 그 방법을 생각해 보지 않은 게 아니었다. 하지만 이내 그렇게 할 수 없다는 걸 깨달았다.

"마녀의 마법을 통해서 범인을 찾아내도, 범인이 자신의 범행을 부정하면…… 손을 쓸 수가 없잖아요. 물증이 없는 한은."

"적어도 재판에서 증거 자료로 쓸 수 있을지 모릅니다."

"아니요. 그건 무리예요. 어느 나라든 간에 마녀의 마법은 재판에서 증거로 사용될 수 없어요. 간악한 마녀가 어떤 수작을 부려서 증거를 조작했을지 알 수 없다는 이유 때문이죠."

마법은 선택받은 여성들만이 사용할 수 있는 힘이었다. 그러니 마법을 쓸 수 없는 다른 자들은 마녀가 사용하는 마법을 믿지 않았다.

특히나 여성이 사회 활동을 하지 못하고, 남성이 권력의 중심에 선 나라일수록 그런 편견이 심했다.

설령 그 마법이 진실을 가리키고 있다고 해도, 그들이 주목하는 것은 '마녀가 쓰는 마법'이라는 사실 하나뿐이었다.

베시는 사람들을 돕기 위해 법정에 섰다고 오히려 도망자 신세가 되었던 마녀를 떠올렸다. 아련한 눈빛으로 허공을 보던 그녀는 덧붙이듯 중얼거렸다.

"그리고 '먼 눈(blind eye)'은 요새 뭘 하고 사는지, 연락이 도통 안 돼서……."

"먼 눈?"

베시의 입에서 나온 낯선 단어에 저스틴이 의아한 얼굴을 하였다. 그러자 베시가 아차 하는 얼굴로 말하였다.

"아, 제 친구인 마녀의 이름이에요. 과거를 보는 마법을 쓸 수 있는 친구."

"특이한 이름이군요."

저스틴은 그것이 마치 장난 같은 이름이라고 생각하였다. 먼 눈이라니. 정말로 눈이 먼 마녀라서 그런 이름이 붙은 걸까? 아니면 무언가 특별한 의미가 담겨 있는 이름인 걸까? 저스틴이 이런저런 추측을 하고 있단 걸 알아차린 베시가 웃었다.

"내가 말실수를 했네요. 정확히는 이름이 아니라 그건 일종의 별명이에요. 마녀들은 보통 서로를 인간 세상의 이름이 아니라 마녀식 이름으로 부르거든요."

모든 마녀는 하얀 달밤에 오는 순간부터 불리게 되는 이름이 있었다. 하얀 달밤의 바깥, 즉 인간 세상이 있던 시절의 이름이 아니라 한 명의 마녀로 인정받았을 때 불리는 이름.

누군가가 이름을 지어 주는 건 아니었다. 그렇다고 해서 스스로 그 이름을 칭하는 것도 아니었다. 그저 자연스럽게 마녀들은 서로를 고유의 이름으로 불렀다.

머릿속에서 자연스럽게 떠오르는 그 이름으로.

설명을 들은 저스틴이 물었다.

"그럼 베시에게도 그런 이름이 있습니까?"

"물론이에요. 난 보통 '열린 책(open book)'이라고 불려요."

베시가 너무 순순하게 이름을 알려 주자, 저스틴은 놀라고 말았다. 잠깐? 이명이라는 건 아무에게나 함부로 알려 주는 게 아니라고 하지 않았나?

"베시. 저에게 그 이름을 알려 줘도 괜찮은 겁니까? 이명은 함부로 알려 주는 게 아니라고 하지 않았습니까?"

저스틴이 조심스레 꺼낸 말에 베시가 픽 웃었다.

"괜찮아요. 이명과 별명은 다른 거니까. 마녀들끼리도 이명은 거의 부르지 않아요. 진짜 친한 경우를 제외한다면."

아— 순간적으로 저스틴은 작게 실망하고 말았다. 하긴 그토록 중요한 것을 베시가 이렇게 쉽게 알려 줄 리는 없었다. 그는 제 안에 남은 미련을 떨쳐 내기 위해 머릿속에 떠오르는 대로 물었다.

"……당신을 이명으로 부르는 친구도 있습니까?"

베시는 고개를 끄덕였다.

"당연히 있죠. 아카데미에서는 그 정도로 친한 친구는 별로 없었지만, 마녀 중에서는 친한 친구가 제법 많거든요?"

제 친구에 대해 물어봐 준 게 좋았는지 그녀는 조금 신이 나서 친구들에 대한 이야기를 늘어놓았다.

"친구 중에 '퀸 맵(Queen Mab)'이라는 마녀가 있는데, 그녀의 마법은 인간의 꿈에 관한 거예요. 이름의 유래는 아주 오랜 옛날 다른 세계에서부터 전해진 한 요정족의 이름에서 비롯된 거고요. 그리고 맹수 조련사(catman)가 있는데, 이 친구는 이 지상에 존재하는 모든 동물과 의사소통을 나눌 수 있는 마법을 써요. 그리고 또…….”

자신의 친구들에 관해 이야기 하는 베시의 얼굴이 어린아이같이 천진난만하였다. 저스틴은 그녀의 목소리에서 감출 수 없는 애틋한 감정을 포착할 수 있었다.

“……그곳이 그립습니까?”

저스틴이 무심코 던질 질문에 베시가 잠시 멈칫하였다. 그녀는 조금 먼 곳을 보는 것 같은 눈빛으로 웃었다. 저스틴의 눈에는 지독하게 애달파 보이는 표정이었다.

“거기서는 모두가 마녀였으니까요.”

아침에 눈을 떠서 밤에 다시 눈을 감을 때까지.

하얀 달밤에 속해 있는 베시는 혼자가 아니었다. 바깥세상에서는 마녀라는 이유만으로 손가락질당하고 차별받던 것과는 비교할 수 없을 정도로 평온한 시간이 그곳에는 존재했다.

“그럼, 어째서 하얀 달밤을, 마녀들의 도시를 떠났던 겁니까? 만일 그곳에서 계속 머물렀다면…….”

저스틴은 말을 끝까지 잇지 않았다. 만일 베시 에일이 하얀 달밤에 계속 머물렀다면 그녀는 크리스와 만날 일이 없었을 테고, 그럼 이 나라로 불려 올 일도 없었을 것이다.

결과적으로 저스틴과 베시는 절대 만나지 못할 게 분명했다.

그러니 그런 부정적인 이야기를 하고 싶지는 않았다.

다만 순수하게 궁금하였다. 그녀가 이렇게 애틋하게 그리워하는 그곳을 왜 나와서 이디아니움 아카데미로 가야만 했던 것인지.

“규칙이에요. 마녀들의 규칙. 자신의 마법을 통제할 수 있게 된 마녀는 하얀 달밤을 떠나야 하거든요.”

그것은 아주 오래전, 처음 하얀 달밤을 세웠던 고대의 마녀가 정한 규칙이었다.

“우리는…… 마녀는 물과 같은 존재이기에 한곳에 머무르면 언젠가는 주변을 썩게 만든대요. 그러니 세상을 향해 멈추지 말고, 흘러가야 한다고 했어요. 때로는 돌에 부딪혀서 물거품처럼 산산조각이 나서 흩어지기도 하고, 지나치게 뜨거운 태양 때문에 조금씩 말라비틀어지기도 하겠지만 흘러가야 한다고.”

베시는 사실 그 규칙을 이해할 수 없었다.

마녀는 하얀 달밤 외의 바깥세상에서는 멸시의 대상이었다.

물론 마녀를 최초의 여신과 같은 존재로 보며 숭배하는 나라도 있긴 했지만, 그것은 정말 극소수에 불과했다.

기본적으로 마녀는 사람의 눈을 피해 조용히 죽은 듯 살아야 했다.

그렇지만 하얀 달밤에서는 달랐다.

모두가 마녀였고, 모두가 이방인이었으며 모두가 가족이었다.

그래서 베시는 하얀 달밤을 떠나던 날에 울었다.

오빠 빅터를 두고 이 도시를 떠나던 날에도 울지 않았던 소녀가 그곳에서는 울었다.

"다시…… 돌아갈 수는 없는 겁니까?"

저스틴이 조심스레 물었다. 베시의 목소리에 밴 짙은 슬픔에 가슴이 아렸다.

"특별한 이유가 없는 한은 안 돼요. 이제 내가 그곳에 다시 돌아가려면 죽어야만 해요. 혼자 죽은 마녀의 유해는 보통 하얀 달밤으로 보내지니까."

베시가 아무렇지 않게 불길한 말을 하자 저스틴이 미간을 확 찌푸렸다.

혼자 죽다니. 때때로 그녀는 이렇게 듣는 사람의 마음조차 욱신거리며 아픈, 그런 외로운 말을 하고는 하였다.

"물론 결혼한 마녀는 상관없지만…… 꽤 많은 마녀는 혼자 살다 죽는 걸 택하거든요. 나도 그럴 테고."

"베시."

안타까움, 아니 어쩌면 분노에 가까운 감정이 저스틴의 안에서 차올랐다. 지금 자신이 옆에 있음에도 불구하고, 베시는 마치 세상에 홀로 떨어진 사람처럼 굴고 있었다.

자신이 혼자 살아가는 것이 너무나 당연하다고 말하는 그녀가 가여운 동시에 애틋하였다.

문득 아까 전 서점 주인이 했던 말이 떠올랐다.

'마녀는 불행을 부른다는 말이 있잖나.'

생각에 잠겨 있는 저스틴의 귀에 베시의 목소리가 마른 나뭇가지를 흔드는 바람처럼 닿았다.

"마녀는 혼자인 편이 좋아요. 가족도 연인도 없는 편이."

차가운 말이었다. 하지만 그렇게 말하는 베시의 얼굴은 조금도 차갑지 않았다. 오히려 마음이 아플 정도로 다정해 보였다.

"……베시, 설마 당신이 빅터 경에게 연락을 전혀 하지 않았던 이유도 그것 때문인 겁니까?"

해가 지는 시기라서 그런지 햇빛이 지나치게 강했다. 눈에 들어오는 빛이 가루처럼 부서지는 것이 거슬린다고 생각하며 베시는 눈을 깜빡였다.

저스틴의 물음에는 아무 대꾸도 하지 않았다.

하지만 사실은 그게 대답이었다.

어린아이가 하나뿐인 혈육을 두고 떠나면서도 울지 않았던 이유.

그것은 자신이 사라지면 오히려 오빠는 안전할 거라는 희망 때문이었다.

그러니 괜찮았다.

부모를 잃은 아이가, 그것도 마녀인 여동생을 보살펴야 하는 평민 출신의 아이가 과연 어떻게 이 세상에서 살아남을 수 있었을까?

베시는 이제까지 길거리를 전전하며 소매치기로 삶을 연명해 온 에릭을 떠올렸다. 어쩌면 그게 빅터의 또 다른 모습이 되었을지도 모른다. 베시라는 짐이 계속 그의 옆에 있었다면.

그래서 베시는 하얀 달밤에 간 후에도, 이디아니움 아카데미에 머무르게 된 후에도 빅터에게 연락하지 않았다.

그가 자신에게 편지를 보내면 성가시니 이런 것 좀 보내지 말라고 매몰차게 답장을 했다. 제 하나뿐인 가족을 베시는 그렇게 삶에서 밀어냈다.

하지만 후회를 한 적은 단 한 번도 없다.

"……부모님이 마차 사고를 돌아가시고 난 뒤, 내가 마녀라는 걸 알게 되었어요."

고개를 들어 보니 어느새 해가 불타는 것처럼 붉다. 그 붉은 빛으로 물든 지붕도, 사람도, 바닥도 모든 것이 붉게 물들어 있다.

언젠가, 베시가 어린 시절 어느 외딴 마을에서 보았던 쓸쓸한 광경을 떠올리게 하는 모습이었다.

"아홉 살 때였죠. 오빠와 함께 친척집을 전전하다가…… 오빠를 두고 나는 다스티를 떠났어요."

베시는 자신이 왜 수도를 떠나야 했던 것인지 다른 설명은 하지 않았다. 저스틴 역시 왜냐고 묻지 않았다. 그의 눈에는 어느새 붉은 머리의 작은 아이가 혼자 커다란 성문 밖을 나가는 모습이 잔상처럼 비추었다.

얼마나 긴 시간을 그렇게 혼자 견뎌 왔던 걸까.

저스틴은 붉은 머리의 작은 소녀가 혼자 길을 떠나는 모습을 그려보았다.

부모를 잃고, 하나뿐인 오빠를 지키기 위해 이곳을 떠나 멀고 먼 여정을 떠났어야 했을 한 소녀. 그리고 친구들이 있는 다정한 도시를 떠나 다시 이 바깥세상으로 와야만 했던 소녀.

그렇게 평생을 살아온 사람이 그의 바로 옆에 있었다.

"하얀 달밤까지 가는 길은 편한 여행은 아니었어요. 여러 가지 일이 있었죠. 사실 죽을 뻔한 한 적도 많았어요."

속상할만큼 가벼운 어조로 베시가 저의 고난을 털어놓았다.

"샤토 지역을 넘어갈 때쯤이었나? 악질 인신매매단에게 붙잡혔었거든요. 그 때는 정말 죽을지도 모른다고 생각했어요."

"……샤토?"

가만히 베시의 혼잣말 같은 이야기를 듣고 있던 저스틴이 처음으로 소리를 내어 반응하였다. 베시는 그것을 눈치채지 못하고 말을 이었다.

"그래도 운이 좋아서 간신히 탈출할 뻔했었는데…… 음, 같잖은 오지랖을 부리다가 죽을 뻔했었죠."

"……무슨 일이 있었던 겁니까?"

저스틴의 물음에 베시가 싱긋 웃었다. 아주 오래 전 일이지만, 엊그제 일처럼 생생한 기억이었다. 턱까지 차오르는 숨, 축축한 공기, 더러운 바닥, 커다란 자루, 낡은 과도. 그것들을 머릿속에서 되새기며 베시가 입을 열었다.

"탈출 직전에 입구에 자루 하나가 놓여 있는 걸 보았어요. 그 안에 나처럼 붙잡혀 온 아이가 있다고 생각해서 자루의 입구를 여는데…… 결국 인신매매범들에게 들켰어요. 덕분에 목이 졸리고, 머리에서 피가 철철 나게 얻어맞고."

하하, 웃는 소리가 마른 진흙덩이 같다. 베시는 자신에게 일어났던 비극을 마치 소설이나 연극 내용을 말하듯 말하고 있었다.

"그런데 말이죠. 아마— 환상이었던 것 같지만, 음. 천사 같은 무언가가 나를 도왔어요."

"천사?"

그녀의 입에서 나올만한 단어는 아니었기에 저스틴이 의아하다는 얼굴을 하였다. 베시도 그런 저스틴의 마음을 이해한다는 것처럼 어깨를 으쓱하였다.

"그러니까 말했잖아요, 환상이었던 것 같다고. 하얀 옷을 입은, 당시의 나랑 조금 비슷한 체구의 무언가가 내 앞으로 나서서 날 죽이려 들던 인신매매범들을 몰아냈거든요."

한 때는 어쩌면 자루 속에 갇혀있던 아이가 저를 도운 건 아닌가 생각했던 적도 있었다. 하지만 차라리 천사가 나타나서 저를 도왔다고 생각하는 편이 설득력이 있었다.

저만한 아이 혼자서 인신매매단을 상대해? 말도 안 되는 소리였다.

"분명히 천사가 싸우는 걸 본 것 같긴 한데, 다음 순간 정신을 차리고 보니 어디에도 천사는 없었어요."

아무리 애를 써도 천사의 모습은 선명하게 떠오르질 않았다. 기억 속 어딘가에 짙은 안개가 낀 것 같은 느낌이었다. 그런데도 분명하게 기억나는 건 그 존재가 자신을 구했고— 동시에 구하지 않았다는 것.

"사실 말이죠. 그 천사가 나를 죽여 주길 원했어요. 그 편이 다른 무엇보다도 나으니까."

16년 전의 그녀는 너덜너덜한 넝마 같은 상태였다. 겉모습도, 그 속도.

베시는 희망도 어떠한 꿈도 없이 그저 관성처럼 삶을 유지하고 있는 열 살 아이였다. 바닥이 없는 늪을, 입구가 없는 미로를 하염없이 걷고 있던 베시의 삶에서 그 하얀 존재는—

유일하게 구원을 청할 수 있는 천사였다.

"하지만 그 존재는…… 날 죽여 주지 않았죠. 난 살아남았고, 하얀 달밤으로 가서 마녀로서 살아가는 법을 배웠어요."

마녀로서 사는 법은 그녀에게 혼자 살아갈 수 있다는 자신을 주었다.

그 어떤 희망도 없이 하얀 달밤에 발을 들였던 열 살의 아이가, 그곳을 떠날 때는 혼자 살아갈 수 있는 힘과 기술을 가지고 있는 소녀로 자라 있었다.

그녀는 그렇게 이디아니움 아카데미로 향했고, 그곳에 새로운 보금자리를 만들었다.

아카데미에 있을 무렵에는 베시에게 호의를 보이던 남자들도 있었다. 주변이 인정할 정도로 괜찮은 사람도 있었다. 하지만 그녀는 그런 사람들 역시 밀어냈다. 결코 특별한 상대를 만들지 않았다.

그것은 그녀만의 굳은 의지였다.

처음에는 빅터와 베시를 맡아 주었던 친척들이 베시가 마녀라는 걸 알아차리고 에일 남매를 내쫓았던 때부터 했던 고독한 결심.

앞으로 살아 있는 동안, 그 누구도 자신의 곁에 두지 않겠다고.

"그래서였어요."

"……뭐가 말입니까?"

"내가 오빠한테 연락하지 않은 이유. 충분히 혼자 살아갈 수 있으니까. 그러니까 필요가 없었어요."

거짓말이다. 저스틴은 직감적으로 알아차렸다. 베시가 진심을 숨기고 있다는 것을.

그녀는 혼자 살아갈 수 있기 때문이 아니라 빅터를 불행하게, 어렵게 만들고 싶지 않았기에 피해 왔을 것이다.

베시는 진심을 말해 주지 않았다. 가장 중요한 것을 언제나 속에 감춰 두기만 하는 것이다.

그 상대가 설령 자신이 아니라 다른 사람이라도 마찬가지일까? 그녀가 조금 더 믿는, 혹은 호감을 갖고 있는 상대라면 솔직하게 그녀의 약한 모습을 전부 보여 주는 건 아닐까?

저스틴의 가슴이 찢겨지듯 아파 왔다. 불덩이에 심장이 내던져진 기분이었다. 그가 할 수 있는 것이라고는 조용하고 부드러운 음성으로 그녀의 이름을 불러 주는 것뿐이었다.

"베시."

"뭐! 그냥 그렇다는 거예요. 에이, 괜히 분위기 우중충해졌네."

이런 무거운 공기는 질색이라는 것처럼 베시가 금방 표정을 바꾸었다.

"저스틴 군 얼굴이 왜 그래요? 딱히 그렇게 심각한 얼굴로 들을 이야기는 아닌데. 나 말고 다른 마녀들도 이 정도 고생은 다들 했어요. 특별한 것도 없는 일인걸."

어깨를 으쓱거리며 웃는 베시의 얼굴에 저스틴은 입술을 꾹 깨물었다. 자신의 비극을 하나의 희극처럼 말하는 그녀에게, 이미 그렇게 긴 세월을 보내온 그녀에게 자신이 대체 무슨 말을 할 수 있을까.

"저스틴 군이 알고 싶은 건 이 정도면 충분하죠? 약속했던 독후감 가지고 오면 도장을 쾅쾅 찍어 줄게요."

분위기를 가볍게 하려는 것처럼 베시가 허공에 도장을 찍는 시늉을 하였다. 저스틴은 울컥하며 입을 열었다 결국 말없이 닫았다. 그 어떤 말도 지금은 의미가 없을 것만 같았다.

대신 확인해야 할 것이 하나 있었다.

"베시. 한 가지 묻고 싶습니다."

"에이, 뭐예요. 질문은 더 이상 안 받—"

"당신이 샤토 영지에서 인신매매단에게 납치를 당한 게…… 정확히 언제 적 일입니까?"

저스틴의 목소리가 전에 없이 진지하다는 것을 깨달은 베시가 잠시 멈칫하였다. 옆을 힐끔 보니 목소리만큼이나 심각한 남자의 얼굴이 보였다. 베시는 손가락을 하나둘 접어 정확한 연수를 계산한 뒤 알려 주었다.

"내가 열 살 때 일이니까, 16년 전 일이네요. 그런데 그게 왜요?"

16년 전. 그 숫자에 저스틴의 어깨를 딱딱하게 굳어진다. 베시는 무언가가 이상하다는 것을 깨닫고, 고개를 갸웃하였다.

"저스틴 군? 왜 그래요?"

"……베시."

그녀의 이름을 부른 저스틴이 입술을 꾹 깨물었다. 지독한 죄책감 혹은 갚을 수 없는 고마움을 담은 것 같은 빛이 그의 짙은 청록색 눈동자에 서렸다.

"16년 전, 당신이 보았다는 그 하얀 천사는—"

저스틴은 차마 뒷말을 잇지 못하고, 입을 다시 닫았다. 그는 자신의 미간 사이를 문지르며 "아무것도 아닙니다."라고 말하였다.

"……뭐예요, 싱겁기는."

베시는 입술을 한 번 삐죽거린 후, 성큼성큼 앞장섰다. 어느새 해가 반쯤 넘어가 있기에 하늘의 반이 파랗고 검다. 그 아래 선 베시의 모습이 위태롭고 또 사랑스러워 보였다.

그 뒷모습을 물끄러미 바라보며, 저스틴은 방금 전 차마 하지 못했던 말을 중얼거렸다.

'어쩌면 당신이 도와주었던, 그리고 당신을 구했다는 그 존재가 바로 나일지도 모릅니다, 베시.'

16년 전, 저스틴은 조부와 함께 하이네 공작가의 영지인 샤토 지방에서 몇 년간 지낸 적이 있었다.

당시의 샤토에는 베시의 말대로 악명 높은 인신매매단이 활동을 하고 있었다. 그들은 영주가 유독 아끼는 막내 손자를 납치하여 크게 한몫을 챙길 계획을 세웠다.

아무리 저스틴이 다섯 살 때부터 능수능란하게 검을 다루며 검술의 천재라 불렸다 하더라도, 일곱 살 아이가 수십 명을 상대하는 건 쉬운 일이 아니었다.

결국 저스틴은 붙잡혔고, 산소마저 부족한 자루 포대 속에 갇혀 분노와 비참함을 곱씹었다. 그리고 그런 그를 구해 준 것은—

당시의 기억은 저스틴에게도 희미한 물안개 같은 것이었다.

그가 아는 것은 어느 순간, 자루 입구가 열렸으며 그 앞에 작은 과도가 놓여 있었다는 것. 그리고 그것을 쥔 저스틴은 본능적으로 적이라 생각한 이들을 전부 공격했고, 이후 병사를 이끌고 온 아버지를 본 뒤에야 안심하여 곯아떨어졌다는 사실 정도였다.

지금도 하이네 공작가의 사람들은 그때 일을 말하며 하늘이 저스틴을 도왔다고 말하고들 하였다.

하지만 만일 베시의 말이 사실이라면 저스틴을 도운 건 하늘이 아니라 마녀였다.

그것도 이제는 그의 심장을 움켜쥐어 버린 단 하나뿐인 사람.

*　　*　　*

"저스틴 군, 바래다 줘서 고마워요."

어느새 집 근처에 다다른 베시가 평소 같은 인사를 하였다. 그러나 저스틴은 평소와 달리 침울한 얼굴을 하고 있었다. 아까 낮에 답지 않게 조금 진지한 이야기를 해 버린 탓일까. 저스틴은 줄곧 마음이 딴 곳에 있는 사람처럼 굴고 있었다.

베시는 자신보다 머리 하나는 더 큰 저스틴의 얼굴을 가만히 올려다보았다.

'역시 내가 괜한 이야기까지 한 것 같네.'

이미 와서 하기에는 늦은 후회였다. 베시는 고된 짐처럼 무거운 한숨을 쉬었다.

오늘 저스틴 앞에서 꺼낸 말은, 하얀 달밤을 나온 이후에는 그 누구에게도 한 적이 없는 이야기였다.

아카데미에서 제일 친하게 지내던 친구에게도, 그녀가 제일 아끼던 후배 젠에게도 한 적이 없었다. 누군가에게 이 이야기를 해서 이해받을 수 있을 거라고 생각한 적이 없었으니까.

마녀를 이해할 수 있는 건 오로지 마녀뿐이었다.

그러니 이 기사님에게 자신의 시궁창 같은 과거사를 털어놔 봐도 아무 의미는 없다. 그저 그가 자신을 안쓰럽게 여기게 될 뿐이겠지.

그런데도 베시는 저도 모르게 술술 이런저런 이야기를 해 버리고 말았다. 그녀는 그것을 지금 매우 후회하고 있었다.

'저 눈 때문이야. 저 눈만 보면 이상하게 자꾸 입이 가벼워진단 말이야.'

베시는 고개를 들어 가만히 저스틴의 눈을 마주하였다. 수풀이 우거진 것처럼, 그림자가 드리운 청록색 강처럼 아름다운 눈이, 늘 그렇듯 베시의 마음을 뒤흔들었다.

처음 보았을 때부터 그녀는 저스틴의 눈이 참 많이 마음에 들었다. 그리고 그와 가까이 지내는 동안에는 더더욱 그의 눈이 좋아졌다.

저스틴의 눈은 진심을 속이지 않는 사람의 것이었다.

'베시. 그 사람이 어떤 사람인지 알고 싶다면 눈을 보려무나. 입은 거짓말을 할 수 있지만, 눈은 절대 거짓말을 할 수 없단다.'

생전에 작은 서점을 운영하던 베시의 어머니는 어린 베시에게 종종 그런 이야기를 하였다. 그래서 베시는 어릴 때부터 사람을 보면 그 눈을 가만히 살펴보는 버릇이 생기고 말았다.

'눈이 아름다운 사람은 마음이 아름다운 사람이야. 엄마가 너희 아빠를 좋아하게 된 이유도 바로 아빠 눈이 이제까지 엄마가 보았던 그 누구보다도 아름다웠기 때문이란다.'

아직도 눈을 감으면 선명하게 떠올랐다.

소녀처럼 웃으며 아빠와의 연애담을 자랑하는 어머니의 모습. 그런 어머니를 보면서 약간 부끄러워하던 소년 같은 아버지. 장난감 칼을 들고, 베시에게 같이 칼싸움을 하자고 말하며 웃는 오빠 빅터의 모습.

그것은 이제 다시는 볼 수 없을, 그렇기에 더 아름답게 베시의 안에 남아 있는 풍경이었다.

베시의 눈 안쪽이 따끔하였다. 그녀는 안에 먼지라도 들어간 모양이라고 생각하며 눈에 힘을 주었다. 안 그러면 주책없게 눈에서 눈물 같은 게 뚝 떨어져 버릴 것만 같았다.

그녀는 얼른 울컥거리는 것을 목구멍으로 삼키며 입을 열었다.

"음, 있죠. 저스틴 군?"

그녀는 괜한 우울함을 털어버리기 위해 억지로 말을 이었다.

"당신이 쓸데없는 말을 할 거라고는 생각하지는 않지만, 한 가지 미리 말해 두고 싶은 게 있는데요."

"……뭡니까."

"아까 우리가 했던 이야기, 그거 남들에게는 하지 말아 줘요. 특히 오빠한테는요."

베시는 저스틴이 혹시라도 빅터에게 자신이 숨겨 왔던 사실을 말할까 봐 조금 불안해졌다. 그리고 빅터가 진실을 알게 되었을 때, 어떤 반응을 보일지도 심히 걱정되었다.

아니, 어떤 반응을 보일지는 알 수 있었다.

자신을 위해 베시가 이 도시를 떠났다는 걸 알면 틀림없이 그는 화를 내고 슬퍼할 터였다. 그녀는 그런 빅터의 모습을 보고 싶지 않았다.

"어디 가서 말하고 다닐 만한 내용은 아니긴 하잖아요."

아무렇지 않은 척 베시가 한 말에 저스틴은 잠시 생각에 잠겼다. 베시는 혹시라도 그가 고집을 부리면 어쩌나 걱정했지만, 저스틴은 고개를 끄덕이며 대답하였다.

"알겠습니다."

생각보다 순순한 태도에 베시는 안도하였다. 그녀는 활짝 웃는 얼굴로 저스틴에게 손을 흔들어 보였다.

"오늘은 고마워요. 잘 가요."

그런데도 저스틴은 쉬이 자리를 떠나지 않았다. 그는 어둠이 드리운 숲처럼 고요한 눈으로 베시를 보고 있었다. 베시가 의아하다는 얼굴로 고개를 갸웃하였다.

"저스틴 군? 아까부터 왜 그래요? 무슨 할 말이라도 있는 거에요?"

그 물음에 녹빛 수풀 위로 드리운 그림자 같은 저스틴의 검은 속눈썹이 살짝 움직였다. 그의 눈이 그녀에게 무언가를 전하고 싶어 하는 것만 같았다.

"베시."

저스틴이 빛이 가득 차오른 달처럼 제 목소리에 여러 감정을 채워 그녀를 불렀다. 그리고 그녀를 향해 손을 뻗었다.

조금씩, 아주 조금씩.

베시에게 저스틴의 손이 가까워지고 있었다. 베시는 그것을 보면서도 제자리에 가만히 서 있었다. 어쩌면 그의 크고 따듯한 손이 자신의 몸에 닿을지도 모른다. 그걸 아는데도 움직일 수가 없었다.

마치 그대로 멈추라는 마법에 걸린 사람처럼.

하지만—

저스틴의 손은 베시의 뺨 바로 아래서 다시 제자리로 돌아갔다.

어째서일까. 뺨에 닿는 공기가 조금 차게 느껴진다. 베시는 눈을 깜빡이며 그 낯선 불편함을 마음에서 털어 내 버리려고 하였다.

"……무슨 일이 있으면 절 불러 주십시오. 반드시 오겠습니다."

그녀에 대한 마음을 자각한 지 반나절이 지나기도 전에 갚을 수 없는 빚이 있다는 걸 알아 버리고 말았다. 저스틴은 베시를 어떻게 대해야 할지 도저히 알 수 없었다.

그러니 이 숨 막히도록 그녀를 열망하는 마음은, 지금은 조금 깊은 곳에 묻어 두어야만 했다. 적어도 라이넬이 누명을 벗게 될 때까지는— 아니, 개장식이 끝난 후에라도 베시와 진솔한 대화를 나누면 될 것이다. 그렇게 애써 마음을 가라앉히며 저스틴이 주체할 수 없는 감정을 억눌렀다.

"……에이, 뭘 그렇게 걱정해요? 내가 위험할 일이 뭐가 있다고."

"그런 당신이니까 언제나 걱정되는 겁니다."

좋은 의미인지 나쁜 의미인지 알 수 없는 아리송한 말이었다.

"치, 그게 뭐예요. 하여간 날 이렇게까지 애처럼 취급하는 사람은 저스틴 군밖에 없는 거 알아요? 가끔 보면 좀 심하다 싶을 정도라니까요."

"그건 내가— 다른 누구보다도 더, 당신을…… 걱정하기 때문이겠죠."

사실은 걱정이라는 단어 대신 다른 단어를 말하고 싶었다. 자신이 솔직한 마음을 고백하면 베시가 무조건 싫다고는 하지 않을 거라는 생각도 들었다. 동시에 그녀가 아까 전 같은 쓸쓸한 표정으로 자신을 거부하면 도저히 견딜 수 없을 거라는 생각도.

복잡한 마음으로 저스틴이 뒤로 한 걸음 물러섰다. 느릿한 동작에서는 베시를 이대로 혼자 두고 싶지 않다는 안타까움이 고스란히 느껴졌지만, 베시는 그것을 알지 못했다.

“그러니까, 누가 보면 저스틴 군이 내 보호자인 줄 알겠다니까요? 하여간 은근 잔소리도 많고, 걱정도 많아. 가끔은 저스틴 군이 이네딧 부인보다도 더 심하다니까요.”

그의 과한 걱정이 싫지만은 않으면서도 베시는 괜히 투덜거렸다. 자신의 뺨에 살짝 붉은 기가 돈다는 걸, 저스틴이 눈치챌까 걱정이 된 탓이었다.

“됐으니까 얼른 가 봐요. 오늘 저녁 바쁘다면서요. 가족끼리 식사도 해야 하고, 검술 훈련도 있고.”

그녀의 말에도 저스틴은 쉬이 걸음을 옮기지 못했다.

결국 베시가 그를 밀어내듯 등을 툭툭 치자 그는 매우 천천히 움직였다. 그러고도 그는 어린아이를 뒤에 둔 것처럼 몇 번이나 뒤를 돌아봐야만 했다.

베시는 저스틴을 안심시키기 위해 크게 손을 흔들어주었다. 그리고 그의 모습이 완전히 사라질 때까지 그곳에 서서 그를 지켜보았다.

이윽고 저스틴의 모습이 시야에서 완전히 사라졌을 때, 베시는 주머니에 손을 넣어 열쇠를 꺼냈다.

“오늘은 별일도 없이 지쳤으니 빨리 저녁을 가볍게 먹— 아!”

혼잣말을 중얼거리며 집 안으로 발을 들이려던 베시는 그대로 뒤로 물러섰다. 생각해 보니 지금 집에 먹을 것이라곤 빵 한

쪼가리도 없었다. 아무리 피곤한 하루였다지만, 끼니를 거를 수는 없었다.

그녀는 열었던 현관문을 얼른 닫고, 몸을 돌렸다.

베시가 느긋한 발걸음으로 향한 곳은 언젠가 베시가 짓궂은 마음에 저스틴에게 독한 사과주를 잔뜩 먹인 식당이었다.

가게 문을 열고 들어서자 이제 제법 낯이 익었다고 점원은 반갑게 인사를 해 주었다.

"어서오— 아, 안녕하세요."

"평소처럼 포장해 주세요."

"아, 오늘은 샌드위치 속이 연어인데 괜찮으세요?"

딱히 가리는 게 없는 베시가 고개를 끄덕이자 점원은 잠시 기다려달라는 말을 하고 주방으로 사라졌다. 그녀는 음식이 준비되는 동안 자주 앉던 자리에 앉아 턱을 괴었다.

저스틴을 통해 이 식당을 알게 된 후, 베시는 줄곧 이곳에서 식사를 해결하고 있었다. 상당히 늦게까지 문을 여는 곳이기에 요리에는 영 재주가 없는 베시에게는 참 고마운 가게였다.

어느새, 주방에서 고소한 향기가 흘러나와 베시의 텅 빈 속을 자극하였다. 저도 모르게 입을 다시는 사이, 가게 문이 열리는 소리가 들렸다. 반사적으로 문가를 보니 후드로 몸을 전부 가린 사람의 모습이 보였다.

뭐야, 저건.

베시는 이런 가게에는 도저히 어울리지 않는 손님의 모습에 고개를 갸웃거렸다.

얼굴을 비롯하여 온몸을 후드로 가린 꼴이 마치 지명 수배범 같았다. 하지만 그밖에는 딱히 신경 쓰이는 점은 없었기에 그녀는 그 손님에게서 고개를 돌렸다.

그사이, 주방에서 커다란 종이봉투를 든 점원이 나왔다.

“연어 샌드위치와 과일 샐러드, 완두콩 스프 포장 나왔습니다. 아, 그리고 사과주랑 작은 덤도 넣었어요.”

속닥거리는 점원을 향해 베시가 활짝 웃었다.

“어머, 정말요? 고마워요.”

역시 이 맛에 가게 단골도 하는 거라니까. 그녀는 제법 묵직한 봉투를 받아 들며 기분 좋게 음식 값을 계산하였다.

“감사합니다. 또 오세요! 아, 어서 오십시오, 손님. 자리는—”

온몸을 가린 이상한 손님을 발견한 점원이 허둥지둥 응대를 시작하였다. 그 소리를 흘려 들으며 베시는 가게 밖으로 나섰다.

문득 등 뒤로 유독 따가운 시선이 날아들었다. 의아한 마음에 고개를 돌리니 닫히는 문 틈 사이로 저를 유심히 보는 후드를 뒤집어쓴 사람이 얼핏 보였다.

혹시— 조금 긴장한 베시가 봉투를 고쳐 안았다. 문 너머의 상대를 마주 노려보는 기분으로 한동안 문 앞에 서있던 그녀가 고개를 저었다. 아무래도 저스틴의 걱정이 옮은 모양이었다. 별걸 다 경계하게 되네.

쓸데없는 생각을 말끔히 털어버리자고 결심한 베시는 콧노래를 흥얼거리며 집으로 향하였다.

몇 분 후.

집에 도착한 베시는 한쪽 팔로 종이봉투를 끌어안은 채, 열쇠를 찾아 주머니를 더듬거렸다.

수첩 사이에 껴있던 열쇠를 간신히 한 손으로 잡아 꺼내서 문을 열었다. 불이 꺼져 있어서 그런지 어두운 집 안의 공기가 조금 차가웠다. 으, 불은 켜 두고 갈걸.

뒤늦은 후회를 하며 그녀는 안으로 들어갔다. 그리고 우선 전등 스위치를 찾기 위해 손을 뻗어 벽을 더듬거렸다.

아마 여기쯤 있을 텐데. 베시가 그런 생각을 하는 것과 동시에 그녀의 손끝에 딱딱한 것이 닿았다.

아, 찾았다. 베시는 팔 안에서 미끄러지는 종이봉투를 힘주어 잡으며 스위치를 누르려고 하였다.

하지만, 그 순간.

그녀의 목덜미에 찬 공기보다 서늘하고 예리한 것이 닿았다.

* * *

집으로 향하는 저스틴의 발걸음이 무거웠다. 그의 머릿속에서는 아까 전부터 같은 생각이 반복되고 있었다.

왜 이 세상에는 마녀라는 존재가 있는 걸까? 그저 마법을 쓸 수 있다는 이유, 남들과는 조금 다르다는 이유만으로 배척당하는 존재가 왜 세상에 있어야 하는 걸까?

이 세계에서 유일하게 마법을 쓸 수 있는 존재.

선택받은 여성.

최초의 여신으로부터 이어진 후손.

그 어떤 대단한 수식어를 붙여 본들 결국은 그녀들 역시 사람이다.

자신들만의 세상이 아닌, 이 세상에서 마녀가 아닌 다른 자들과 함께 살아가야 하는 사람. 마법을 쓸 수 있다는 것 외에는 평범하고 평범한 여성.

그녀들 역시 남들이 누리는 것 같은 평범한 행복을 누릴 자격이 있었다. 다른 누구도 아닌 베시 에일은 더더욱 그래야만 했다.

그녀의 무겁고 어두운 과거가 마치 메아리처럼 저스틴의 가슴을 옭아매었다.

그는 이제야 비로소 알 것 같았다. 베시가 어째서 그토록 어려움에 처한 사람을, 특히 아이를 그냥 보아 넘기지 못하는지.

언젠가 그녀는 도서관에 왔던 심부름꾼 아이에게 말했다.

사람에게 도움을 받은 적이 있기에 자신 역시 남들에게 때때로 도움을 주는 것뿐이라고.

하지만, 그건 반만 진실이었다. 그녀는 남에게 도움을 받지 않았어도 기꺼이 먼저 누군가를 도우려 하는 사람이었다.

16년 전, 포대 속에 갇힌 알지도 못하는 아이를 돕기 위해 위험을 무릅썼던 것만을 보아도 알 수 있었다. 베시는 자신이 남에게 준 것보다 받은 것을 더 많이 기억하였다.

그것을 깨달은 저스틴의 가슴이 다시 불에 데인 것처럼 아파왔다.

세상을 저 혼자 사는 것처럼, 누구보다 악독하게 구는 것처럼 말하면서 그녀는 결국 그러질 못했다.

"베시."

손에 힘을 꾹 주던 저스틴은 문득 자신이 무언가를 쥐고 있다는 걸 깨달았다. 시선을 돌려보니 서점에서 샀던 마녀에 대한 책 꾸러미가 보였다.

'마녀는 불행을 부르는 존재—'

점주의 말이 다시 떠오르자 저스틴은 이를 악물었다.

어느새 그의 발걸음은 다시 베시의 집으로 향했다.

지금 그녀가 때 아닌 불청객을 대접하느라 분주하다는 사실도 모른 채.

*　　*　　*

목에 닿은 서늘한 감촉은 쇠붙이의 그것이었다. 아마도 날이 예리한 단도 같은 것이리라.

베시는 가만히 서서 자신의 목에 칼을 겨눈 상대가 입을 열기 기다렸다. 어느 정도 시간이 지났을까. 칼을 겨누고 있는 불청객이 느긋한 목소리로 말했다.

"생각보다 침착하네? 좀 더 놀라길 기대했는데."

베시가 목소리를 흠, 가다듬고 대답했다.

"무슨 소리야. 나 지금 많이 놀랐어. 집에 들어오자마자 갑자기 누가 등 뒤에서 칼을 들이미는 데 안 놀랄 리가 있어?"

"흐응, 그래? 근데 전혀 놀란 것으로 보이지가 않아서 나 지금 완전 시시한데."

"아니, 정말 엄청 놀랐다니까. 조금만 더 놀랬더라면 비명을 질렀을지도 몰라."

"그래? 그럼 조금 덜 놀래서 다행이네. 네가 비명을 질렀다면 내가 바로 네 목구멍에 칼날을 쑤셔 넣었을 테니까 말이야."

등 뒤에 있는 목소리는 꽤 젊은 사람의 것이었다. 음색은 분명 남성의 것, 하지만 그렇게 굵지는 않았다.

조금만 더 가늘게 소리를 내면 허스키한 여성의 목소리로 들릴 것도 같았다. 나이는 20대 중후반 정도. 어쩌면 그것보다 어릴지도 모른다. 베시는 침착하게 불청객의 목소리로 이런저런 것을 추측하였다.

그 순간, 갑자기 등 뒤에 있는 자가 베시의 목덜미를 가볍게 손가락으로 튕겼다. 갑작스러운 그의 행동에 놀란 베시가 흠칫 몸을 움츠렸다. 그러자 그는 만족스럽게 쿡쿡 웃었다.

"천천히 뒤를 돌아."

남자의 명령에 따라 베시는 천천히 몸을 돌렸다. 어둠 속에서도 선명한 은빛으로 번쩍이는 나이프가 그녀의 코앞에 있었다. 조금이라도 그녀가 움직이면 그 칼날은 그녀의 피부에 닿을 것만 같았다.

아니, 분명 그 칼이 베시의 몸을 가를 것이다. 그것도 베시가 피할 수조차 없는 속도로.

베시는 느릿느릿 입을 열었다.

"저기, 미안하지만 이 집에는 훔쳐 갈 게 전혀 없는데. 다른 집을 알아보는 게 어때? 여기 말고 기왕이면 저쪽에 부유한 상인이 많이 사는 거주 지구를……."

"야, 마녀. 너 정말 내가 단순한 강도라고 생각하고 지껄이는 건 아니겠지? 그 정도로 멍청하지는 않을 텐데, 너."

베시가 말을 미처 끝내기도 전에 칼날이 다시 베시의 목에 닿았다. 아무래도 그는 생각보다 다혈질인 모양이었다. 베시는 남자를 무의미하게 자극하지 않기 위해 입을 다물었다.

창문이 있는 곳을 힐끔 보니 말라 비틀어지기 시작한 관엽식물이 보였다. 그 잎사귀에 드리우는 달빛조차 어두운 밤이었다.

아마 이 시간이라면 근처를 지나는 통행인도 없을 터였다. 그러니 소리를 내서 누군가의 도움을 청하는 건 어리석은 일이었다.

"현명하군. 난 똑똑한 여자가 좋더라."

그녀가 쓸데없는 짓을 하지 않을 거라는 걸 알아챈 남자가 히죽 웃었다. 그러더니 자신이 들고 있는 나이프로 베시의 뺨을 가볍게 쓰다듬었다. 마치 그녀를 칭찬이라도 하려는 것처럼. 베시의 등줄기에 소름이 우수수 돋았다.

"그럼, 좋아. 똑똑한 마녀 씨. 이번에도 내 말을 좀 잘 듣고 따라 줘. 그럼 심한 짓은 하지 않을게."

"……아픈 건 싫어."

베시의 고분고분한 대답에 그가 쿡쿡 웃었다.

"좋아. 그럼 묻지. 네 목적은 대체 뭐야?"

남자의 목소리가 목에 닿은 칼날보다도 차가웠다. 베시는 어둠에 익숙해지기 시작한 눈을 깜빡이며 앞을 보았다.

남자의 모습은 여전히 눈에 잘 들어오지 않았지만 그녀는 눈앞에 있는 남자의 머리카락이 붉은색이라는 것을 알아차릴 수 있었다. 아까 서점 앞에서 본 붉은 것의 정체는 이 남자일지도 모른다는 생각이 들었다.

"목적이라니?"

"도서관 관장이 암살자를 고용하려는 이유."

역시나. 그 말에 베시는 이 집을 찾은 불청객의 정체를 확신하였다.

얼마 전, '실버 대거'를 통해 고용한 암살자는 눈앞의 남자인 게 분명했다. 문득 실버 대거의 주인이 했던 말이 떠올랐다.

'경계심이 상당히 강한 편이라…… 의뢰주를 좀 가립니다.'

베시가 어떤 사람인지 파악하기 위해 탐색하는 건 아무래도 상관없었다. 하지만 그렇다고 해서 의뢰인에게 이렇게 칼을 들이미는 건 지나치게 터무니없는 행동이었다. 그녀가 원한 건 일을 도울 인력이었지, 자신에게 해를 입히려는 자가 아니었다.

"허튼수작 부릴 생각 말고 좋은 말할 때 순순히 털어놔."

"뭔가 오해가 있네. 난 암살자를 고용하려는 건 아니야."

"하아? 무슨 소리야. 너 분명 실력 좋은 암살자를 찾고 있다고 했다면서. 그것도 남장도 여장도 모두 소화할 수 있는 절세의 미인으로."

"너야말로 무슨 소리야. 난 분명 절세의 미인까지는 아니더라도 보는 순간, 사람들이 모두 넋을 잃을 정도로 예쁜 사람이 필요하다고 했어."

베시가 억울하다는 듯 항의하자 남자는 코웃음을 쳤다. 그게 그거지, 라고 중얼거리며.

"최근 이 수도에 크리스 반 듀벨 황태자가 직접 추천한 도서관 관장이 왔다고 들었어. 심지어 그 관장은 마녀 출신이라고. 근데 그 마녀가 직접, 사람들의 눈을 피해 암살자를 찾았다는 이야기를 들었단 말이지. 그것도 용모가 아주 출중한 자로. 대체 어떤 변태플레이를 즐기는 정신 나간 여자인가 싶어서 널 좀 관찰했는데, 도통 나오는 게 없더라고."

아하. 그제야 베시는 암살자가 제 목에 칼을 겨누고 있는 이유를 대략 짐작할 수 있었다.

베시의 신분을 알아차린 실버 대거의 주인은 어쩌면 베시가 자신들을 황가의 권력 다툼에 끌어들이려고 한다고 오해한 모양이었다.

그럼 여차하면 나를 죽여도 된다는 말까지 오갔겠네. 상황의 심각성을 깨달은 베시가 얼굴을 찌푸렸다. 예상 밖의 위기였다.

보통 사람들은 암살자야 돈 주는 사람에 따라 움직이는 지조 없는 직업군이라 생각할지도 모르지만, 사실은 달랐다.

그들은 누구보다도 기민하게 상황을 파악하여 움직이는 자들이었다.

특히 실버 대거처럼 사설 암살자 길드의 조직원들이라면 말할 필요가 없었다.

혹시라도 황가와 연루되었다가는 길드 자체가 풍비박산이 날 수도 있었다. 그러니 암살자의 입장에서 신중하게 움직일 수밖에 없었으리라.

'요새 내 주변에서 얼쩡거리던 '누군가'는 얘였나 보구나.'

최근 느꼈던 수상한 시선의 정체를 알게 된 베시는 짧게 한숨을 내쉬었다. 저스틴에게 안기다시피 했던 날의 일이 떠오르자 어쩐지 등이 간질간질한 것 같았다. 그녀는 그 어색한 기분을 잊기 위해 서둘러 입을 열었다.

"그래서 의심 많은 암살자께서 내 목적이 무엇인지 직접 물어

보러 오셨다 이거야? 너무하네. 난 구린 구석 하나 없이 깨끗한 의뢰인이라고."

"오, 꽤 대담하네? 언제 죽을지도 모르는데, 그렇게 여유를 부리다니. 하지만 쓸데없는 농담 따먹기는 관두자고. 난 성격이 그리 여유 있는 편이 아니라서."

그렇게 말한 남자가 단도를 다시 고쳐 쥐었다. 스륵— 마치 뱀이 움직이는 것 같은 소리와 함께 칼이 움직이자 따끔한 통증이 목에서 느껴졌다. 베시는 남자가 제 목의 피부를 살짝 벴다는 사실을 깨달았다.

"이제 말해. 크리스 반 듀벨의 총애를 받는 마녀가 암살자를 찾은 목적이 뭐지? 대체 날 무슨 일에 이용하려고 한 거지?"

남자가 위협하듯 베시의 목을 제 손가락으로 톡톡 두들겼다. 빨리 대답하지 않으면 이 목에 정말 칼날을 쑤셔 박아 주지, 라고 말하는 것처럼.

그에게서 느껴지는 살기는 예사로운 것이 아니었다. 그래도 베시는 최대한 침착하게 대답하였다.

"여장도 남장도 소화할 수 있는 사서가 필요해서 암살자를 찾았어."

"하아? 뭐? 사서?"

뭔 미친 소리야 이 여자는. 암살자가 그런 눈으로 베시를 보고 있었다. 그의 입장에서는 당연히 뚱딴지 같은 소리이리라.

하지만 베시는 이제 슬슬 모든 걸 다 내팽개치고 싶은 기분이었다.

"있지. 우선 나 이 짐부터 내려놓고 얘기를 좀 하면 어떨까? 슬슬 팔이 저려 오는데."

베시는 아직도 가게에서 포장해 온 음식이 담긴 종이봉투를 들고 있었다. 도중에 힘이 빠져서 자꾸만 아래로 미끄러지는 봉투를 끌어올리느라 그녀는 제법 힘에 겨워하고 있었다. 물론 남자는 베시의 청을 허락하지 않았다.

"수작 부리지 마. 네가 뭔 짓을 할 줄 알고."

"아니, 허튼짓은 안 한다니까. 나 정말 팔이 저려서……."

"그 말을 어떻게 믿어? 됐으니까 닥치고 있어."

그렇게 말하는 남자의 목소리는 차가웠다. 그에게서 뿜어져 나오는 살기가 한층 더 강해졌다. 베시는 보이지 않는 얼음 칼날이 제 몸을 파고드는 것 같은 오싹함에 살짝 어깨를 움츠렸다.

"보수가 아무리 좋다고 해도 차기 황제와 연이 있는 인간과 엮이는 건 사양이야. 우리 같은 암살자야 댁들 입장에선 분명 소모품이지만, 소모품도 소모품 나름대로 생각하고 움직이니까."

"그럼 평범하게 사양하지 그랬어? 내 의뢰 같은 건 거절하면 그만이잖아."

"마스터가 직접 날 지명한 이상, 그건 불가능해. 이제 내가 네 의뢰를 거절할 방법은 널 죽이는 것뿐이지. 의뢰인이 없어지면 의뢰도 자동 소멸이니까."

남자가 히죽, 웃으며 혀로 입술을 축이는 기척이 느껴졌다.

"……그래서 날 죽이겠다? 그랬다간 실버 대거의 신용도가 바닥으로 떨어지는 거 아니야?"

세상 어디에 자신에게 의뢰한 의뢰인을 죽이는 암살자가 있단 말인가. 하지만 베시가 모처럼 한 옳은 말에 남자는 코웃음 쳤다.

"하? 신용도? 그따위 거 알 게 뭐야."

아, 이거 미친놈이구나. 진짜 순도 100%의 미친놈. 베시는 살짝 후회했다. 기왕이면 조금 더 정상적인 암살자를 골라 달라고 할 것을. 아니, 암살자 같은 업종에 종사하는 인간이 정상일 리 없겠지만.

"게다가 널 죽인 게 누군지 사람들은 절대 모를걸? 내가 잘 조작해 둘 테니 걱정 마. 크리스 황태자는 자신의 적대 세력이 널 죽였다고 생각할 거야. 그런 조작쯤이야 식은 죽 먹기지."

그렇게 말한 남자가 베시의 뺨에 칼날을 한 번 더 댔다. 찌릿, 하는 통증이 뺨 끝에서 느껴졌다. 종이에 베인 것 같은 따갑고 날카로운 통증에 베시가 얼굴을 찌푸렸다.

남자는 그것이 마음에 드는지 히죽 웃었다. 그리고 이번에는 칼날을 그녀의 경동맥 근처에 가져다 댔다. 조금이라도 움직인다면 상당히 끔찍한 꼴을 당할 게 분명했다.

"모처럼이니까 선택하게 해 주지. 아프게 죽는 거랑 많이 아프게 죽는 것 중 뭐가 좋겠어?"

"보통은 안 아프게 죽여 준다고 하지 않아?"

"내가 왜 널 고통 없이 죽여 줘야 하는 건데?"

남자가 심드렁하게 한 말에 베시가 피식 웃었다. 그리고 담담한 목소리로 말했다.

"뭐, 그래. 그럼 기왕이면 밥은 먹고 죽게 해 줄래? 먹고 죽은 귀신이 때깔도 곱다는 말이 있잖아."

"……귀신이 뭐? 그게 무슨 말이야?"

"아, 미안. 이거 내 친구가 알려 준 자기 고향 속담이야. 기왕이면 굶어 죽는 것보다는 뭐라도 먹고 죽는 게 더 낫다는 말."

베시가 태평하게 속담의 의미를 설명해 주자 남자가 쯧, 혀를 찼다. 그리고 제 손에 든 칼을 휙 잡아당겨 베시의 머리 바로 옆 벽에 내리쳤다. 쿵! 하는 묵직한 소리와 함께 그녀의 오른쪽 귀 바로 옆에 있는 벽면에 균열이 생겼다.

"지금 내가 농담 따먹기 하자는 걸로 보이냐?"

칼날보다도 더 서늘한 목소리로 남자가 베시에게 으르렁거렸다.

"나도 진심이야. 아무 마음의 준비도 없이 죽기보다는 배는 든든하게 채우고 싶은걸."

진지한 얼굴로 베시가 제 손에 있는 종이봉투를 위로 들어 올려 보였다.

"저녁이 안 되면 술이라도 한잔 마시게 해 줘. 나 여기 사과주 진짜 좋아하거든. 그러니까 죽기 직전 먹는 게 사과주라면 아무 미련 없이 죽을 수 있을 것 같아. 어차피 죽일 거라면 내 마지막

소원 좀…… 들어줘."

남자가 가만히 베시를 보았다. 그의 회색 눈동자는 마치 무기질의 것처럼 아무 감정이 느껴지지 않았다. 그는 휙, 베시의 팔 안에 있는 종이봉투를 빼앗아 들었다. 그리고 그 안에서 사과주가 담긴 병을 꺼낸 뒤 봉투를 바닥에 내동댕이쳤다.

달그락, 덜컥 소리와 함께 안에 있던 내용물이 바닥에 와르르 쏟아졌다.

어둠 속에서 처참하게 흐트러진 연어 샌드위치와 과일 샐러드, 완두콩 수프. 그리고 버터 감자구이가 보인다. 어머, 꽤 양이 많네. 어쩐지 봉투가 무겁더라니.

베시가 그런 태평한 생각을 하는 사이, 남자는 사과주 병뚜껑을 열었다. 그리고 그것을 베시의 코앞에 들이밀었다.

"그 기가 막힐 정도로 뻔뻔한 신경에 감탄하는 의미로 한 모금을 허락해 주지. 빨리 마셔. 그래야 내가 널 죽이지."

남자가 내민 사과주 병에서 달콤하고 새콤한 냄새가 뿜어져 나왔다. 베시는 천천히 그 병을 받아 들었다. 남자의 손에는 여전히 칼이 들려 있었다.

베시는 자신이 조금이라도 수상한 짓을 하면 그 칼이 가차 없이 자신의 급소를 찌를 거라는 걸 알고 있었다.

하지만 상관없었다. 베시는 사과주 병으로 입을 가렸다. 자신의 입가에 살며시 떠오른 미소를 감추기 위해.

"그러고 보니 이곳 사과주에 엄청 특별한 비법이 있는 거 알고 있어?"

또 무슨 엉뚱한 소리를 하려는 거냐. 남자가 그런 눈으로 베시를 보고 있었다. 베시는 싱긋 웃으며 사과주 병 입구를 입에 가져다 댔다.

"그 비법은 말이지."

그리고 입구에 제 입술 끝을 살짝 댄 채 속삭이듯 말했다.

"〈작성 끝〉."

*　　*　　*

하이네 공작저까지 거의 다 왔던 저스틴이 베시의 집까지 되돌아 가는 길은 그리 짧지만은 않았다. 그래도 이미 수없이 다녔던 곳인지라 그는 베시의 집을 눈감고도 찾아갈 수 있었다.

저스틴은 거미줄처럼 뻗은 골목길 중 하나로 들어갔다. 자신만의 지름길을 이용하여 걸음을 서두르려던 그는 저 멀리서 눈에 익은 사람의 모습을 발견하고 멈칫하였다.

"……랜돌프 노튼 경?"

이런 뒷골목에서 좀처럼 볼일이 없는 그의 모습에 저스틴이 얼굴을 찌푸렸다. 건물 그림자에 가려 있지만 그가 누군가와 대화를 나누고 있는 모습이 얼핏 보였다.

저스틴은 잠시 망설였다. 아무래도 저 멍청한 인간이 또 무언가를 꾸미고 있을지 모른다는 의심이 들었다.

이대로 기척을 죽이고 접근하여 대화를 엿들은 것인가. 아니면 당장 가던 길을 따라 베시를 보러 갈 것인가.

그가 고민하던 몇 초 사이, 일을 다 마친 것인지 랜돌프가 급하게 자리를 떠나는 것이 보였다. 자신이 기회를 놓쳤다는 걸 깨달은 저스틴은 잠자코 걸음을 다시 옮겼다.

이미 지난 일은 어쩔 수 없다. 대신 당분간은 또다시 은빛 매 기사들을 경계해야 할 것이다.

우선 서둘러 베시의 안전을 확인해야겠다는 생각에 저스틴의 걸음이 저절로 빨라졌다.

* * *

"크으, 너 이 미친년! 당장 이거 안 풀어?! 안 그러면 내가 널…… 해서…… 해 버리고…… 할 거야!"

바닥에 쓰러진 채 살아 있는 넝쿨에 몸을 꽁꽁 묶인 남자가 갖은 욕설을 퍼부었다. 어지간한 욕설에는 면역이 있는 베시조차 저도 모르게 입을 쩌억 벌릴 정도로 남자의 욕 실력은 현란하였다.

오죽하면 그가 욕을 할 때마다 그 욕이 삐이이— 하는 기묘한 이명으로 들릴 지경이었다.

"야. 나 지금 진짜 궁금한 건데, 암살자라는 건 다 너처럼 입이 더러운 거야?"

"닥치고 당장 이거나 풀어!"

잔뜩 화가 난 상태의 그와 대화를 시도하는 건 어리석은 일이었다. 베시는 우선 집 안의 불을 켠 채, 애벌레처럼 꿈틀거리며 몸을 움직이려고 애쓰는 남자를 안타깝게 보았다.

기세등등하던 남자는 상당히 보기 흉한 모양새로 코피를 줄줄 흘리고 있었다.

심지어 그 겉모습은 평범 그 자체였기에 대체 왜 실버 대거에서 이 남자를 자신의 조건에 맞는 암살자로 추천한 건지 알 수가 없었다. 사실 그 아저씨 눈이 좀 이상한 거 아니야? 베시는 속으로 한숨을 쉬며 말했다.

"그거 절대 안 풀릴 테니까 쓸데없는 힘 빼지 마. 내 친구가 직접 만들어 낸 식물인데 도둑 잡이용으로 만든 거라서 엄청 튼튼하거든."

베시는 완전히 박살 난 화분을 들어 올렸다. 조금 전까지는 시들시들한 잎이 피어 있던 화분에는 커다란 구멍이 나 있었다. 그리고 그 화분에 피어 있던 관엽 식물은 지금 기묘한 형태의 식물로 변이하여 베시를 위협하던 남자의 몸을 칭칭 동여매고 있었다.

"아무래도 여자 혼자 살다 보면 여러 가지 위험한 일이 많을 거라고 보내 준 거야."

그렇게 말한 베시는 서랍장을 열었다. 서랍장에는 그녀의 친구 여름 나비가 보낸 여러 가지 약 상자와 편지가 들어 있었다.

《근육통약 말고도 한방에 감기 떨어지는 감기약이랑 눈에 좋은 안약이랑 피로 회복용 자양강장제랑 상처 연고랑 이것저것 챙겨 보낼게! 써 보고 효과에 대해 알려 줘.

PS. 가드너(gardener) 알지? 걔가 이번에 도둑 잡이용 식물을 개발했다고 보냈는데 난 필요 없어서 이것도 같이 보낼게. 겉보기에는 그냥 시들한 식물이지만 마력에 반응하는 거래. 한번 써 보고 어떤지 좀 말해 줘!》

가드너는 마녀들 사이에서도 연구에 미친 것으로 유명한 마녀 중 하나였다. 베시와는 그렇게 친한 사이가 아니지만 그녀의 절친한 친구인 파나세아와는 꽤 사이가 좋았기에 가끔 베시도 가드너의 실험식물을 이렇게 넘겨받을 때가 있었다.

하지만 이번처럼 전적으로 도움'만' 되는 식물을 받은 건 오늘이 처음이었다.

베시가 친구의 편지를 다시 고이 접어 봉투에 넣어 두는 동안, 바닥에 엎어져서 헛된 저항을 하던 암살자는 결국 쯧, 혀를 찼다.

이 망할 괴식물이 절대로 자신을 풀어 주지 않을 거란 걸 깨달았기 때문이었다.

"……대체 너 아까 뭘 어떻게 한 거야?"

한결 풀이 죽은 목소리로 그가 베시에게 물었다. 모든 게 순식간에 벌어졌기에 그는 자신에게 정확하게 무슨 일이 벌어졌는지 짐작하지 못한 게 분명했다.

"음, 마법이라는 건 말이지. 사실 일종의 매듭 같은 거야. 풀고 묶을 수가 있는. 그리고 나 같은 마녀는 매듭을 풀고 묶는 타이밍을 정할 수 있지."

"뭔 개소리야?"

서랍을 다시 닫던 베시는 빙긋 웃었다.

"다시 말해서— 난 오래전에 미리 매듭을 묶어 놓았고, 아까 사과주를 마시는 순간 주문을 매개로 묶은 매듭을 풀었다는 뜻이야."

"이씨, 너 지금 일부러 못 알아듣게 말하는 거지?"

암살자는 제법 진심을 담아 짜증을 부려댔다. 베시는 쓴웃음을 지으며 코트 주머니에서 종이 몇 장을 꺼내 들었다. 그러더니 그중 한 장을 남자의 눈앞에 내밀었다.

《**무기를 손에 쥔 자는 스스로 제 무기를 버리게 될 것이다**》

종이에 적혀 있는 대로 남자는 아까 전 자신도 모르게 스스로 손에 든 나이프를 내던졌다. 그게 눈앞에 있는 마녀의 마법 때문이란 걸 깨달은 남자의 눈빛이 험악해졌다. 베시는 조건이 충족되지 않아 마법이 발동되지 않은 종이는 내버려 둔 채, 또 다른 메모를 보여 주었다.

“《베시 에일을 해하려는 자는 스스로 제 얼굴을 힘껏 때리게 될 것이다.》”

적혀 있는 내용을 저도 모르게 따라 읽던 남자는 무언가를 깨달은 얼굴을 하였다.

아까 전, 갑자기 자신의 얼굴에 격한 충격을 느낀 게 떠올랐기 때문이었다. 무언가가 자신을 내려쳤다고 생각했더니 설마 그것이 제 주먹이었을 줄은 몰랐던 남자의 얼굴이 잔뜩 일그러졌다.

베시는 마지막으로 책상 서랍에서 종이 한 장을 꺼내 보여 주었다. 그곳에 적혀 있는 글귀는《밥은 이 집에서 베시 에일을 공격한 자를 포획한다.》

“밥?”

낯선 이름이 나오자 암살자가 코피가 흐르는 코를 움직이며 얼굴을 찌푸렸다. 그러자 베시가 그의 몸을 칭칭 동여맨 식물을 가리켰다.

“아, 밥은 얘. 이름을 밥이라고 붙였거든.”

“네이밍 센스 죽여주게 구리네.”

“칭찬 고마워. 뭐, 그러니까 일종의 시간차 공격 같은 거지. 과거에 걸어둔 마법이 지금 발동하도록 해 둔 거라고나 할까.”

느긋하게 대답한 베시는 종이를 다시 서랍장에 넣어 둔 뒤 바닥에 어질러져 있는 것을 치우기 시작하였다.

직원이 꼼꼼하게 포장을 해 준 덕에 음식은 모두 무사했다. 비록 샌드위치는 찌그러지고, 버터 감자 구이는 버터 감자 스프에 가까운 형태가 되고 말았지만.

베시는 그것을 테이블 위에 올려 둔 후, 여전히 매서운 눈으로 자신을 보고 있는 암살자를 보았다.

"좋아, 그럼 이제 자기소개부터 한번 해 볼까? 이름이 뭐야?"

"……꺼져."

침을 퉤 뱉으며 암살자가 한 대답에 베시는 절레절레 고개를 저었다. 도저히 말로 해서는 들어먹을 상대가 아니었다. 베시는 자신이 애용하는 수첩을 꺼내 들었다. 그리고 휙— 글을 적어 내려가며 말했다.

"〈작성 시작, 작성 끝〉."

그녀가 수첩에 적은 문장은 간단했다.

≪이 집에서 베시 에일의 질문을 받은 사람은 정직하게 대답한다.≫

"자, 그럼 다시 물을게. 이름이 뭐야?"

"……으, 아……애, 애니드."

남자는 자신의 의지와는 정반대로 움직이는 입을 다물려고 애를 썼지만, 결국 베시의 마법 앞에서 굴복하고 말았다. 애니드라. 그의 이름을 몇 번 중얼거린 베시는 무언가 결심한 듯 고개를 끄덕이며 말했다.

"그럼 앤이라고 부를게. 귀엽고 괜찮지 않아?"

"귀엽긴 뭐가 귀여워!"

애니드가 버럭 화를 냈지만, 베시는 그런 그의 분노를 가볍게 무시하였다. 애초에 괴상한 식물에 꽁꽁 묶여서 바닥을 나뒹굴고 있는 남자가 아무리 화를 낸다 한들 무서울 리가 없었다.

가만히 애니드를 바라보던 베시는 무언가 생각난 듯 애니드가 갖고 온 칼을 집어 들었다. 그녀는 그것을 애니드의 목덜미에 가져다 댔다. 애니드가 처음에는 놀란 얼굴을 하였지만, 곧 차갑게 히죽 웃었다.

"뭐야? 같잖게 네가 암살자 흉내라도 내려는 거야?"

그는 베시가 자신을 협박하기 위해 칼을 들었다고 생각한 모양이었다. 긍정도 부정도 하지 않은 채, 베시는 칼끝을 세웠다. 그녀의 입가에 걸린 미소가 의미심장하였다.

찌익— 무언가 가죽 같은 것이 찢겨 나가는 소리가 들렸다. 베시가 쥐고 있는 칼끝이 움직일 때마다 나는 소리였다. 그리고 동시에 가죽 덩어리 같은 것이 뚝, 뚝 바닥으로 떨어졌다. 만일 누군가가 이 상황을 지켜보고 있다면 상당히 끔찍한 장면이라고 기겁할 만한 모습이었다.

잠시 후, 베시는 제 손에 들려 있던 칼을 마루 위에 대충 던져두고 감탄했다.

"……와! 너…… 진짜, 정말 예쁘구나."

그녀의 앞에는 조금 전 평범하기 짝이 없던 남자 대신 어딜 보나 '절세'라는 표현이 어울릴 법한 미인이 결박당해 마룻바닥 위를 뒹굴고 있었다.

남자의 것이라고는 생각되지 않을 정도로 투명하고 하얀 피부에는 솜털조차 보이지 않았다. 너무 높지도 낮지도 않은 콧날, 선이 선명한 붉은 입술, 눈이 깜빡일 때마다 흔들거리는 길고 촘촘한 속눈썹. 베시는 그 모든 걸 감탄하는 시선으로 내려다보았다.

애니드의 얼굴은 암살자로 살아가기는 아깝다는 생각이 들 정도로 완벽했다. 이 얼굴이라면 그 어떤 고귀한 신분에 있는 자라고 해도 애니드에게 푹 빠지게 될 게 분명했다. 심지어 그는 남성이라고 해도 믿을 수 있고, 여성이라고 해도 믿을 수 있는 중성적인 얼굴이었다. 물론 현재 진행형으로 코피를 줄줄 흘리고 있다는 게 옥의 티긴 했지만.

베시는 애니드의 주변을 뱅글뱅글 돌며 몇 번이고 그의 얼굴을 감상하며 감탄했다.

"너 정도로 예쁘면 다소 무례한 짓을 해도 용서해 주고 싶은데?"

"그렇게 내가 예뻐서 무엇이든 해 주고 싶으면 이것 좀 풀어 주지, 마녀?"

"음, 좋아, 좋아. 네가 사인 하나만 해 주면 풀어 줄게."

"사인?"

"응, 여기다가 사인을 슥슥! 하기만 하면 돼."

베시가 활짝 웃는 얼굴로 종이 한 장을 애니드의 앞에 내밀었다. 애니드의 눈동자가 종이에 쓰여 있는 글씨를 따라 움직였다. 처음에는 마냥 험악하던 그의 눈이 곧 황당함으로 물들었다.

"야, 마녀."

"내 이름을 모르는 건 아니지? 베시라고 불러."

"그딴 거 아무래도 좋아. 너 지금 이거 진심이야?"

"응. 당연하지."

"야, 이 미친. 너 머리가 이상한 거 아냐?"

애니드의 입에서 다시 거친 욕설이 튀어 나갔다. 그는 당장에라도 베시가 내민 종이를 찢어 버리려는 기세로 외쳤다.

"대체 대가리가 어떻게 되면 날 '사서' 같은 걸로 써먹겠다는 생각을 할 수가 있어!? 게다가 뭐야, 저 계약서!? 완전 노예 계약서잖아!"

"에이, 이 정도는 노예 계약서라고는 못 하지. 진짜 노예 계약서가 되려면 매일 정각보다 1시각 일찍 출근, 야근 필수, 격주 주말 출근, 추가 수당 없음, 식비 제공 없음, 식사 시간은 1시간이지만 실제로 1시간이나 밥을 먹었다가는 직무 태만으로 돈을 깎을 것임, 월급은 법령 최저 기준에 준해서 계산, 정규직 아님, 근무 도중 생기는 부상은 모두 자비 처리할 것. 뭐 이 정도 조건이 계약서에 쓰여 있어야 하는 거 아니야?"

"……묘하게 구체적이네."

베시가 줄줄 읊는 노예 계약서의 조건에 애니드가 얼굴을 팍 찌푸렸다. 그런 구린 노동 조건이 대체 어디 있냐면서. 베시는 어깨를 으쓱하였다.

"내 친구네 고향에서는 실제로 이런 조건으로 일해도 위법이 아니래. 정말 엄청난 곳이지? 뭐, 그건 그다지 중요한 게 아니니까 넘어가고. 여하튼 넌 계약서에 사인만 해. 그럼 풀어 준다니까?"

"……싫어."

생각할 여지가 없다는 것처럼 애니드가 고개를 저었다. 죽어도 싫어. 절대로 싫어. 차라리 날 죽여라. 거기까지 말한 애니드의 눈이 위험하게 번뜩였다.

진짜 차라리 죽어 버릴까, 생각하는 것 같은 눈이었다. 베시 역시 그것을 눈치채고 또다시 재빠르게 수첩에 글씨를 적어 내려가며 마법을 사용하였다.

"야, 이 너 시—"

"음,《애니드는 자결하지 않는다.》이걸로 내가 이 집에서 시체 치울 일은 없겠네."

"뭐, 그딴 마법을 걸고 있어!? 이 미친!"

"대체 왜 이런 쓸데없는 고집을 피우는지 모르겠네. 그냥 눈 딱, 감고 내 노예— 아니 도서관 사서가 되겠다고 사인만 하면……."

"너 지금 노예라고 했지!?"

"어머머! 얜은 가는귀가 벌써 먹었나 봐. 내가 언제 그런 말을 했다고 그래. 호호."

애니드의 입에서 다시 현란한 욕설이 터져 나왔다. 베시는 이제 지겹다는 얼굴로 애니드를 보다가 코트 주머니 안으로 손을 집어넣었다. 그리고 그 안에서 나온 노란 꽃무늬 손수건을 애니드의 입에 그대로 처넣어 버렸다.

"걱정마, 이거 아까 산 새 수건이야! 깨끗해!"

빅터에게 선물하려 산 수건은 졸지에 재갈 대신 사용되고 말았다. 박정한 동생인 베시는 까짓것 빨아서 주면 그만이라 생각하였다.

"으, 웅, 읍!"

온몸을 결박당한 것도 모자라 입까지 봉해진 애니드가 발악하였다. 애벌레처럼 꿈틀거리는 암살자를 보던 베시는 그의 등 위에 손가락을 세웠다. 그리고 중얼거렸다.

"〈작성 시작. 계약서에 사인하려고 할 때 비로소 결박이 풀린다. 작성 끝.〉"

이걸로 넌 이제 사인을 할 수밖에 없을 것이다. 후후후. 음침한 웃음을 흘리는 베시는 정말 마녀다운 얼굴이었다.

절망에 찬 애니드를 보며 베시가 뿌듯한 얼굴로 몸을 일으켰을 때였다.

딩— 딩—

현관에서 익숙하지 않은 소리가 들렸다.

그건 베시가 이곳으로 이사 온 이후 한 번도 들어 본 적이 없는 소리, 즉 방문객이 왔음을 알리는 종소리였다.

베시는 당황하여 고개를 갸웃하였다. 이 시간에 자신의 집을 방문할 손님이 대체 누가 있을까 싶었다. 베시는 바닥을 뒹굴고 있는 애니드를 힐끔 보았다. 짐작 가는 게 있냐는 눈빛으로.

하지만 애니드는 자신과는 상관이 없다는 것처럼 고개를 저었다.

문밖의 상대를 경계하며 베시는 조심스럽게 문가로 다가갔다.

"누구세요?"

"늦은 시간에 죄송합니다, 베시. 접니다."

히이이이익. 저스틴 군이다!

베시는 소리가 나지 않는 비명을 지르며 뒤를 돌아보았다.

칼 때문에 잘려 나가 기괴한 형태로 널려 있는 변장용 마스크, 마법 발동으로 인해 박살 난 화분 조각들, 그리고 흉측한 넝쿨에 묶여 있는— 남자인지 여자인지 긴가민가한 인간 한 명.

누가 봐도 수상해 보이는 사건 현장의 모습이 아닌가.

베시는 얼굴이 새하얗게 질렸다. 눈치 빠른 저스틴이 그냥 '참 독창적인 인테리어로군요.'라며 넘어갈 만한 풍경은 아니었다.

치우자! 숨기자! 덮자!

일을 크게 만들고 싶지 않은 베시는 문가를 향해 크게 외쳤다.

"자, 잠시만요! 잠깐만 기다려요, 저스틴 군!"

그녀는 우선 깨진 화분 조각과 변장용 마스크를 집어 올렸다. 급한 대로 그것을 테이블 위에 올려 둔 베시는 자신의 행동이 매우 헛되다는 것을 바로 깨닫고 다시 그것을 손에 쥐었다. 하지만 그것을 숨길 마땅한 곳을 발견하지 못했기에 베시는 결국 손에 든 것을 바닥에 다시 내동댕이쳐 버렸다.

돌겠네, 진짜! 우왕좌왕하던 베시는 고개를 획획 돌리다가 애니드를 발견하였다.

'우선 쟤! 저거부터 치우자!'

베시는 바닥에서 꿈틀거리는 애니드를 일으켜 세우기 위해 발버둥을 쳤다. 아무리 호리호리한 체구라 해도 사내 하나를 일으키는 건 여간 어려운 일이 아니었다.

"베시?"

문밖에서 저스틴이 걱정스럽게 베시의 이름을 한 번 더 불렀다. 하지만 그녀는 간신히 일으켜 세운 애니드를 안쪽에 있는 침실 방향으로 미느라 그 부름에 답할 여유가 없었다.

"베시! 혹시 무슨 일이라도—"

"아무것도 아니에요! 잠깐만요! 정말 잠깐만요!"

낑낑거리며 베시는 애니드를 자신의 침실에 밀어 넣었다. 그리고 목소리를 한껏 낮추어 입가에 손을 대는 동작을 취해 보였다.

"앤, 너 조용히 해! 지금 밖에 있는 건 하얀 사자 기사단의 부단장이니까. 알겠어!?"

애니드는 베시를 갈아 마셔도 속이 시원치 않을 거라는 얼굴을 한 채 고개를 끄덕거렸다. 베시는 침실 문을 꼭 닫고 그곳을 그대로 빠져나왔다.

거실 바닥은 여전히 엉망진창이었지만 더는 시간이 없었기에 베시는 전등 스위치를 꾹 눌렀다.

팟— 불이 꺼지고, 순식간에 집 안이 어두워졌다. 어둠 속에서는 더러운 거실 바닥이 잘 보이지 않았다. 좋았어, 이 정도면 충분하겠지.

"베시! 만일 무슨 일이 있는 거라면 이 문을 부수고, 제가—"

"지금 문 열게요!"

정말 저스틴이 문을 부수고 쳐들어올까 봐 겁이 난 베시는 한달음에 달려가 잠금장치를 해제하였다. 그리고 문을 벌컥 열며 환한 미소를 지어 보였다.

"좋은 밤! 저스틴 군! 어쩐 일이에요?"

"……좋은 밤입니다, 베시. 괜찮은 겁니까?"

"네? 뭐가요? 나요? 왜요? 무슨 일 있어 보여요?"

생글생글 웃으며 베시가 '난 아무 일도 없었다'를 강하게 어필해 보였다.

본인 딴에야 최대한 자연스럽게 보이겠다고 한 행동이었지만, 누가 보더라도 그녀의 웃는 얼굴은 어색함 그 자체였다. 게다가 그녀는 저스틴을 집 안으로 들일 생각이 없다는 것처럼 문 앞을 온몸으로 틀어막고 있었다. 그러니 그녀를 보는 저스틴의 눈빛에는 의아함이 가득할 수밖에 없었다.

"……문을 열어 주기까지 상당히 시간이 걸리셨는데 무슨 이유라도 있었습니까?"

"아, 그……그게, 그, 손을 좀 뗄 수 없는 일을 하고 있어서…… 그, 그건 그렇고 여긴 웬일이에요? 무슨 일이라도 있어요?"

"……조금 마음에 걸리는 일이 있어서 당신의 안전을 확인하기 위해 왔습니다."

"마음에 걸리는 일? 그게 뭔데요?"

베시가 고개를 한쪽으로 기울이는 순간, 저스틴이 눈을 가늘게 떴다. 마치 무언가 보면 안 될 걸 발견한 사람처럼 그의 얼굴이 굳어졌다.

"……베시, 실례하겠습니다."

저스틴은 베시가 허락을 하기도 전에 그녀를 집 안으로 밀어 넣더니 자신도 불쑥 안으로 들어왔다. 그는 들고 있던 물건을 근처에 있는 테이블 위에 대충 올려 두고, 베시의 턱을 쥐었다. 무례할 정도로 거침없는 그의 태도에 베시는 재차 당황하였다.

"저스틴 군? 무슨 일—"

"누굽니까?"

만일 사람의 목소리에 형태가 있다면, 지금 저스틴 하이네의 목소리는 세상에서 가장 예리하고 시퍼런 칼날의 형태일 것이다. 베시는 숨이 턱턱 막혀오는 것을 느꼈다. 그의 가라앉은 목소리가, 그리고 그와는 대조적으로 평소보다 커다란 동공이 무서웠다.

"누구냐니, 뭐가요?"

겁먹은 기색을 감추며 베시는 간신히 평소 같은 목소리를 냈다. 그러자 저스틴이 손을 들어 올려 베시의 목덜미에 손을 댔다. 그의 손이 닿기만 했는데도 따끔, 하는 통증이 느껴졌다.

아, 베인 자국.

베시는 그제야 자신의 목에 칼에 베인 자국이 남아 있다는 것을 떠올렸다. 저스틴은 틀림없이 그 자국을 발견하고 대체 '누가 이 상처를 만든 것'인지 묻고 있는 것이었다.

"별거 아니에요. 아까 실수로 종이 베여서 난 상처예요."

누가 보더라도 말도 안 되는 변명이었지만 베시는 태연하였다. 저스틴의 눈빛은 더욱 어두워졌다. 그의 길고 굵은 손가락이 이번에는 베시의 뺨을 쓰다듬었다.

"여기도 종이에 베인 겁니까?"

아차차. 뺨에도 베인 자국 있구나. 베시의 뺨을 잠시 쓰다듬은 저스틴이 천천히 손을 떼었다. 그의 손가락에 붉은 자국이 얼핏 보였다. 그것이 자신의 뺨에서 난 피가 묻은 흔적이라는 걸 안 베시의 얼굴이 어두워졌다. 그의 손에 묻어난 혈액의 양은 종이에 베였다고 말하고 넘어갈 수 있는 수준은 아니었다.

베시의 얼굴을 가만히 보던 저스틴은 시선을 움직여 제 손을, 정확히는 피가 묻어난 제 손을 보았다. 그러더니 그 손가락을 그대로 자신의 입으로 가져갔다.

작게 벌린 입 틈에서 스르륵 나온 붉은 혀가 손가락에 묻은 피를 핥았다. 베시는 저도 모르게 침을 꿀꺽 삼켰다.

짙은 속눈썹 사이로 얼핏 보이는 청록색의 눈동자가 성이 난 짐승처럼 위험해 보였다.

베시는 한 번도 저스틴 하이네라는 남자를 무서워 해 본 적이 없었다. 그가 아무리 우수한 기사고, 한 기사단의 부단장이라 하더라도 두렵지 않았다. 하지만 지금 이 순간만큼은 그가 무서웠다.

자신에게 상처를 낸 자에게 미친 듯이 분노하고 있는 이 남자가.

그의 분노가 자신을 향한 것이 아니라는 걸 아는데도 베시의 등줄기가 오싹하였다.

"저스틴 군."

자신의 입술이 파르르 떨리고 있다는 것을 깨달은 건, 그의 이름을 부른 뒤였다. 눈을 내리깐 채, 저스틴은 다시 한번 물었다.

"다른 다친 곳은 없습니까?"

"네? 아, 네— 가 아니라! 다, 다쳤다뇨. 딱히 아무 일도 없었다니까요? 이건 진짜 종이에 베인 거라."

베시가 다시 한 번 억지에 가까운 변명을 하는 사이, 저스틴은 어렵지 않게 전등 스위치를 찾아내어 불을 켰다.

불이 깜빡거리자 베시의 심장도 함께 덜컹덜컹 움직였다.

저스틴은 환한 불빛 아래에서 다시 한 번 베시의 얼굴을 들여다보았다. 마치 그녀에게 더 큰 상처가 났는지 확인하려는 것처럼 조심스러운 손놀림이었다.

“다행히 큰 부상은 아닌 것 같군요.”

“그러니까 말했잖아요, 아무 일도 없…….”

자신 있게 거짓말을 하려던 베시의 목소리가 작아졌다.

저스틴은 말없이 고개를 돌려 바닥을 내려다보고 있었다. 그곳에는 베시가 미처 치우지 못한 화분 파편의 일부와 사방으로 퍼져 있는 흙, 뭉텅뭉텅 잘려나간 변장용 마스크, 그리고 난투가 벌어졌던 잔해가 고스란히 남아 있었다.

“아무 일도 없었다고요?”

몸을 굽힌 저스틴은 바닥에 있던 칼 한 자루를 집어 올렸다. 애니드가 베시의 목에 들이밀었던 바로 그 칼이었다.

미쳤나 봐! 저걸 제일 먼저 치웠어야 했는데! 더는 거짓말을 할 수 없다는 걸 깨달은 베시가 불안을 감추지 못한 채, 침실 쪽을 힐끔 보았다.

집이 이 난장판이 된 판국에 꽁꽁 묶인 채 침실에 쓰러져 있는 낯선 자를 저스틴이 발견한다면? 베시는 그가 취할 행동이 무엇일지 베시는 생각하고 싶지 않았다.

그래도 어떤 일이 벌어질지는 훤히 알 수 있었다.

저스틴 군은 틀림없이 애니드를 잡아가겠지. 그리고 취조하겠지. 그럼 저 암살자가 대체 왜 우리 집에 쳐들어와서 나한테 이런 일을 했는지 술술 불 테고—

일이 그렇게 된다면 베시 자신도 상당히 껄끄러워지는 상황이 벌어질 터였다.

암살자에게 의뢰한다는 건 당연히 합법적인 일이 아니었다. 그러니 실버 대거에 암살자를 고용하겠다고 의뢰한 베시 역시 책임을 면하지 못할 게 분명했다.

게다가 도서관 관장인 베시가 성 안으로 암살자를 끌고 들어왔다는 사실이 밝혀지면 이는 도서관의 존속 문제와 연결될 수도 있었다. 그럼 아무리 황태자라 하더라도 이 일을 조용히 수습하기는 어려울 것이다.

무엇보다 베시는 애니드가 마음에 들었기에 그를 저스틴에게 넘길 생각이 없었다.

모처럼 딱 조건이 맞는 노예, 아니 사서가 나타났는데 그를 왜 감옥으로 보내야 한단 말인가. 비록 제 목숨을 위협했던 괘씸한 놈이긴 하나 계약서에 사인만 한다면 앞으로는 베시에게 거역할 수 없는, 실력 좋고 충실한 노예가 되리라.

그러니 무슨 일이 있어도, 저스틴이 애니드의 존재에 대해 알아차리는 것만은 막아야 했다.

"침실에 있군."

베시가 저스틴을 붙잡기도 전에, 낮게 중얼거린 저스틴이 성큼성큼 침실 쪽으로 향하였다. 기겁한 베시는 얼른 저스틴의 팔에 매달렸다.

"저스틴 군! 스톱! 침실은 안 돼요!"

"어째서입니까?"

"어, 그러니까 그게……."

"당신에게 상처를 내고, 집을 이 꼴로 만든 자가 아직 저 침실에 있는 겁니까?"

"아, 아니요! 그런 게 아니라!"

"……어째서 감싸려는 겁니까?"

베시를 보는 저스틴의 눈이 마치 거세게 타오르는 불꽃같았다. 그는 자신을 위협하던 자를 굳이 감싸려고 하는 베시를 도저히 이해할 수 없다는 얼굴을 하고 있었다. 베시는 자신이 섣불리 행동했다가는 더더욱 저스틴의 분노를 부추기는 꼴이 될 거라는 걸 깨달았다.

"……제가 알아서 잘 해결했어요. 이제 이 집에는 나한테 해를 끼칠 수 있는 인물은 아무도 없어요."

침실에 있는 애니드는 위험하지 않다. 그러니 이번에 한 말은 거짓말이 아니었다. 저스틴은 베시가 '거짓말'을 하고 있지 않다는 걸 안 것처럼 눈을 살짝 가늘게 떴다. 하지만 곧 어린아이를 타이르는 것 같은 목소리로 말했다.

"그건 중요한 게 아닙니다."

"네?"

"그자가 당신을 다치게 했어."

저스틴이 한 말에 베시가 입을 작게 벌렸다. 평소에는 무슨 일이 있어도 존댓말을 고집하던 그의 반말이 생소하기 때문만은 아니었다.

그의 목소리가 마치 자신이 상처 입은 것처럼 아프게 들렸기 때문이었다.

그것을 깨달은 순간, 그의 팔을 붙잡고 있던 베시의 손에서 힘이 주르륵 빠졌다. 그 틈을 타 저스틴은 성큼성큼 걸어가 침실 문 앞에 섰다. 그리고 조금 전 바닥에서 주워 올린 나이프를 손에 쥔 채 문 손잡이에 손을 가져다 댔다.

드르륵, 끼익— 나무문이 삐걱거리며 열리는 소리가 들렸다. 베시는 깊은 한숨을 쉬며 이마를 손바닥으로 문질렀다.

이제부터 어쩐담. 저스틴 군한테 사정해서 제발 한 번만 넘어가 달라고 부탁을—

"어머, 베시. 이제 괜찮은 건가요?"

베시가 한참 머리를 쥐어 싸매고 고민에 빠진 찰나.

문이 열리는 소리와 동시에 침실 안에서 여자의 목소리가 들려왔다.

응? 여자 목소리? 베시는 어리둥절한 얼굴로 고개를 들어 올려 침실 쪽을 보았다. 그곳에는 커다란 수건으로 몸과 머리를 감추고 있는 '여성'이 있었다.

잠시 상황을 파악하지 못하여 멈칫하였던 베시는 곧, 그 여성의 얼굴은 상당히 낯이 익다는 걸 깨달았다. 베시의 얼굴에 곧 안도의 미소가 떠올랐다.

"앤! 응, 응! 괜찮아. 강도는 내가 쫓았으니까!"

단걸음에 침실 쪽으로 달려간 베시는 어느새 여자의 모습으로 완전히 변장한 애니드의 옆에 섰다. 그리고 무표정한 얼굴의 저스틴에게 활짝 웃어 보였다.

"하아. 결국 이렇게 됐네요. 미안해요, 저스틴 군."

"……이 사람은 누구입니까, 베시."

"이 남자 분은 누군가요, 베시?"

양쪽에서 서로의 정체를 물어오는 통에 베시는 잠시 얼굴을 찌푸렸다. 그녀는 우선 애니드에게 저스틴을 소개하기로 하였다.

"음, 이분은 말이지. 내가 아까 얘기했지? 우리 도서관에 잠깐 봉사 활동 나온 하얀 사자 기사단의 부단장님이 있다고. 바로 이분이 그분. 저스틴 하이네 경이야."

"아아. 바로 '그' 저스틴 하이네 경이시구나. 후후. 처음 뵙겠습니다. 저스틴 경."

남자라고는 상상할 수 없을 만큼 청순한 미소를 지으며 애니드가 저스틴에게 인사를 하였다. 하지만 저스틴은 차가운 얼굴로 가볍게 고개를 숙인 뒤 바로 베시를 보았다. 대체 이 여자는 누구냐고 묻는 것처럼.

"저스틴 경. 이 '아가씨'는 앤이라고 해요. 앤 로즈. 내일부터 우리 도서관에서 사서로 일할 거예요."

"사서? 이 사람이?"

저스틴이 미심쩍다는 얼굴로 앤을 힐끔 보았다. 베시는 방긋 웃으며 애니드의 어깨를 두들겼다.

"네, 사서. 이네딧 부인 홀로 사서 일을 맡아보는 게 안쓰러워서 꽤 전부터 사서를 구하고 있었어요. 하지만 저스틴 군도 알다시피, 우리 도서관에서 사서로 일하겠다고 나설 만한 용기 있는 그런 사람은 별로 없잖아요?"

베시가 어깨를 으쓱하며 한 말에 저스틴은 짐작 가는 바가 있다는 얼굴로 고개를 끄덕였다.

"그래서 고민이었는데, 마침 아카데미에 있을 때 알던 친구가 제 이야기를 듣더니 앤을 추천해 줬거든요. 앤은 사서 견습생이라 실습할 수 있는 도서관을 찾고 있었대요."

아까까지는 잘 나오지도 않던 거짓말이 이제는 마치 진짜인 것처럼 술술 입에서 튀어나왔다. 베시는 그 사실에 안도하며 열심히 거짓말을 하였다.

"마침 앤도 급하게 일을 해야 하는 터라서 서로 조건이 잘 맞겠다 싶어서 내일부터 나오라고 말하고 있었던 참이에요."

"……그렇군요. 그건 그렇다 치고, 그럼 대체 왜 로즈 양은 그런 차림으로 베시의 침실에 있었던 겁니까?"

참으로 상식적인 저스틴의 질문에 베시가 다시 나섰다.

"아, 그게! 앤이랑 거실에서 이야기하고 있다가 갑자기 강도가 들어서 내가 마법으로 쫓아냈는데! 그 과정에서 앤 옷이 더러워져서 일단 급한 대로 옷 갈아입으라고 내가 침실로 밀어 넣어서 그래요!"

"베시. 난 당신이 아니라 이 사람에게 질문을 했습니다."

에이, 뭘 그리 따져! 제발 좀 넘어가! 베시는 초조한 기색이 담긴 얼굴로 애니드를 힐끔 보았다. 그러자 흥미롭다는 얼굴을 한 애니드가 싱긋 웃었다.

"저스틴 경. 방금 베시가 말한 건 사실이에요."

"그렇습니까? 강도를 마주한 것 치고는 두 사람 다 상당히 침착하군요."

저스틴은 베시의 말을 믿고 있지 않다는 것을 목소리로 여지없이 드러냈다.

"로즈 양은 대체 왜 이 시간에 굳이 베시의 집에 찾아왔던 겁니까?"

"대체 그게 왜 궁금하시죠? 하얀 사자 기사단의 부단장님이라면 혼약자도 아닌 여성의 사생활을 막 캐고 그래도 되나 보네요?"

시비를 거는 게 분명한 애니드의 대답에 저스틴의 눈빛이 싸늘해졌다. 집안에 흐르는 공기가 심상치 않다는 것을 깨달은 베시는 속으로 비명을 지르고 싶은 기분이었다. 대체 이 기사님은 왜 이 시간에 남의 집에 와서 이렇게 공포 분위기를 조성하는 거야!?

"저스틴 군! 용건! 여기 온 이유가 아까 마음에 걸리는 일 때문이라면서요? 그게 대체 뭐였는데요?"

어떻게든 집에서 유혈 사태가 벌어지는 걸 막아 보자며 베시는 생각나는 말을 아무렇게나 입 밖으로 내뱉으며 저스틴을 막아섰다. 그러자 저스틴의 입술이 작게 벌어졌다.

"아닙니다, 사실 베시가 보고 싶어서—"

"네?"

"……아?"

저스틴이 한 말에 굳어진 것은 베시뿐만이 아니었다. 스스로 말한 저스틴조차 놀란 얼굴을 하더니 자신의 입술에 손을 댔다. 대체 자신이 왜 그런 말을 했는지 이해할 수 없다는 표정이었다.

"저스틴 군?"

조금 전까지는 당장에라도 애니드를 베어 죽일 것 같던 그의 기세가 단숨에 수그러들었다. 그는 혼란스러운 얼굴로 베시를 한 번 보고, 자신의 미간 사이를 문질렀다.

잠시, 무어라 형용할 수 없는 어색한 공기가 두 사람 사이에 감돌았다. 그것을 옆에서 지켜보던 애니드의 입가에 얄궂은 미소가 떠올랐다.

"어머, 저스틴 경. 아무리 베시가 보고 싶다고 하더라도 이 늦은 밤에 이렇게 여성 홀로 있는 집을 찾는 건 실례 아닌가요? 더더군다나 베시는 미혼이라 경의 경솔한 행동 때문에 여성에게는 상당히 치명적인 소문이 생길 수도 있는데."

심술 맞은 미소를 지으며 애니드가 한 말에 저스틴의 얼굴이 일그러졌다. 그 얼굴이 의미하는 것은 도저히 인정하고 싶지는 않지만 애니드가 한 말이 옳다는 것을 알고 있다는 뜻이었다.

"……베시에게 별일이 없다면 그걸로 됐습니다. 이만 가 봐야겠습니다."

"아, 응! 나 별일 없어요. 완전 괜찮아요!"

어색한 공기를 털어 내기 위해서 베시는 그렇게 대답하는 수밖에 없었다. 그런 베시를 복잡한 심정의 얼굴로 보던 저스틴이 손에 들고 있던 칼을 들어 올리며 말했다.

"베시. 이 칼은 제가 맡아도 되겠습니까?"

"아, 네? 응, 뭐 그건 상관없는데…… 왜요?"

"분명 아까 이 집에 강도가 들었었다고 했죠? 이건 그 강도가 사용한 칼일 테고. 그러니 이 칼로 범인을 찾을 겁니다."

"구, 굳이 그럴 필요까지는 없을 것 같은데. 저스틴 군도 바쁘잖아요. 하하."

"……반드시 찾아낼 겁니다. 그리고 다시는 당신에게 그 어떤 위해도 가할 수 없도록 할 겁니다."

저스틴의 눈이 일순간 일렁이는 불꽃처럼 위협적으로 빛났다. 그의 시선 끝에 있는 것은 팔짱을 끼고 있는 애니드의 모습이었다.

"그럼 베시. 혹시라도 무슨 일이 생기면, 이 호신용 호루라기를 사용하십시오."

저스틴이 주머니에 손을 쑥 넣더니 작은 은제 호루라기를 꺼내 베시에게 내밀었다. 디자인이 제법 귀여운 걸 봐서는 여성용 혹은 아동용임이 틀림없었다.

저스틴이 조카 보리스 때문에 사 둔 물건이라는 걸 알 리 없는 베시는 그가 대체 왜 이런 걸 갖고 다니는 건가 고민하며 그것을 받아 들었다.

"그 호루라기는 특수한 물건이라 소유자의 위치를 알려 주는 물건입니다. 그러니 위급한 일이 생기면—"

"아, 알았어요, 알았어! 위급한 일 생기면 꼭 불게요! 그러니까 저스틴 군은 이제 안심하고 가 봐요. 난 이제부터 집도 치워야 하고, 할 일이 아주 많거든요."

"그래요, 어서 가 보세요. 저스틴 부단장님. 베시는 저한테 '안심'하고 맡겨 주시고요."

애니드는 생글거리는 얼굴로 손을 흔들어 보였다. 저스틴의 눈초리가 순간적으로 험악해졌다. 하지만 그는 베시의 얼굴을 보더니 곧 평소보다 다정한 얼굴로 속삭였다.

"다친 곳은 꼭 치료하십시오, 베시."

"응. 걱정해 줘서 고마워요."

베시가 어색하게 웃으며 고개를 끄덕이자 그제야 저스틴은 조금 안심한 얼굴로 등을 돌렸다. 그리고 빠르지도, 느리지도 않은 걸음걸이로 거실을 지나쳐서 베시의 집을 빠져나갔다.

쾅—

문이 닫히자마자 베시는 벽에 기댄 채 주르륵 미끄러져 바닥에 주저앉았다. 그 자세로 머리를 쥐어뜯자 앓는 소리가 절로 흘렸다.

"아, 미치는 줄 알았네, 진짜."

"이제야 내쫓는 데 간신히 성공했네. 뭐야, 저건? 저거 진짜 저스틴 하이네야? 내가 들은 거랑 상당히 다르다?"

저스틴이 사라지는 것과 동시에 원래대로, 즉 남자 말투로 돌아온 애니드가 흥미롭다는 얼굴로 문 쪽을 바라보았다.

"하이네 공작가의 막내 도련님이 야밤중에 여자 집에 쳐들어와서 엄청 느끼하게 스킨십하고, 저런 닭살스러운 소리를 지껄이는 남자였어? 하! 이거 진짜 웃긴데?"

"스, 스킨십은 무슨! 그런 거 아니야. 저스틴 군 원래 저런 장난 잘 쳐. 너도 전에 봤을 거 아냐?"

"뭐? 내가 언제?"

"언제냐니. 그, 전에 도서관 뒤뜰에서 저스틴 군이랑 내가……."

서로 끌어안고 있는 것처럼 보였던 그날. 그렇게 말하려던 베시는 하던 말을 멈추고 살그머니 얼굴을 붉혔다. 다시 생각해 보니 자신의 착각이 정말 창피했기 때문이었다.

"애초에 저스틴 군은 내 주변에 위험 인물이 있다고 생각할 때 저렇게 과잉 반응을—"

"나 그런 거 본 적 없는데?"

"—보이는 편이긴 한데, 응? 뭐가?"

동시에 다른 말을 내뱉은 애니드와 베시가 서로를 향해 의아하다는 눈빛을 보냈다. 먼저 정신을 차린 것은 애니드였다.

"도서관 뒤뜰 말이야. 애초에 난 도서관 쪽은 감시한 적이 없거든. 거긴 성이라 감시 뚫기가 귀찮아서 아예 안 갔지."

"뭐? 잠깐! 그럼 그날 우릴 지켜봤던 건 대체 누군데!? 너 지금 거짓말하는 거 아니야?"

"알 게 뭐야. 어쨌든 그건 나 아니야. 그리고 애초에 난 이제 네 계약 때문에 거짓말 못 하는 거 너도 알잖아?"

애니드가 어깨를 으쓱하며 한 말에 베시는 굳어졌다. 애니드의 등장에 그녀는 최근 자신의 주변을 맴돌던 자의 정체를 알았다며 안심하였다. 그런데 자신의 예상이 빗나갔다는 것을 알자 혼란스러웠다.

'그럼 대체 그자는 누구였지? 설마 또 다른 암살자— 아, 그거구나.'

의식의 흐름대로 흘러가던 생각이 정답이란 걸 깨달은 그녀는 곧바로 혼란을 털어 냈다. 냉정히 생각해보자면 애니드가 아니더라도 황태자 반대세력의 누군가가 자신을 감시하고 있을 가능성이 컸다.

다만 지금 단계에서는 그들에게 떨어진 명령이 암살 시도가 아닌 감시 수준일 터였다. 그렇다면 아직은 크게 신경 쓸 필요는 없으리라.

걱정할 필요는 없겠지만, 또 준비는 필요하겠네. 베시는 조만간 다른 대책을 강구해 봐야겠다고 생각하며 입을 열었다.

"그러고 보니 너 어떻게 그렇게 순식간에 계약서에 사인하고, 변장까지 한 거야?"

불쑥 입 밖으로 나온 것은 아까 전부터 궁금해 미칠 것 같았던 의문이었다. 베시는 경이로운 것을 보는 얼굴로 애니드를 요리조리 살펴보았다.

"난 손이 빠른 편이거든. 그리고 애초에 변장이랄 것도 없었어. 얼굴에 묻은 더러운 것 좀 닦고, 입술만 좀 칠하고, 그 정도만 해도 충분하니까."

애니드는 양손을 까닥거리며 상당히 느물거리는 미소를 지었다.

남자가 만일 그런 동작을 했다면 재수 없는 놈이라고 발로 차주고 싶을 정도였다. 하지만 지금 애니드의 겉모습은 어딜 보나 아름다운 여성이었기에 베시는 그 모습을 보며 흐뭇하게 웃었다.

"근데 너 진짜 예쁘긴 하다, 앤. 어딜 보나 완벽한 숙녀야!"

"미친년."

베시가 모처럼 한 칭찬에 애니드는 차가운 눈빛으로 화답하였다. 그리고 자신의 몸을 가리고 있던 수건을 거추장스럽다는 휙 끌어당겨 던져버렸다.

곧 수건 아래 감추어져 있던 늘씬하지만, 균형 잡힌 남성의 몸이 드러났다. 꼭 필요한 근육만 붙어 있는, 마치 조각상처럼 아름다운 몸. 그리고 약간의 화장으로도 돋보이는 수려한 얼굴.

베시는 확신했다.

완벽해. 은빛 매 기사들이 완전 넘어가겠네.

당분간 베시는 애니드를 이용하여 은빛 매 기사들을 견제할 생각이었다. 게다가 이 정도의 미모라면 덤으로 도서관을 찾는 남자 이용객이 늘어나는 것도 기대할 만하리라.

두 가지 이득을 동시에 취할 생각에 그녀는 실실 웃었다. 저 멀리 벗어 던져 뒀던 검은 폴라티와 바지를 챙겨 든 애니드가 그 모습을 보고 기겁을 하였다.

"너 내가 못 본 새, 대가리에 칼침 맞았냐? 왜 그렇게 미친 것처럼 쪼개?"

외모 하나만은 기가 막힌데, 문제는 이거네. 베시는 팔짱을 끼고, 한숨을 푹 내쉬었다.

"……음, 앤 양? 내 앞에선 괜찮지만, 내일부터는 절대 사람들 앞에서는 그렇게 말하면 안 되는 거 알지? 내일부터 너는 입이 더러운 암살자 애니드가 아니라 교양 있고, 품위 있으며 아름다운 사서 앤 로즈란다."

"……빨리 뒈지길 바란다, 변태 마녀."

어느새 옷을 전부 갖춰 입은 미남으로 변신한 애니드가 콧방귀를 흥 뀌었다. 베시는 자리에서 일어서 침실 안으로 다시 향하는 그의 뒤를 따랐다.

"내일 아침 6시까지 도서관으로 와. 문지기들에게는 내가 아주 잘 말해둘 거니까 따로 검사는 안 받을 거야. 여차하면 미인

계라도 써서 알아서 오고."

"흥."

별걸 다 시킨다며 애니드는 콧방귀를 뀌었다.

"그나저나 괜찮은 거냐? 너 만일 내가 변심해서 궁에서 높으신 양반들 목이라도 따고 다니면 어떻게 책임지려고 그러냐?"

"네가 그래도 딱히 별 상관없는데? 나 반 듀벨 황가에 충성하는 것도 아니고."

"……크리스 반 듀벨과 진짜 무슨 사이야, 너?"

애니드가 도저히 알 수 없다는 얼굴로 묻자 베시는 벌레 씹은 얼굴로 대답했다.

"언젠가 너에게 그놈 암살 의뢰를 할까 생각하는 사이?"

"……그냥 얌전히 여장하고, 사서 짓이나 하마."

사람 하나는 능히 넘나들 수 있는 창문 앞에 선 애니드가 제법 무거운 나무 창틀을 가볍게 열어젖혔다. 얇은 아사 원단의 커튼이 바람에 따라 하늘하늘 흔들렸다.

그 아래 있는 암살자의 모습은 마치 옛이야기 속에 나오는 주인공처럼 몽환적이었다.

"그럼 내일 보자고. 관장님?"

히죽거린 애니드가 창틀을 훌쩍 뛰어넘었다. 탁- 하는 작은 소리가 들리는가 싶더니 곧 인기척이 사라졌다. 밖으로 고개를 내민 베시는 아무도 없는 어두운 골목길을 보고 중얼거렸다.

"……왜 현관으로 안 가고 창문으로 가는 거지?"

도통 이해할 수는 없지만, 암살자의 불문율 같은 건가 싶었기에 베시는 조용히 창문을 닫았다. 그리고 거실로 빠져나와 난장판이 된 그곳을 보고 무거운 한숨을 쉬었다.

애니드가 가기 전에 이거나 좀 치우고 가라고 할걸, 이라는 생각이 들었지만 뒤늦은 후회였다.

뭐, 어쩔 수 없지. 후회라는 걸 좀처럼 하지 않는 베시는 주섬주섬 쓰레기를 치우기 시작하였다.

테이블 위에 낯선 꾸러미가 하나 있었지만, 바닥을 치우느라 열중한 베시는 그것이 제 물건이 아니라는 걸 전혀 눈치채지 못했다.

내일부터는 도서관에 새로운 사서가 생긴다는 사실이 그녀를 들뜨게하기도 했기 때문이었다.

새 사서. 새로운 사서. 미인 사서. 이 얼마나 기분 좋은 말인가. 어느새 베시의 입가에는 흐뭇한 미소가 떠올라 있었다.

"아, 참. 약 발라야겠구나."

비질을 끝낸 베시는 자신의 뺨이나 목덜미가 따끔거린다는 것을 깨닫고, 약을 찾아 서랍장을 뒤적거렸다. 친구 파나세아가 보낸 효과 좋은 연고를 서랍 구석에서 찾아낸 그녀는 손가락에 연고를 듬뿍 묻혀 뺨에 문질렀다.

그러자 순간, '여기도 종이 베인 겁니까?' 라고 했던 저스틴의 목소리가 귓가에 맴돌 듯 다시 떠올랐다.

아니, 떠오른 것은 목소리만이 아니었다. 자신의 뺨을 쓰다듬던, 그의 지나치게 뜨겁던 손의 감촉마저 생생하게 다시 느껴졌다.

온몸이 여린 꽃잎이라도 된 것처럼 그 감각이 자극적이었다. 난생처음 느끼는 기분에 베시는 혼자 얼굴을 붉히며 고개를 아래로 떨어트렸다. 마치 연쇄 반응이라도 일어난 것처럼 계속 저스틴에 대한 것만이 떠올랐다.

'아닙니다, 사실 베시가 보고 싶어서—'

어째서 그는 갑자기 그런 말을 했던 걸까? 장난인가? 근데 실없이 일부러 찾아와서 그런 말을 해? 그래도 장난 말고는 그런 말을 할 이유가 없지 않나? 아니, 하지만 본인이 말해 놓고 당황하는 모습이 영 이상—

"아! 마법!"

베시는 자신이 아까 애니드 때문에 쓴 마법을 떠올렸다.

≪이 집에서 베시 에일의 질문을 받은 사람은 정직하게 대답하게 된다.≫

저스틴이 자신에게 했던 말이 한 치의 거짓이 없는 진심이라는 걸 알아 버린 베시의 얼굴이 더더욱 붉게 달아올랐다.

"그, 그냥 자야겠다!"

바르던 연고를 대충 내팽개친 베시가 얼른 침실로 달려가 침대 안으로 뛰어들었다. 하지만 아무리 애를 써도 쉽게 잠을 이룰 수 없었다.

결국 그녀가 잠든 것은 새벽빛이 어스름하게 창가에 내려앉던 무렵이었다.

11.
마녀에게는 단서가 필요하다

이튿날, 베시의 지시대로 애니드는 눈이 휘둥그레질 정도로 완벽한 여장을 하고 도서관에 나타났다.

"어머머머머머머머머……."

어지간한 일에는 쉽게 놀라거나 동요하지 않는 이네딧 부인은 통통한 볼을 불그스름하게 붉히며 감탄사를 흘렸다. 그녀는 베시 옆에서 얌전한 숙녀처럼 서 있는 애니드를 보며 도저히 입을 다물지 못했다. 눈 밑에 다크서클을 달고도 베시는 흐뭇한 얼굴을 하였다.

"어때요, 부인? 예쁘죠? 진짜 예쁘죠?"

"어머, 정말…… 어쩜 이렇게 예쁜 아가씨가 다 있대요? 어머머. 저는 무슨 그림 속에서 튀어나온 사람인 줄 알았어요! 아가씨, 이름이 뭐라고요?"

"앤 로즈라고 합니다, 부인."

싱긋 웃으며 우아하게 고개를 숙이는 애니드는 어딜 보나 예의 바른 숙녀 그 자체였다.

"사서 일은 처음이라 부족한 점이 많겠지만, 부디 앞으로 잘 부탁드립니다."

"아휴, 걱정하지 말아요, 앤 양. 모르는 게 있으면 무조건 나한테 물어봐요. 내가 하나부터 열까지 전부 잘 알려 줄게요."

지나가는 사람이 백이면 백 다 돌아볼 정도로 예쁜 아가씨가 인사성도 바르지. 이네딧 부인은 애니드가 꽤 마음에 든 것인지 연신 싱글벙글하였다. 그리고 중년 아저씨 같은 표정으로 웃고 있는 베시를 쿡 찌르더니 물었다.

"대체 어디서 이런 예쁜 아가씨를 데려오신 거예요?"

"아카데미 친구 소개로요. 이 친구 몸도 민첩하고, 손재주도 좋으니까 일도 금방 배울 거예요. 앞으로 계속 일할 친구니까 이네딧 부인이 지도 편달 잘해 주세요."

"그럼요, 관장님. 그건 아무 걱정이 없는데, 문제는……."

조금 전까지는 마냥 밝던 이네딧 부인의 얼굴이 순식간에 어두워졌다. 베시와 애니드는 그녀가 왜 그런 얼굴을 하는지 알 수 없어 서로의 얼굴을 힐끔 보았다. 이네딧 부인은 깊은 한숨을 쉬며 고개를 저었다.

"……문제는 앤 양이 아주 예쁘다는 거죠."

아니, 그게 왜? 베시는 어깨를 으쓱했다.

"왜요? 예쁘면 좋잖아요."

"아이고, 관장님! 이제까지 이 도서관 여자 사서들이 왜 다 나갔는지 잊어버리셨어요?!"

이네딧 부인이 답답해 죽겠다는 듯 외쳤다. 그녀의 머릿속에는 벌써 은빛 매 기사들이 애니드에게 어떤 식으로 집적거릴지 훤히 그림이 그려지는 모양이었다. 베시는 피식 웃었다.

"그거라면 괜찮아요. 앤은 이래 보여도 호신술을 할 줄 아니까요. 게다가 임기응변 능력도 좋아서 알아서 어떤 일이 생기더라도 혼자 알아서 잘할 거예요."

베시는 전날 밤, 그 짧은 시간 안에도 완벽히 변장을 마치고 저스틴을 맞이했던 애니드의 모습을 떠올렸다. 그 정도 순발력이 있다면 대부분의 일은 알아서 잘하지 않을까? 과연 실버 대거에서 자신 있게 추천할 만한 암살자야. 성격은 좀 이상하지만.

애니드가 들었으면 남 말하지 말라고 억울해 했을 생각을 하며 베시는 애니드의 어깨를 두들겼다.

"그치? 알아서 잘할 자신 있지, 앤?"

"……후후, 물론이죠, 관장님."

애니드는 억지로 입꼬리를 위로 잡아당기며 대답하였다. 실제로도 은빛 매 기사들을 요령껏 주무르는 일이야 그에게 썩 어려운 일이 아닐 게 분명했다. 하지만 앞으로 남자가 치근대는 일이 생길 거라는 말이 썩 기분 좋을 리가 없었다. 베시는 그것을 알면서도 무시했다.

"어쨌거나 새로운 사서도 오고, 도서관도 말끔해지고…… 관장님이 오신 이후로 좋은 일이 많네요. 빨리 재개장을 해서 사람들에게 도서관을 보여 주고 싶어요."

이네딧 부인이 감개무량한 목소리로 말했다. 그녀의 눈가가 약간 촉촉한 것이 베시의 기분 탓만은 아니리라. 오랜 시간 혼자서 이곳을 지켜왔던 그녀에게 도서관의 재개장은 특별한 의미일 것이다. 가슴 한구석이 따듯해져 오는 감각에 베시는 조용히 웃었다.

요 며칠간 사방으로 들고뛰며 고생했던 일이 다 헛된 것은 아니었다는 생각이 들었다.

"참, 관장님? 그래서 잘 고르신 건 맞나요?"

애틋한 기분에 젖어있던 베시가 고개를 갸웃하였다.

"응? 뭘요?"

"옷이요. 설마 또 그 죽은 쥐색 같은 칙칙한 색으로 옷을 골라 오신 건 아니죠?"

순식간에 베시의 얼굴이 와그작 구겨졌다. 아니, 왜 또 옷을 가지고 잔소리를 시작하는 거람. 그녀는 입을 삐죽이며 답했다.

"아니에요. 옷은 어제 저스틴 군이 골라 주…… 긴 했는데."

베시는 말끝을 흐리며 뺨을 긁적거렸다.

오늘 아침에 배달된 산더미 같은 상자들은 아직 포장조차 뜯지 않은 상태였다. 저스틴이 사 준 옷을 보관하려면 옷장을 새로 사야 할 수준이었다.

하지만 그렇게 많은 옷 중에서 도서관 행사에 입을 만한 옷은 없었다. 대부분이 귀족 영애가 외출복이나 일상복 혹은 파티에 참석하기 위해 입는 드레스이기 때문이었다.

"어머, 저스틴 경께서요?"

"헤에."

이네딧 부인, 그리고 어째서인지 애니드마저 눈을 반짝 빛내며 베시를 보았다. 그 눈에 묘한 기대가 담겨 있었기에 베시는 저도 모르게 한 걸음 뒤로 물러섰다.

"두, 둘 다 왜 그래요?"

"저스틴 경께서 직접 옷을 골라 주셨다니. 어떤 옷인지 너무 보고 싶네요! 왜 오늘 안 입고 오셨나요?"

"그러게 말이에요. 하얀 사자 기사단의 저스틴 부단장께서 직접 골라 주신 옷이라니."

뭔데? 다들 저스틴 군이 옷 골라 준 게 뭐라고 이렇게 즐거워 보이는 건데?

베시는 마치 지금 이네딧 부인과 애니드의 상태가 아카데미의 휴게실에서 시시한 소문을 떠들며 즐거워하던 여학생들 같다고 생각하였다. 비록 그녀 앞에 있는 두 사람 중 한 명은 나이가 지긋한 중년 부인이고, 한 명은 여장을 한 예쁜 남자였지만.

"어, 그…… 아, 그 습관처럼 평소 입고 오던 옷을 입고 와서요. 내일부터는 뭐, 입고 와 볼게요."

"후후, 너무 기대되네요!"

이네딧 부인은 손뼉까지 치며 기뻐하였다. 그녀의 얼굴에는 이제 막 저를 꾸미기에 눈 뜬 조카를 귀여워하는 것 같은 기색이 서려 있었다.

"아니, 근데 정말 저스틴 군이 골라 준 옷들은 개장식 날 입기에는 애매해요. 다 드레스라서."

나라별로 조금씩 차이가 있긴 하나, 여성 공무원은 국가 행사에 참여할 때 대부분 정장을 착용하는 경우가 일반적이었다. 그러니 아무리 저스틴이 골라 준 옷이 예쁘다 한들, 개장식 날 입기에는 무리가 있었다.

베시의 말을 들은 이네딧 부인은 걱정스레 고개를 갸웃거리더니 곧 밝은 얼굴로 외쳤다.

"맞다! 앤 양이 관장님께 함께 옷을 좀 골라 주면 어떨까요?"

"네? 애니— 앤이요?"

베시는 제 옆에서 인형처럼 예쁜 미소를 짓고 있는 애니드를 가만히 보았다.

그는 핀턱이 촘촘히 박힌 하늘색 블라우스와 허리를 바짝 조이는 하얀색 하이웨스트 스커트 차림이었다. 목에는 연한 하늘색 스카프가 맵시 좋게 매여 있었는데, 베시는 대체 어떻게 애니드가 저렇게 예쁘게 리본을 묶었는지 모르겠다는 생각을 하였다.

어쨌거나 패션에는 썩 둔한 베시가 보더라도 애니드의 옷차림은 꽤 괜찮아 보였다. 이네딧 부인은 제 생각이 참 훌륭하다고 생각했는지 들떠 말했다.

"네. 보니까 앤 양의 센스가 상당히 괜찮네요. 관장님은 안목이 그리 좋진 않으시니, 이럴 때는 누군가의 도움을 받는 게 최고랍니다."

너무나 자연스럽게 베시의 심미안을 깔아뭉갠 이네딧 부인은 애니드의 손을 꼭 붙잡았다.

"앤 양! 앤 양도 관장님의 이 죽은 쥐색 같은 코트가 참 보기 흉하다고 생각하지 않나요? 부디 앤 양이 관장님의 저 괴멸적인 옷차림을 어떻게든 개조 좀 해 주세요!"

내가, 그렇게, 심한가?

베시는 이네딧 부인의 말에 자신도 모르게 우울한 얼굴로 시선을 한 번 아래로 내려다보았다.

옷이 깔끔하기만 하면 됐지, 뭐. 그렇게 중얼거리던 베시는 아카데미 시절 자신과 친했던 남자 후배, 젠 그라우의 말을 떠올렸다.

'선배는 실용성만 생각해서 옷을 입네요. 이런 말하고 싶지는 않은데, 선배의 센스는 엄청 원시적이라고요.'

예전에는 남들이 그러거나 말거나 별로 신경을 쓰지 않던 베시였다. 하지만 그녀는 바로 어제 저스틴이 자신에게 옷을 선물했다는 사실에 다소 의기소침해지고 말았다.

다른 누구도 아닌, 저스틴이! 여성의 옷차림에는 전혀 관심이 없어 보이던 그 남자가! 자신에게 옷을 선물할 정도로 내 옷차림에는 치명적인 문제가 있다는 건가?

"저도 그렇게까지 솜씨가 좋은 편은 아니지만, 한 번 노력해 보겠습니다. 부인."

누가 봐도 천상 여자처럼 오호호 웃으며 애니드가 베시를 힐끔 보았다. 그 눈빛은 마치 '으구, 쯧쯧. 저 가여운 패션 살해범.'이라며 베시에게 말하는 듯했다. 아니, 정말 내가 그 정도란 말이야? 베시의 어깨가 축 늘어졌다.

"그럼 앤 양에게 믿고 맡기면 되겠네요. 내일 오후쯤 같이 다녀오시면 되겠어요."

"내일요!?"

어제도 옷 샀는데 또 내일 옷을 사러 가야 한다고? 베시는 기겁하였다. 하지만 이네딧 부인은 완강하였다.

"그럼요. 미리미리 준비를 해 두셔야죠. 재개장식도 얼마 안남기도 했고요."

"으으, 그거야 그렇지만……."

베시는 제 옆에 있는 애니드를 힐끔거렸다. 그 시선을 눈치챈 애니드가 짐짓 슬픈 얼굴을 하였다.

"부인. 아무래도 관장님께서는 저랑 옷을 사러 가는 게 싫으신가 봐요."

앗, 저 앙큼한 것! 지금 이네딧 부인 앞이라고 날 놀려 먹으려는 거구나! 베시는 눈에 힘을 팍 주고, 애니드를 노려보았다. 하지만 애니드는 부인의 눈을 피해 베시에게 혀를 날름 내밀어 보였다.

"그게 정말이신가요, 관장님?"

"아니, 그런 건 아니고……."

"그래요? 문제가 없으시다면 앤 양과 다녀오도록 하세요. 어차피 관장님과 함께 쇼핑을 하러 가 주실 다른 분도 없으시잖아요."

"……이네딧 부인. 그렇게 말하면 내가 마치 친구 한 명 없는 가여운 사람 같잖아요."

베시의 말이 끝나기 무섭게 애니드가 물었다.

"어머, 관장님께 친구가 있긴 하세요?"

야!!! 베시는 속으로 버럭 소리를 질렀다. 이게 진짜! 이네딧 부인 앞만 아니어도 가만 안 두는 건데.

"앤 양. 관장님은 수도에 오신 지 얼마 되지 않으셔서 아직 사교 모임에 많이 참석할 기회가 없으셨답니다. 도서관 개장이 끝나면 서서히 모임에 많이 나가실 테니, 친구도 많이 생길 거예요."

이네딧 부인 딴에는 베시를 두둔해 주겠다고 한 말이었으나 그것은 오히려 베시에게 친구가 없다는 것을 증명해 주는 말이 되었다. 베시는 애니드의 눈에 깊은 동정이 어리는 것을 똑똑히 목격하였다. 암살자에게 친구 없다고 동정 받는 마녀라니.

베시는 억울했다. 내가 친구가 얼마나 많은데! 주로 마녀지만.

"어쨌거나 앤 양. 내일 관장님과 함께 꼭 쇼핑을 다녀와 주세요. 잘 부탁드리겠습니다."

"네, 저에게 맡겨 주세요. 이네딧 부인."

생글생글 웃으며 애니드가 공손히 답하자 이네딧 부인은 만족스럽게 고개를 끄덕였다. 그녀는 애니드를 위해 도서관 신입사서 매뉴얼을 찾아보겠다며 창고로 향하였다.

베시는 시무룩하게, 애니드는 상냥하게 그런 이네딧 부인을 배웅하였다. 이윽고 부인이 시야에서 완전히 사라지자 애니드는 "다리 달린 소시지가 뛰어가는 것 같네."라고 중얼거렸다. 베시 역시 공감은 가지만, 그 말에 동의할 수는 없었다.

"앤. 아까도 말했지만, 이네딧 부인한테는 절대 실수하지 마. 이 도서관에서 네가 누구보다도 공손하게 대해야 하는 분이야. 알겠어?"

애니드는 매우 성가시다는 얼굴로 고개를 끄덕이며 입을 열었다.

"알았어. 근데, 마녀."

"왜?"

"그래서 결국 난 뭘 해야 하는 거냐? 사서라는 거 한 번도 해본 적 없어, 나."

아, 참. 깜빡했네. 베시는 간략하게 업무내용을 설명하기 시작하였다.

"음. 딱히 어려울 건 없어. 이네딧 부인이 가져다주는 책자 읽으면 대부분 이해는 갈 거야. 모르는 건 나나 부인한테 물어보도록 해. 그리고 앞으로 네가 맡을 주 업무는 대출 관리거든. 회원 카드 발급해 주고, 대여 도서 목록 만들고. 너라면 완전 쉬울걸."

일류 암살자의 기본은 물론 뛰어난 살인 기술이지만 그 외에도 부수적으로 필요한 것이 많았다. 일각을 다투는 정보 수집 능력, 모두를 속일 수 있을 정도의 변장 실력과 주변 환경에 완전히 적응하는 잠입 능력.

그런 것들을 전부 갖춘 애니드에게 있어서 도서관의 사서 업무는 그리 어려운 게 아니었다.

그러다 보니 베시의 설명이 끝날 무렵에는 애니드는 하품이라도 하고 싶다는 얼굴을 하고 있었다.

"……여기까지가 일단 네가 겉으로 해 줘야 할 일이고."

그럼 그렇지. 애니드의 눈 안쪽이 검게 번쩍였다. 암살자를 사서로 위장시켜 데려올 정도니 무언가 다른 일을 시킬 속셈이지 싶었다.

성내 정보 수집? 아니면 기사단 간의 이간질? 대체 이 괴상한 마녀가 나에게 어떤 일을 시킬까. 애니드는 이번에는 짜증보다는 기대에 찬 눈으로 베시를 보았다.

"이제부터가 중요해."

베시는 주변을 둘러보았다. 마치 누군가를 경계하려는 것처럼 조심스러운 동작이었다. 하지만 동시에 그것은 무의미한 행동이기도 하였다.

이네딧 부인이야 진즉 바깥으로 사라졌고, 저스틴은 크리스의 부름을 받아 본성에 간 상태였다. 그러니 이곳에 있는 건 오직 베시와 애니드뿐이었다. 그것을 이미 기척으로 알고 있는 애니드는 시큰둥한 얼굴로 말했다.

"그럴 필요 없어. 개미 새끼 한 마리 이 근처에 없으니까 안심해."

"아, 그래? 좋아. 그럼 잘 들어. 이제부터 앤 로즈가 맡아 줘야 할 건……."

말을 잠시 끊었던 베시가 눈을 번쩍 빛내며 외쳤다.

"이 도서관 최고의 미인 사서 역할이야!"

"……하아?"

잠깐, 뭐야? 이게 지금 무슨 미친 소리야? 내가 앞으로 뭐라고? 애니드는 자신의 귀를 의심하는 얼굴을 하였다. 그러나 베시는 아랑곳하지 않고, 제 할 말만 이어갔다.

"이제 곧 도서관에 끝내주는 미인 사서가 있다는 소문이 금방 퍼질 거야. 그러니까 꽤 많은 남자가 널 보러 올테고, 간혹 너에게 집적거리는 놈들도 있을 거야. 주로 은빛 매 기사 같은 놈들."

"………."

"너도 알겠지만, 은빛 매 기사들은 예전에도 이 도서관에 있던 여자 사서들한테 이렇고 저렇고 그런 짓을 했단 말이지. 아마 너에게도 그런 짓을 하려고 할 거야."

"………."

"그럴 때는 알아서 잘 피해. 그리고 걔네가 너무 기어오르지 않게 손봐 줘. 아, 그래도 죽이지는 마. 다 신분이 높은 녀석들이라 뒤처리가 힘드니까."

미친. 이게 지금 무슨 개풀 뜯어먹는 소리야. 애니드는 어이가 없다는 얼굴로 베시를 보았다.

그러니까 지금, 이 변태 마녀가 자신을 고용한 목적이—

"야. 너 설마 은빛 매 기사 관리하라고 날 고용한 거야?"

베시는 어깨를 으쓱하였다.

당장은 은빛 매 기사단의 힘을 약화시킬 수는 없다. 지금은 마녀의 힘을 두려워하여 베시를 살살 건드려 보기만 하고 있으나, 언젠가 기회가 된다면 그들은 베시를, 그리고 도서관을 본격적으로 짓밟으려 할 게 분명했다.

그러니 베시에게는 도서관을 실질적으로 지킬 수 있는 파수꾼이 필요했다. 정신적으로나 물리적으로 모두 강한 실력을 갖춘 그런 사람이.

물론 일개 사서가 그런 조건을 갖추었을 리는 없기에 베시는 생각을 전환하였다. 강한 사람을 사서로 만들어 버리면 된다고.

강할 뿐만이 아니라 용모가 아름다운 사람을 찾은 것 역시 그런 이유에서였다. 아름다움은 상대를 방심하게 만드는 최고의 무기였다.

베시는 애니드가 단지 은빛 매 기사들을 견제하는 것에서 그치지 않고, 그들을 능수능란하게 다뤄 주길 바랐다. 그녀가 겪어 본 은빛 매 기사들은 그렇게 다루기 까다로운 상대들은 아니었다.

애니드처럼 산전수전을 전부 겪은 암살자라면 더더욱 그러하리라.

"여하튼 앞으로 나와의 계약이 끝날 때까지 네가 할 일은 그거야. 이 도서관에서 예쁘고 상냥하고 우아한 미인 사서 역할을 해 줄 것. 그리고 은빛 매 기사들과는 적당히이― 놀아 줄 것. 오케이?"

씨익 웃으며 베시는 적당히라는 부분을 강조하였다. 애니드는 한숨을 쉬었다.

적당히? 그거 죽이라는 것보다 더 어려운데. 결국 귀찮은 일 맞잖아. 어쩌다가 이런 거에 걸렸냐. 애니드는 아무리 봐도 우아한 여인으로밖에 보이지 않는 얼굴로 거친 한마디를 내뱉으려 하였다.

"씨―"

"어허! 욕하지 마. 앤. 그 예쁜 얼굴로 욕을 하다니 무슨 천벌 받을 짓이야?"

애니드가 질펀한 욕설을 퍼붓기도 전에 베시는 그의 어깨를 찰싹 내리쳤다. 제법 매서운 손길에 애니드는 얼굴을 찌푸렸다. 아무래도 이 도서관에 있다 보면 스트레스 때문에 위에 구멍이 날 것 같다는 불길한 예감이 들었다.

"일단 그런고로…… 아, 이네딧 부인!"

애니드에게 무언가를 더 일러두려던 베시가 저만치서 보이는 이네딧 부인을 발견하였다. 그녀는 하던 말을 입속으로 삼킨 뒤, 애니드에게는 나중에 더 자세히 이야기하겠다는 눈빛을 보내었다.

"관장님, 앤 양. 죄송합니다. 창고에 가서 찾아보니까 신입 사서 매뉴얼이 남아 있는 게 보이질 않더라고요."

면목 없다는 얼굴로 이네딧 부인이 빈손을 내보였다. 그것을 본 베시는 턱을 긁적였다.

"음, 그럼 창고 정리할 때 실수로 다른 것들과 같이 버려 버린 걸지도 모르겠네요. 어차피 매뉴얼은 새로 만들어 둘 생각이긴 했으니까 괜찮아요. 신경 쓰지 말아요."

"하지만 새로 만든다 하더라도 일단 기존 매뉴얼이 하나라도 있는 게 도움이 될 텐데……."

이네딧 부인과 베시는 깊은 생각에 잠겼다. 저랑 관련된 일인데도 애니드만이 관심 없는 표정으로 한걸음 뒤에서 그런 두 사람을 지켜보고 있었다. 이윽고 베시가 밝은 얼굴로 고개를 들었다.

"휴게실!"

베시의 외침에 이네딧 부인이 어리둥절한 얼굴을 하였다.

"생각해 보니까 휴게실에서 매뉴얼을 한 권 본 것 같아요. 지금 앤이랑 가서 찾아볼게요."

"어머, 그렇군요. 네, 있으면 좋겠네요. 다녀오세요, 관장님."

이네딧 부인이 다정스레 웃는 얼굴로 두 사람을 배웅해 주었다. 애니드는 내심 귀찮다고 투덜거리면서도 사뿐사뿐한 발걸음으로 베시의 뒤를 따랐다.

이윽고 직원 휴게실에 도착한 베시는 애니드에게 고갯짓을 하였다.

"난 이쪽을 찾아볼테니까, 넌 그쪽 찾아봐. 겉에 『신입 사서 교육 매뉴얼』이라 적혀 있는 책자니까 알아보기 쉬울 거야."

그렇게 말한 베시는 의자를 질질 끌고 와서 찬장 위쪽에 있는 종이 상자를 뒤적이기 시작하였다.

까치발을 세운 채, 상자 속을 살피는 베시의 뒷모습은 빈틈투성이였다. 아무리 자신이 여장을 했다지만 밀실에 남자와 단둘이 있는 것 치고는 지나치게 무방비한 모습이었다.

어쩌면 지금이라면 골탕 정도는 먹일 수 있을지도— 애니드는 베시의 등 뒤에서 예리하게 눈을 빛냈다. 하지만 그것은 순간에 불과하였다. 그는 여전히 경계심이라고는 찾아볼 수 없는 마녀를 향해 한심하다는 얼굴을 한 후, 등을 돌렸다.

"음, 여기는…… 없는 것 같네. 앤, 거기 잘 찾아보고 있는 거 맞지?"

"어, 그래."

건성으로 대답하며 움직이는 시늉만 하던 애니드는 문득 떠오른 것을 망설임 없이 물었다.

"야, 마녀. 너 혹시 저스틴 하이네랑 사귀냐?"

쿠당탕—!

애니드가 말을 끝내기가 무섭게 베시는 의자에서 굴러떨어져 버리고 말았다. 얼마나 순식간에 벌어진 일인지 비명을 내지를 틈조차 없었다. 심지어 넘어지면서 종이 상자를 끌어당긴 바람에 그녀의 머리 위로 온갖 잡동사니와 케케묵은 먼지가 한꺼번에 쏟아져 버리고 말았다.

"아, 아야야……."

"뭐하냐? 둔하긴."

바닥에 엉덩방아를 찧은 베시를 보고 애니드는 비웃는 것 같은 얼굴로 혀를 찼다. 베시는 고개를 휙 들었다. 넘어질 때 충격 탓인지 평소에 그녀의 눈을 가리고 있던 안경이 어디론가 사라지고 없었다. 그 탓에 베시의 눈에 담긴 파란빛이 평소보다 더욱 선명하고 반짝여 보였다.

"갑자기 무슨 헛소리야! 깜짝 놀랐잖아!"

"내가 무슨 헛소리를 했다고 그래?"

"해, 했잖아. 나, 랑 저스틴 군이……."

사귀냐니. 그런 말도 안 되는 소리를.

화를 내면서도 베시는 이상하게 볼 언저리가 후끈거리는 것을 느꼈다. 지난 밤새, 그녀의 머릿속을 내내 독점한 것은 바로 저스틴이었다.

자신이 보고 싶어서 늦은 시간에도 집까지 찾아왔다는 남자의 말이, 다친 자신을 보고 불처럼 화를 내던 남자의 모습이, 베시의 조용한 심장을 뒤흔든 건 분명했다.

그래도 오늘 아침에는 베시는 평소의 베시 에일로 돌아왔다.

저스틴을 갑자기 만나도 당황하지 않기 위해 '어제는 아무 일 없었다'를 백번을 외운 덕이었다.

하지만 그렇게 간신히 되찾은 평정심이 애니드의 한 마디로 무너져 버리고 말았다.

그녀는 조금 당황스러운, 그리고 평소보다 앳되어 보이는 눈으로 애니드를 노려보았다.

"이상한 말하지 마. 저스틴 군은 그냥, 그냥…… 일 때문에 어쩔 수 없이 같이 다니는 사이라고!"

저스틴은 크리스의 명령 때문에 이 도서관에 왔고, 베시를 지켜 주고 있었다. 그러니까 자신을 걱정하는 저스틴의 행동에 다른 깊은 의미는 없으리라. 그렇게 생각하면서도 베시의 뺨 언저리가 불그스름하게 물들었다.

"아니, 그건 이상하지. 그놈, 네가 걱정되어서 일부러 밤중에 집에 찾아오고 그런 거 아냐? 보통 사귀는 사이 아니면 누가 그래?"

애니드는 여전히 꼴사납게 바닥에 앉아 있는 베시 쪽으로 다가왔다. 그리고 상처 하나 남지 않은 그녀의 목덜미를 향해 손을 뻗었다. 분명 어젯밤 제법 눈에 띄는 상처를 냈던 것 같은데, 라고 중얼거리며.

"지금 뭐하는 겁니까?"

하지만 애니드의 손이 베시의 목덜미에 닿기도 전에 그 손은 허공에서 멈추어야 했다.

안 그래도 묘하던 휴게실 안 분위기가 삽시간에 가라앉을 정도로 싸늘한 목소리가 문가에서 들려왔다. 애니드는 시큰둥하게, 베시는 깜짝 놀란 얼굴로 문가를 보았다.

흰색 코트를 입은 저스틴이 전에 없이 사나운 눈으로 두 사람을 보고 있었다.

"저스틴 군?"

베시가 바람 빠진 풍선 같은 목소리로 그의 이름을 부르자, 저스틴은 저벅저벅 휴게실 안으로 들어오더니 베시 앞에 한쪽 무릎을 굽혔다. 그는 애니드에게는 눈길 한 번 주지 않고 물었다.

"베시. 괜찮습니까?"

"네? 아, 네! 별거 아니에요. 저 위에서 짐 좀 꺼내려다가 실수로 의자에서 미끄러져서. 하하."

어색하게 베시가 웃음을 흘리며 뺨을 긁적였다. 저스틴은 말없이 진지한 눈으로 베시의 얼굴을 살피더니 커다란 손을 들어 올려 그녀의 머리칼에 묻은 먼지를 살살 털어 주었다.

"상처는 없습니까?"

"네, 괜찮아요. 전 신경 쓰지 않아도—"

"이런 건, 저에게 말씀하셔도 됐을 텐데."

"앤한테 신입 사서 매뉴얼을 찾아 주려고 했거든요. 저 위에 두었던 걸 본 것 같아서."

"그런 건 앤 '양'에게 시키면 됩니다. 관장인 당신이 직접 이런 일을 할 필요는 없잖습니까."

아니, 오늘따라 왜 이러신담. 이 기사님. 베시는 유독 자신을 유리 공예품처럼 다루는 저스틴의 태도에 당황하고 말았다.

"아니, 그래도 내가—"

"앤 양."

베시가 무언가를 말하려는 사이, 저스틴이 먼저 입을 열었다. 하지만 그의 얼굴은 베시가 아닌 애니드에게로 향해 있었다.

"앤 양. 죄송하지만 어질러진 물건은 당신이 좀 치워 주실 수 있겠습니까? 그 김에 직접 매뉴얼도 찾아 읽으면 좋을 것 같습니다. 전 관장님을 관장실까지 모셔다 드려야 해서."

정중하지만 어딘지 모르게 가시가 돋친 음성이었다. 애니드는 속으로 피식 웃었다. 잔뜩 털을 곤두세운 짐승 같은 예민함이 살기처럼 섬뜩했다.

"네, 물론이에요. 하이네 경. 관장님, 여긴 저한테 맡겨 주세요."

"……저기, 두 사람 다 왜 내 의사랑 상관없이 대화를 진행하고 그러는 거죠?"

베시는 한쪽 손을 들어 올려 흔들어 보였다. 저스틴은 그녀가 그러거나 말거나 애니드를 줄곧 노려보다가 베시를 향해 손을 뻗었다.

어라? 어느새 그녀의 몸은 저스틴의 단단한 팔 속에 있었다. 상황파악이 되지 않던 베시는 한 박자 느리게, 자신이 저스틴의 품에 안겨 있다는 것을 깨달았다.

"저, 저스틴 군!?"

대체 왜 갑자기 날 안아 든 건데?! 패닉에 빠진 베시는 저스틴에게 어서 내려 달라는 말조차 잊은 채, 눈을 깜빡거렸다. 가만히 저스틴이 하는 행동을 지켜보던 애니드 역시 눈을 휘둥그레 떴다.

뭐야, 저건.

그의 눈에는 아무리 봐도 베시를 안아 든 저스틴의 모습이 자신의 여자를 지키려는 마음이 차고 넘쳐서 과보호하는 남자로밖에 안 보였다.

"저스틴 군! 나 혼자 걸을 수 있어요! 다친 곳 없다니까요!"

졸지에 저스틴에게 공주님처럼 안긴 베시는 기겁하며 외쳤지만, 저스틴은 가볍게 베시의 말을 무시하였다.

"혹시 모르잖습니까. 어딘가 다쳤는데 둔한 당신이라 눈치채지 못하고 있는 걸지도."

"아니, 내가 아무리 둔해도 다치면 그 정도는 안다고요! 다친 데 정말 없— 아."

자신의 무사함을 증명하기 위해 몸부림을 치려던 베시가 움찔하였다. 맙소사.

어느 틈엔가 왼쪽 발목, 정확히는 복숭아뼈 근처가 시큰거리며 아파 왔다. 아무래도 정말 저스틴의 말처럼 저도 모르는 사이에 발목을 다친 모양이었다. 그래도 못 움직일 정도는 아닌 걸로 봐서는 세게 부딪혀서 멍이 든 게 아닐까, 싶은 정도.

"……역시 다쳤군요."

"아니, 이건 그렇게 심한 게 아니라—"

"앤 양. 그럼 정리 부탁드리겠습니다."

저스틴은 베시를 안은 채, 성큼성큼 휴게실 밖으로 빠져나왔다. 베시는 얼핏 보인 애니드의 얼굴이 음흉하게 히죽거리고 있다는 걸 알아차리고, 울고 싶은 기분이었다. 저 표정은 대체 뭔데?

그녀가 오만상을 하거나 말거나 저스틴은 커다란 손으로 조심스레 몸을 끌어안고 계단을 오르기 시작했다.

"저스틴 군. 내려……."

"상처가 없어졌군요. 마법을 쓴 겁니까?"

베시가 내려 달라는 말을 하려는 순간, 저스틴은 재빠르게 화제를 돌렸다. 베시는 자신에게 시선을 주지도 않은 채 관장실이 있는 3층으로 향하는 저스틴을 보고 한숨을 쉬었다. 정말 고집이 세단 말이지, 이 남자.

"……마법은 아니에요. 대신 친구가 준 약을 썼어요."

"마녀?"

"응."

그 말을 끝으로 두 사람 사이에 잠시 어색한 침묵이 흘렀다.

베시는 자신을 안고 있는 남자의 팔이 제 등이며 다리를 끌어안고 있는 게 어쩐지 부끄러웠다.

어젯밤 그가 했던 의미심장한 말, 그리고 그가 자신에게 보내준 선물. 달콤한 눈빛.

"베시?"

제 팔 안에 있는 그녀의 얼굴이 붉게 달아오른 걸 깨달은 저스틴이 의아하다는 듯 그녀를 불렀다. 베시는 고개를 붕붕 저었다.

"아무것도 아니에요."

"……그렇습니까."

저스틴은 저에게 얌전히 안겨있는 베시를 가만히 내려다보았다. 안경이 없어서 그런지 평소보다 베시의 얼굴이 더 잘 보였다. 머리칼처럼 붉은 베시의 속눈썹은 파르르 떨리는 걸 보니 어쩐지 기분이 좋아졌다. 그녀가 자신 때문에 동요하고 있다는 건, 저스틴 하이네가 베시 에일에게 아주 의미 없는 존재는 아니라는 뜻이었으니까.

"오늘은 안경을 쓰지 않았군요, 베시."

"네? 어? 아, 없어졌네?"

베시는 제 얼굴을 더듬다가 그제야 안경이 없어졌다는 걸 깨닫고 얼굴을 찌푸렸다. 넘어질 때 안경을 잃어버린 거로군. 재빠르게 상황을 파악한 저스틴은 다시 한 번 그녀의 얼굴을 유심히 살핀 후, 입을 열었다.

"안경이 없는 편이 좋은 것 같습니다."

"왜, 왜요?"

"그편이 더 잘 보이니까."

당신의 그 예쁜 눈이. 차마 할 수 없는 뒷말을 저스틴이 조용히 삼키자, 베시가 놀란 듯 물었다.

"……저스틴 군, 내 안경 도수 없는 거 알고 있었어요?"

그녀의 물음에 저스틴이 눈썹을 가볍게 찌푸렸다. 평소에 쓰고 다니던 안경은 도수가 없는 안경이었나? 그렇다는 말은 베시는 눈이 나쁘지 않다는 뜻이다. 그럼 대체 왜 안경을 쓰고 다니는 거지?

저스틴은 베시의 얼굴을 다시 찬찬히 훑어보았다.

대리석처럼 매끄러워 보이는 하얀 피부, 도톰하고 작은 입술, 활짝 핀 장미 같은 머리색과는 대조적으로 푸른 하늘빛의 눈동자.

걸리적거리는 안경이 없으니 평소보다 그녀를 더 꼼꼼히 볼 수 있어서 좋았다.

저스틴은 그게 좋아서 한동안 뚫어지게 그녀의 얼굴을 보았다. 어째서인지 얼굴이 새빨개진 베시는 무언가 하고 싶은 말이 있는 것처럼 입술을 열었다 닫기를 반복하였다.

"저기, 저스틴 군. 관장실, 앞인데."

저스틴은 그제야 자신이 관장실 앞에 계속 서 있다는 걸 깨달았다. 그는 문을 열고 관장실 안에 들어가 베시를 소파 위에 조심스레 앉혀 주었다. 그리고 그녀의 왼쪽 발목에 조심스레 손을 대어 부상 정도를 확인해 보았다.

"괜찮겠습니까?"

"괜찮다니까요. 발목 삐거나 한 건 아니고, 그냥 좀 세게 부딪힌 거예요. 저스틴 군은 진짜 은근 걱정이 많다니까요."

툴툴거리는 말에 저스틴은 속으로 대꾸하였다. 당신에 한해서만입니다.

"습포라도 붙여 두면 되니까 걱정마요. 친구한테 받아 둔 게 어디 있을 거예요."

베시가 자리에서 일어나서 스스로 약통을 찾으려 하자, 저스틴이 그녀를 다시 자리에 앉혔다.

"장소를 알려 주시면 제가 찾겠습니다."

"아…… 그럼 저기, 책장 아래쪽에 있는 서랍을 봐 줄래요? 거기 작은 상자가 하나 있을 텐데."

그 말이 끝나기가 무섭게 움직인 저스틴은 갈색 상자를 찾아내 베시에게 보여 주었다. 그거 맞아요. 베시가 고개를 끄덕이자 저스틴은 그것을 가지고 와서 베시 앞에 무릎을 꿇고 자세를 잡았다.

헉, 설마 자기가 치료도 해주겠다는 건 아니겠지?! 베시의 경악을 아는지 모르는지, 저스틴은 그녀가 우려하던 말을 내뱉었다.

"발을 내밀어 보십시오."

"내, 내가 할 수 있어요!"

이런 과잉 친절 필요 없어! 내 심장에 안 좋으니까! 베시가 기겁하였지만, 저스틴은 코웃음을 쳤다.

"손재주 없는 당신에게 치료를 맡기느니 차라리 보리스에게 맡기는 것이 더 나을 것 같군요."

"……내가 그 정도로 손재주가 없어요?"

기분이 상한 베시가 입을 삐죽거렸다. 이 남자는 꼭 잘 나가다 이렇게 한번씩 사람 염장을 북북 긁는 재주가 있지 싶었다.

"네. 손재주도 없고, 센스는 더더욱 없잖습니까."

"……."

"그래도 괜찮습니다."

"뭐가요?"

"대신 다른 근사한 재주가 아주 많으니까."

토라져 있던 베시의 입가가 실룩거렸다. 칭찬을 하는 건지, 악담을 퍼붓는 건지 도저히 알 수가 없었다. 괜히 입꼬리가 하늘 높은 줄 모르고 위로 올라가려는 걸 억지로 끌어당기던 베시가 고개를 갸웃하였다. 그러고 보니 한 가지, 그에게 물어봐야 할 게 있었다.

"아, 맞다. 저스틴 군. 어제 혹시 우리 집에 뭐 두고 가지 않았어요?"

"두고 간 거?"

"갈색 종이로 포장한…… 그 서점에서 산 책인 것 같던데."

"아, 그거라면 제 물건이 맞습니다. 어제 어디서 흘린 줄 알았는데, 당신 집에 그걸 두고 갔군요."

역시나. 어제 청소를 하다가 테이블에서 발견한 꾸러미가 저스틴 것이라는 걸 확인한 베시는 고개를 살짝 옆으로 기울였다.

"그렇구나. 미안해요. 아침에 정신없어서 오늘 안 가져왔거든요. 내일까지, 는…… 아! 오늘은 집에 안 들어갈 것 같으니까 내일은 무리겠구나. 그럼 그 이튿날에는 저스틴 군이 휴일이고, 음…… 그럼, 그 이튿날의 이튿날에는 전문 열람실 최종 체크 때문에 정신없고, 그날 이후에는……."

베시는 자신과 저스틴의 일정을 생각하며 골머리를 싸맸다.

이제 개장식이 얼마 안 남아서 그런지, 자신과 저스틴 둘 다 일정이 상당히 빡빡하기 때문이었다. 고뇌에 빠진 베시를 보던 저스틴도 덩달아 생각에 잠겼다. 그러더니 매우 좋은 생각이 떠올랐다는 듯 눈을 번쩍 빛내며 말했다.

"제가 가지러 가겠습니다."

"네!? 저스틴 군이요?"

그 말인즉슨, 또 우리 집에 오겠다는 말씀인가요, 저스틴 군?!

베시가 눈을 동그랗게 떴다. 저스틴은 그럼 안 되느냐는 다소 뻔뻔한 표정이었다. 베시는 할 말을 잃고 말았다. 수도에 옮겨온 이후, 제 집을 방문한 유일한 사람이 저스틴이라는 사실을 어떻게 받아들이며 좋을까 고민하며.

"……혹시 제가 가면 곤란합니까?"

"아, 아뇨. 그런 건 아니고요."

베시는 머리를 긁적인다. 부끄러움 같은 건 둘째치고, 손님이 좀처럼 오지 않는 집구석이다 보니 저스틴에게 대접할 만한 게 전혀 없었다.

"저스틴 군도 알겠지만, 내가 집에 사람 초대하고 그럴 일이 별로 없어서 변변하게 낼 만한 차나 다과가 없거든요. 그냥 그러지 말고—"

"괜찮습니다. 당신이 주는 거라면 수돗물이라도 감사히 마시겠습니다."

잠깐, 내가 그렇게 못된 사람으로 보인단 말이야? 뭐, 실제로 착한 사람이 아니긴 하지만.

저스틴 딴에는 베시의 마음을 편하게 만들어 주기 위해 꺼낸 말이었지만, 정작 베시는 시무룩해지고 말았다. 암만 그래도 손님한테 수돗물은 안 내놓는다고.

"그럼, 다른 문제는 없는 겁니까? 그렇다면 베시가 괜찮다고 하는 날, 방문하겠습니다."

딱히 거절할 이유는 없었기에 베시는 결국 고개를 끄덕이고 말았다. 저스틴이 방문할 때는 꼭 좋은 차와 맛있는 과자를 내놓아서 그를 깜짝 놀라게 해 주겠다는 조금 귀여운 결심을 하며.

"알았어요. 그럼 급한 게 아니면 개장식 이후에 올래요? 그때라면 좀 느긋하게 차 대접도 할 수 있을 것 같고."

"괜찮습니다."

저스틴의 대답에 베시는 헤실 웃었다. 아이처럼 천진난만해 보이는 얼굴이었다. 그는 그녀의 머리를 쓰다듬어 주고 싶어 손이 간질거리는 것을 간신히 참아야만 했다.

"아—"

발목이 시원해졌다 싶어 보니 어느새 습포가 예쁘게 붙어 있었다. 인정하긴 싫지만, 자신보다는 저스틴의 치료 솜씨가 훨씬 나았다.

"고마워요. 저스틴 군."

솔직하게 감사 인사가 흘러나왔다. 어느 틈엔가 전보다는 그의 거리가 많이 가까워졌음을 느끼게 되는 순간이었다. 저스틴 역시 밉살맞은 소리를 하는 대신, 부드럽게 베시의 발목을 어루만졌다. 자신이 직접 치료해 준 곳을, 다시는 다치지 말라는 것처럼.

"……전하께서 조만간 초대 명부를 만들어서 보내 준다고 하시더군요."

크리스가 저스틴 군을 부른 이유가 그거였구나. 알았다는 대답 대신 베시는 고개를 끄덕였다.

저스틴이 말하는 초대 명부는 도서관 재개장식에 반드시 참석해야 할 사람 명단이리라. 아무래도 크리스가 개장식을 핑계로 무언가를 준비하고 있는 모양이었다.

나중에 만날 일 있으면 멱살이라도 잡고, 무슨 짓을 꾸미고 있는 거냐고 물어봐야지.

"응, 전언 고마워요."

오늘따라 저스틴 군에게 고맙다는 말을 많이 하게 되네요. 베시가 헤죽 웃으며 한 말에 저스틴은 담담히 숨을 내뱉었다.

"……고맙다는 말은 안 해도 괜찮으니 위험한 일만 하지 마십시오."

"그게 무슨 의미예요?"

내가 언제 위험한 일을 했다고. 베시가 입술을 삐죽거리자 저스틴이 그녀의 발목을 톡톡 두들겼다. 정말 기억이 없는 거냐고 묻는 것처럼. 짚이는 구석이 한둘이 아니었던 베시는 자연스레 시선을 피할 수밖에 없었다.

"개장식만 지나면 당분간은 크게 신경 쓸 일은 없을 거예요."

"개장식이 지나면, 이라……."

어째서인지 저스틴의 목소리가 조금 가라앉았다. 그 이유가 무엇일지 생각해 보던 베시 역시 곧 그 이유를 깨달았다.

눈앞의 남자는 기간 한정으로 도서관에 봉사 활동을 하러 나온 기사님이라는 사실을.

개장식이 끝나고 나서 몇 주가 지나면 저스틴은 원래 자리로 돌아갈 것이다. 하얀 사자 기사단의 부단장으로.

당연한 일이고, 마땅히 반가워해야 할 일이지만 베시는 어쩐지 기뻐할 수만은 없었다. 너무나 당연하게 제 옆에 있는 사람이 어느 순간 보이지 않게 된다면, 허전할 것 같았다. 가슴에 커다란 구멍이 난 것처럼.

"……저스틴 군, 오후에는 별일 없으니까 내 일 끝날 때까지 좀 쉬어요. 아니면 다른 곳에 가서 개인적인 볼일을 봐도 괜찮아요."

베시의 입에서 흘러나온 목소리가 평소보다 부드러웠다. 그가 도서관에 남아 있는 시간이 길지 않다고 생각하니 자연스럽게 그렇게 되었다.

하지만 베시의 말에 저스틴은 고개를 저었다. 그는 묘한 눈빛으로 베시를 보며 "아닙니다, 베시."라고 대답했다. 그리고 의미심장한 미소를 지으며 입을 열었다.

"지금부터 아래층에서 '중요한' 할 일이 있어서."

* * *

"……천하의 저스틴 하이네가 저런 남자였다니."

홀로 휴게실에 남은 애니드는 키득거렸다. 이 재미있는 정보를 누군가에게 알리고 싶은 마음 반, 그리고 당분간 가까이서 조용히 지켜보고 싶은 마음 반이었다.

혼자서 키득거리며 잠시 소소한 즐거움을 누린 애니드는 곧 정신을 차렸다. 수십 권의 책과 여러 가지 잡동사니, 그리고 쓰러진 의자를 치워야 한다는 사실이 떠올랐기 때문이었다.

"아씨, 진짜 별걸 다 시키고 지랄이네."

두덜거리며 물건을 하나둘 주워 올리던 애니드는 『신입 사서 교육 매뉴얼』이라 적힌 책을 발견하였다. 그것이 베시가 자신에게 찾아 주려던 책자라는 걸 깨달은 애니드는 일단 그 책을 따로 빼 두었다.

그때, 책 밑에 있는 무언가가 애니드의 손에 닿았다.

"응? 뭐야, 이건?"

작은 네모난 그것은 얼핏 보기에는 아이들이 갖고 노는 퍼즐 장난감처럼 보였다. 하지만 그것을 잠시 살펴본 애니드의 얼굴이 굳어졌다.

"뭐야, 이런 게 대체 왜 여기에 있는 거지?"

그것을 들고 잠시 생각에 잠겨 있던 그는 그것을 종이 상자에 되돌려 넣으려다가 멈추었다. 그는 손을 폈다 오므리기를 반복하며 그 물건을 노려보았다. 얼굴을 찌푸리며 고민하던 애니드는 결국 그것을 자신의 주머니 속에 넣었다.

그는 아무 일도 없었다는 것처럼 태연하게 남은 물건을 정리해 나갔다. 책이나 서류는 원래 있던 상자 속에, 고장 난 펜은 쓰레기통에. 휘고 알이 하나 사라진 베시의 안경은 테이블 위에.

마지막으로 휴게실 바닥에 있는 먼지는 대충 발끝으로 쓱쓱 밀어 가구 밑으로 없애 버린 후.

마치 시간을 재기라도 한 것처럼 휴게실 문이 열렸다. 애니드가 놀라 고개를 드니 무표정한 얼굴의 저스틴이 휴게실 안으로 들어오고 있었다. 그는 애니드를 향해 곧바로 성큼성큼 걸어오더니 그대로 애니드의 멱살을 쥐어 잡았다.

"저스틴 경, 무슨—"

애니드가 말을 미처 다 하기도 전에 그의 앞으로 저스틴이 단도를 내밀었다. 어젯밤, 애니드가 베시의 목덜미에 밀어 넣었던 바로 그 칼이었다.

"두 번 묻게 하지 마. 무슨 속셈이지?"

베시를 대할 때와는 전혀 다른 목소리와 말투에 애니드가 저도 모르게 흠칫 어깨를 움츠렸다. 좀처럼 두려움을 느끼지 못하는 암살자의 가슴이 철렁할 정도로 저스틴의 표정이 심상치 않았다.

그래도 그것은 일순간에 불과했다. 애니드는 곧 여유 넘치는 미소를 지으며 물었다.

"무슨 속셈이냐니. 저스틴 경이야말로 이게 지금 뭐하시는 행동인가요?"

"어째서 베시에게 접근한 거지? 네 목적은 뭐지?"

저스틴은 매섭게 애니드를 몰아붙였다. 애니드는 얼굴을 구겼다. 어째서 베시에게 접근했느냐는 말에 애니드는 억울해서 미칠 노릇이었다.

내가 접근한 게 아니라 그 이상한 여자가 나를 붙잡은 거라고! 그렇게 외치고 싶은 걸 꾹 참으며 애니드는 대답했다.

"전 대체 하이네 경이 무슨 말씀을 하시는 건지 모르겠네요. 이 손 좀 놓아주시겠어요?"

"……."

애니드는 연약하고 부드러워 보이는 미소를 지어 보였다. 조금 곤란하다는 기색은 덤이었다. 대부분 남자는 이런 애니드의 미소를 보면 얼굴을 붉히거나 당황하기 마련이었다. 하지만 저스틴은 애니드의 미소 짓는 얼굴에 아무런 감흥이 없다는 표정이었다.

"대답할 생각이 없다면 질문을 바꾸지. 넌 베시 에일의 적인가?"

"아니요."

애니드는 바로 대답하였다. 거짓말이 아니었으니 이 대답을 하는데 망설임은 필요 없었다. 애초에 그는 이제 베시의 노예—아니, 베시 에일이라는 마녀와 계약으로 묶인 신세였다. 그러니 그녀를 배신할 수 있을 리가 없었다.

그의 대답이 거짓이 아니라고 생각한 것인지, 저스틴은 애니드의 멱살을 잡고 있던 손을 슬그머니 놓았다. 반쯤은 목이 졸려 있다시피 한 애니드는 크게 숨을 들이켰다.

저스틴 하이네가 정의롭지 못한 것을 보았을 때, 그 어떤 싸움도 마다하지 않았다는 건 유명한 이야기였다. 하지만 그런 그가 여자 한 사람 때문에 이렇게 감정적으로 움직였다는 건 들어 본 적이 없었다.

멱살을 잡힌 게 불쾌하긴 해도 동시에 이 상황이 꽤 우스웠다.

"미리 경고하지. 그녀에게 손가락 하나 까딱했다간 네 심장을 도려낼 거다."

무표정한 얼굴로 저스틴이 한 협박에 애니드는 적잖이 놀라고 말았다.

저스틴 하이네가 이 도서관에 봉사 활동 인력으로 온 이유를 그는 이미 알고 있었다. 크리스 반 듀벨이 저스틴을 베시의 보호자이자 감시역으로, 이 도서관으로 보냈다는 사실을.

그러니 저스틴이 베시를 지키려고 하는 건 당연한 일일 것이다. 일반적으로 생각하면 기사가 주군의 명을 성실하게 이행하는 것뿐이라 보일지도 모른다.

하지만 애니드는 직감적으로 알 수 있었다.

이 남자가 단지 임무 때문에 이러는 게 아니라는 걸.

대체 그 이상한 여자의 어디가 마음에 든 거지? 애니드는 자신으로 이곳으로 데려온 괴짜 마녀를 떠올렸다. 그는 저스틴을 좀처럼 이해할 수가 없었다.

"……전, 그녀를 해할 생각이 조금도 없어요."

부드러운 여성의 목소리로 애니드는 말했다. 겉으로 보기에는 멀쩡해 보여도 지금 이 기사의 속내가 상당히 뒤틀려 있다는 건 살기 어린 기색으로 감지할 수 있었다. 이럴 때는 무의미하게 상대를 자극할 필요가 없다.

더군다나 저스틴 하이네 같은 강한 자를.

대답이 효과가 있었던 것인지 내내 서늘하던 저스틴의 눈빛이 조금 가라앉았다. 그는 뒤로 물러서서 가만히 애니드를 보았다. 애니드가 베시를 살펴보았을 때 그랬던 것처럼 위아래로.

잠시 후, 저스틴은 아무런 감정이 느껴지지 않는 눈으로 말했다.

“그렇다면 다행입니다. 하지만 쓸데없는 짓을 했다간 언제라도 목이 날아갈 수 있다는 걸 기억해 두시죠.”

조금 전보다는 정중하지만, 여전히 흉흉한 협박을 내뱉으며 저스틴이 단도를 내던졌다. 어렵지 않게 그것을 받아 든 애니드가 싱긋 웃었다.

“……걱정 마세요. 쓸데없는 일을 할 생각은 없어요. 전 제 일에 최선을 다할 거예요. 그게 베시와 한 약속이라서요.”

썩 내키지 않는 구석도 있었지만 어쩔 수 없었다. 마녀의 계약서에 사인한 이상, 이제 애니드는 마녀와의 계약을 지켜야 했다. 그러니 자신이 베시 에일을 해칠 가능성은 전혀 없었다.

애니드는 그것을 간접적으로 저스틴에게 밝혔다. 저스틴은 좀처럼 생각을 읽을 수 없는 눈으로 애니드를 보다가 고개를 끄덕였다. 완전히 믿지는 못하겠지만, 지금은 일단 알겠다는 듯.

“뭐, 어쨌든 앞으로 도서관에서 한 식구로 지내게 되었는데 잘 좀 부탁할게요.”

방긋 웃으며 애니드가 손을 내밀었다. 악수를 청하는 동작이었다. 저스틴 하이네에게 밉보여서 고생하는 것보다야 아첨을 좀 부려 놓는 게 좋지 않겠냐는 계산에서 나온 행동이었다. 하지만 저스틴은 그런 애니드의 얼굴을 무심하게 바라볼 뿐이었다. 그 눈이 얼마나 차가운지 애니드는 생전에 느껴본 적 없는 무안함을 느끼며 내밀었던 손을 거둘 수밖에 없었다.

"……한 가지 더 말해두지."

"뭔가요?"

저스틴은 태양조차 얼려 버릴 것 같은 눈빛으로 다시 입을 열었다.

"그녀에게 손가락 하나 까딱하지 마."

아까와 완전히 똑같은 말. 대체 왜 이 말을 또 한단 말인가?

하지만 조금 전과는 또 다른 목소리였다. 애니드는 눈을 깜빡였다. 자신을 바라보는 저스틴의 눈이 묘했다.

"네놈이 함부로 손을 대도 되는 상대가 아니니까."

서늘했다. 얼굴에 닿는 목소리와 눈빛이 전부.

말을 마친 저스틴은 몸을 휙 돌려 휴게실 밖으로 나가 버렸다.

멍하니 있던 애니드가 하, 하고 메마른 웃음을 터트렸다.

네놈이라는 호칭. 반복한 두 번째 협박. 그리고 저 묘한 눈빛. 분명 질투에 잠긴 사내의 얼굴. 그것이 가리키는 건 분명했다.

그는 애니드가 '남자'라는 걸 알고 있었다.

* * *

이튿 날, 오후.

베시는 여장을 한 애니드와 함께 번화가로 향하고 있었다. 물론 외출 목적은 이네딧 부인이 전날 일러 둔 대로, 개장식 때 입을 만한 예복을 구입하기 위함이었다.

마침 애니드가 잘 아는 가게가 있다고 했기에 베시는 얌전히 그를 따라가기로 하였다.

어느덧 날이 많이 풀린 탓인지 제법 늦은 시간대에도 거리가 붐볐다. 망가져 버린 안경을 벗어 버린 탓인지 평소보다 사물이나 풍경이 선명하게 보였다.

곧 날이 무더워지리라 생각하며 베시는 노점상 가판대를 힐끔거렸다. 귀여운 장식구를 보니 문득 이런 걸 좋아할 만한 친구들의 얼굴이 떠올랐다. 모처럼이니까 조만간 편지라도 보내 볼까.

베시는 앞서 가는 애니드를 향해 입을 열었다.

"있지, 앤."

"왜?"

"궁금한 건데, 아까 나올 때 왜 저스틴 군 모르게 나오라고 한 거야?"

"……."

베시의 질문에 애니드는 아무 대답도 하지 않았다. 하지만 순간적으로 그 눈에 장난스러운 기색이 스쳐 지나갔다는 것을 깨달았다. 그러고 보니 저스틴 군도 이상하게 애니드를 대하는 태도가 차가워 보이던데. 대체 애니드와 저스틴 사이에서 무슨 일이 있었던 걸까?

물론 애니드는 눈치라고는 주워 쓸래도 없는 마녀에게 '너한테 미친 기사 놈이 내 목 딸지도 몰라서 그런다.'라고 답해 줄 수가 없었다.

"한눈 그만 팔고, 빨리 따라오기나 해."

남의 복잡한 연애사에 끼어들고 싶지 않은 애니드가 어서 따라오라는 것처럼 손가락을 까닥거렸다. 사탕에 홀린 아이처럼 정신없이 가판대를 구경하고 있던 베시는 입술을 삐죽이며 그 뒤로 향하였다. 아무리 생각해도 요새 자신을 애 취급하는 사람이 너무 많아진 것 같았다. 내가 그렇게 애 같나?

아무래도 조만간 에릭을 만나면 이 문제에 대해 진지하게 물어봐야겠다고 생각하며 걸음을 서두르던 때였다. 지나가는 행인의 대화 소리가 우연히 베시의 귀에 닿았다.

"그럼 지금 황태자 전하가 시찰을 하러 상점가를 돌고 계신단 말인가?"

"아아. 아까 전에 샤리엔 제과점에 들르셨다는 이야기를 들었네. 덕분에 오늘은 제과점에서 빵을 사질 못했지. 내 아내가 무척 실망하겠어."

어쩐지 사람이 많더라니. 베시는 다시 한 번 주변을 둘러보았다.

날이 풀린 탓에 사람이 많이 보이는 것이라 생각했는데, 아무래도 단지 그 때문만은 아닌 모양이었다. 주변에 유독 여성의 비율이 높아 보이는 걸 보니 정말 그 바람둥이 황태자가 근처에 있는 게 분명했다.

그것을 깨닫는 순간, 당장 반경 100미터 밖으로 멀어지고 싶어졌다. 베시는 황급히 주변을 둘러보며 크리스가 절대 없을 장소를 물색해 본다.

"야, 마녀! 뭐해?"

베시가 걸음을 멈추자, 애니드가 베시를 불러댔다. 잔뜩 찌푸린 얼굴에는 짜증이 역력했다. 에이, 정말.

"가고 있어!"

애니드만큼 짜증스럽게 소리친 베시가 성큼성큼 그의 뒤를 다시 따랐다.

설마하니 애니드가 지금 자신을 데려가는 숙녀복 전문 매장에 크리스가 있지는 않으리라 생각하며.

* * *

"아름다운 부인. 원래도 영롱한 달빛처럼 눈이 부시던 그대의 아름다움이 더욱 돋보이는군요."

"어머나."

어떻게 사람이 저런 혀가 썩을 것 같은 말을 제정신으로 하지? 앗, 아니구나. 잰 미친놈이니까 제정신으로 저런 말을 하는 건 아니었지, 참. 베시는 차가운 눈으로 중년 부인의 주름진 손등에 입을 맞추는 크리스를 보며 중얼거렸다.

"……어쩜 이렇게 재수가 없어도 더럽게 없지?"

애니드가 안내해 준 숙녀복 매장은 조금 부유한 서민들이 자주 찾는 가게였다. 즉, 평소라면 크리스가 절대 있을 리가 없는 곳.

그런데 대체 무슨 신의 장난질인지 베시는 그곳에서 크리스와 맞닥트리고 말았다.

"헤에. 오늘이 황태자가 재무부 장관과 함께 상점가 시찰을 도는 날이었군."

옆에서 애니드가 중얼거린 소리에 베시는 거친 욕설을 중얼거렸다. 하필 왜 오늘이란 말인가. 마음같아서는 지금 당장이라도 가게 안을 박차고 나가 버리고 싶었지만, 이미 크리스는 다른 이들을 이끌고 베시의 앞에 다가와 있었다.

"이야, 이게 누구인가? 베시 관장 아닌가. 자네를 이런 곳에서 다 보다니. 평소보다 더 반갑군."

베시는 살갑게 인사를 건넨 크리스의 얼굴에 주먹을 날리고 싶었다. 물론 지켜보는 눈이 너무 많아 뜻을 이룰 수는 없었다. 게다가 크리스의 뒤에 딱 달라붙어 있는 빅터가 애절한 눈빛으로 호소하고 있었다. 제발 사고 치지 말아다오.

베시는 가여운 오빠의 부탁을 한 번쯤은 들어주자고 마음먹었다.

"……황태자 전하. 그간 평안하셨습니까. 오랜만에 뵙습니다."

저스틴이나 빅터만 있을 때라면 몰라도 이런 자리에서까지 평소처럼 크리스를 대할 수는 없었다. 베시만큼이나 그것을 잘 아는 크리스가 기분 좋게 히죽거렸다.

"물론 잘 지냈지. 다만 관장이 좀 더 나를 자주 찾아 준다면 훨씬 더 매일이 행복하겠지."

흥, 꿈이 거창하시군. 베시는 입꼬리를 삐딱하게 들어 올리며 답했다.

"황송합니다, 전하. 개장식이 얼마 남지 않아 제가 좀 바빠서."

"아아, 물론 그렇겠지, 이해하네."

크리스는 베시의 어깨를 가볍게 토닥이는 시늉을 하였다.

"걱정 말게. 내가 바쁜 자네를 대신하여 친히 도서관을 찾을 예정이니."

미쳤냐! 절대 오지마! 베시는 벌레가 가득한 방 안에 갇힌 것 같은 절망스러운 표정을 지었다. 그녀가 그러거나 말거나 크리스는 자신이 개장식에도 쌍둥이 황자와 황녀를 데리고 갈 거라는 불필요한 격려까지 덧붙였다.

"그나저나 관장 옆에 있는 숙녀분은 내가 처음 보는 것 같은데."

베시의 옆에 얌전히 고개를 숙이고 있던 애니드의 어깨가 흠칫 떨렸다. 황태자가 소문난 바람둥이임을 아는 그로서는 자신에게 몰리는 관심이 그리 달갑지 않으리라. 그 속내를 뻔히 알면서도 베시는 히죽 거렸다. 평소처럼 심술궂은 얼굴이었다.

"아, 소개시켜 드리는 게 늦어졌군요. 전하. 이 아가씨는 이제부터 도서관에서 신입 사서로 일할 앤 로즈 양이라고 합니다."

"새로운 사서라고?"

크리스의 자수정 같은 눈동자가 번쩍 빛을 발하였다. 대체 어떻게 그 도서관에서 일할 젊은 여자를 찾았느냐고 묻는 것 같은 눈빛이었다. 베시는 어깨를 으쓱하였다. 구구절절하게 설명을 해 주기에는 장소가 적합하지 않은데다 귀찮기도 했다.

"앤, 전하께 인사드려야지."

"……크리스 반 듀벨 황태자 전하를 뵙습니다. 앤 로즈라고 합니다."

애니드가 한 마리의 나비처럼 나긋하게 인사를 올렸다. 그 모습을 지켜보던 다른 이들조차 얼굴을 붉힐 정도로 아름다운 광경이었다. 하지만 어쩐 일인지 여자라면 사족을 못 쓰는 바람둥이 황태자는 시큰둥하였다.

"그렇군, 반갑네. 앤 양. 앞으로 베시 관장을 도와 도서관 운영에 힘써 주게."

지극히 사무적인 태도로 인사를 마친 크리스는 손을 옆으로 펼쳤다.

"베시 관장이 일행을 소개했으니 나도 소개해야겠군. 알렉스 경. 이쪽은 이번에 새로 도서관의 관장으로 부임한 베시 관장이라네."

크리스의 말이 끝나기가 무섭게 한 걸음 물러서 있던 장신의 남자가 앞으로 나왔다. 무심하게 고개를 올려 얼굴을 확인하려던 베시는 살짝 굳어지고 말았다.

"그리고 베시 관장. 이쪽은 재무부 장관을 맡고 있는 알렉스 하이— 응? 베시?"

베시에게 알렉스를 소개하려던 크리스는 무언가가 이상하다는 것을 깨닫고 하던 말을 멈추었다. 베시의 눈이 마치 믿을 수 없는 것을 본 사람처럼 커다랗게 열려 있었다. 당황한 크리스가 베시의 어깨를 힘주어 잡자, 그제야 베시가 정신을 차렸다.

"아—"

"베시, 무슨 일이야?"

보는 눈이 많다는 것을 잊은 것인지 크리스가 평소처럼 친근한 태도로 베시에게 물어 왔다. 베시는 크리스만큼이나 당혹스러운 눈으로 자신을 보는 알렉스의 시선을 느끼며 고개를 저었다.

"……아무것도 아니야."

하, 착각이겠지. 설마, 시간이 얼마나 흘렀는데.

그렇게 생각하면서도 베시는 다시 한 번 알렉스를 보았다. 눈앞에 있는 짙은 갈색 머리칼과 녹색 눈동자의 남자는 그를 지독하게 닮았다.

16년 전, 베시를 도와주며 모든 만남에는 이유가 있다 말해 주던 그 다정한 남자와.

기억은 빛바랜 책처럼 희미한 것이었지만, 그날의 일은 아직도 쉽게 잊히는 것이 아니었다. 덕분에 베시는 자신을 도와주었던 남자의 얼굴을 제법 선명하게 기억하고 있었다. 그리고 크리스가 재무부 장관이라 소개한 알렉스는 그 어른과 무척 닮아—

응? 재무부 장관? 잠깐, 그렇다는 이야기는……

"저스틴 군의 큰형님?"

베시가 무심코 중얼거린 소리에 크리스가 천천히 고개를 끄덕였다.

"맞아, 베시. 알렉스 하이네 경은 수도 제일의 기사를 막내 동생으로 데리고 있는 동시에 수도 제일의 미인을 아내로 둔, 참으로 부러운 사내지."

헉. 베시는 갑자기 자신의 몸이 긴장으로 딱딱하게 굳는 것을 느꼈다. 이유는 모르지만 눈앞에 있는 무표정한 얼굴의 남자가 하이네 공작이라 생각하니 괜히 긴장이 되었다.

"처, 처음 뵙겠습니다. 하이네 공작 각하. 베시 에일이라고 합니다."

"……반갑습니다, 베시 관장."

알렉스는 정중하게 손을 내밀었다. 그것이 악수를 청하는 동작이란 걸 알아차린 베시도 마주 손을 내밀었다. 곧 두 사람의 손이 짧게 맞닿았다. 펜을 오래 쥔 흔적이 가득한 손마저도 16년 전 자신을 도와주었던 그 사람의 손과 참 비슷하다는 생각이 들었다.

"베시?"

크리스가 이상하다는 목소리로 베시의 이름을 불렀다. 그제야. 베시는 또다시 자신이 멍하니 알렉스를 보고 말았다는 걸 깨닫고 서둘러 입을 열었다.

"아! 공작 각하께서 저스틴 경과 분위기가 참 비슷하다는 생각이 들어서……."

입에서 나온 변명은 엉뚱한 것이었으나 알렉스는 그 변명에 오히려 기분이 좋은 듯 부드럽게 미소를 지었다. 가족 사랑이 남다르다는 소문은 아무래도 사실인 모양이었다.

"제 아내에게 관장에 대한 이야기는 자주 들었습니다. 관장께서 신경 써 주신 덕분에 수면에 도움이 되는 차도 선물을 받았다고 하더군요. 다음에도 부디 편히 오셔서 즐거운 시간을 보내면 좋겠습니다."

"물론입니다, 각하."

"헤에. 수면에 도움이 되는 차라."

가만히 알렉스와 베시의 대화를 듣고 있던 크리스가 조용한 목소리로 중얼거렸다. 그 목소리에 묘한 기색이 서려 있다는 걸 깨달은 베시가 크리스를 향해 고개를 돌리자, 언제 그랬냐는 듯 크리스가 다정스레 웃었다.

"그나저나 베시 관장. 자네가 여긴 어쩐 일이지? 이런 종류의 쇼핑에는 영 관심이 없는 자네 아니던가?"

"아, 그게……."

사실을 알게 되면 크리스가 성가시게 굴 것이라 예상한 베시는 대충 대답을 얼버무리려고 하였다. 그러나 애니드가 재빠르게 끼어들어 베시의 계획을 엉망으로 망쳤다.

"전하. 관장님께서 개장식에 참석하실 때 입은 의상을 고르시려고 이곳을 찾으셨습니다."

"호오? 베시가 옷을?"

크리스는 마치 내일은 해가 동쪽이 아니라 서쪽에서 뜬다는 말을 들은 사람 같은 얼굴을 하였다. 하지만 그런 놀라움은 순간뿐이었다. 그는 평소같이 능청스러운, 베시가 그 무엇보다 싫어하는 크리스 반 듀벨의 얼굴로 돌아와 있었다.

"그래? 그렇다면 베시 관장."

불길한 예감이 들었다.

"내가 자네의 옷을 직접 골라 주는 건 어떨까 싶군."

환하게 웃는 황태자의 얼굴을 보며 베시는 생각했다.

역시 저 인간, 한 대 때리면 안 될까.

* * *

다른 손님이 모두 빠져나간 가게 안.

베시는 오만상을 찌푸린 채, 팔짱을 끼고 있었다.

지금 그녀는 크리스가 손수 골라 준 크림색 블라우스와 검은 레이스 스커트를 입고 있었다. 심지어 작은 리본 장식이 달린 구두까지 갖춰 신은 그녀의 모습은 완벽 그 자체였다.

애니드나 점원들마저 감탄할 정도로의 크리스의 선택은 탁월

하였다.

물론 베시는 그게 썩 내키지는 않으나 더는 옷을 갈아입고 고를 기력이 없었기에 순순히 크리스가 골라 준 옷을 구매하기로 하였다.

하지만 문제는 베시가 됐다 하여도 크리스가 좀처럼 베시를 해방해 주지 않는데 있었다.

알렉스며 다른 수행원을 전부 먼저 성으로 돌아가게 한 그는 며칠 전 저스틴이 그랬던 것처럼 베시에게 예쁜 옷을 입히는 데 재미를 들인 모양이었다.

"음, 그것도 좋긴 한데, 욕심이 좀 나는걸. 베시. 다른 걸로 갈아입어 볼까?"

"야."

여기서 더 뭘 입어 보라는 거야. 아예 이 가게에 있는 옷을 통째로 다 입히겠다고 하겠네, 이거. 베시는 헛소리 좀 집어치우라고 짜증을 냈지만, 크리스는 신나서 제 할 말만 떠들었다.

"이 가게는 너무 작아서 물건이 별로 없군. 베시, 차라리 지금이라도 좀 더 큰 부티크로 갈까? 거기서라면 너에게 어울리는 옷을 얼마든지 골라 줄 수 있을 텐데."

"크리스 반 듀벨."

저 혼자 베시의 옷을 고르는데 심취해 있던 크리스가 부스스 고개를 들어 올렸다. 베시가 전에 없이 진지한 목소리로 자신의 이름을 불렀기 때문이었다.

"초대 명부는 언제쯤 나올 것 같아?"

"……베시, 이럴 때 꼭 일 이야기를 할 필요는 없잖아."

모처럼 데이트다운 기분을 맛보고 있었는데. 크리스가 쓴웃음을 지으며 한 말에 베시는 코웃음을 친다.

그녀는 크리스의 맞은편에 놓여 있는 의자에 성큼성큼 다가가서 앉았다. 모처럼 차려 입은 예쁜 치마에 주름이 생기지만, 베시는 전혀 신경 쓰지 않았다. 크리스 혼자 안타까워 죽겠다는 얼굴을 할 뿐이었다.

"이럴 때니까 일 이야기 해야지. 그래서 너 그날 뭘 터트릴 셈이야?"

"터트리다니, 누가 보면 내가 폭탄이라도 준비하고 있는 줄 알겠는걸."

크리스가 부드러운 미소를 지었다. 다른 사람 같으면 그 웃음에 홀려 어영부영 넘어가고 말 것이다. 하지만 베시는 가소롭지 않다는 듯 비웃음을 던질 뿐이었다.

"어머, 아니었어? 난 네가 아주 엄청난 폭탄을 준비하고 있는 줄 알았는데. 예를 들면 그날 네 정적들을 모조리 도서관으로 끌고 와서 피와 살이 튀는 아수라장을 만들 계획이라든가."

"……성에서 그런 일을 할 리가."

이번에는 그가 베시의 말을 부정하지 않았다. 역시나. 뭔가 준비하고 있기는 한가 보네.

"그래서, 황태자 전하께서는 대체 뭘 준비 중이신데?"

"그렇게 거창한 건 아니야. 다만 견제를 좀 해 둘 생각이야."

"아하."

그 짧은 말 몇 마디로 베시는 크리스의 뜻을 곧바로 이해하였다.

"즉, 수도 밖에서 온 강력한 힘을 가진 '마녀'가 황태자 전하의 편임을 네 적들에게 보여 주겠다?"

크리스는 한숨을 쉬었다. 언제나 베시 앞에서 무언가를 감추는 건 어려운 일이었다. 더군다나 그녀를 이용하려고 생각할 때는.

"그럼 난 뭘 할까? 재개장식 날 마술쇼라도 보여 줘서 사람들을 겁주면 되는 거니?"

"……아니, 너는 그냥 그대로 있어 주면 돼, 베시."

다른 특별한 무언가를 할 필요는 없다. 도서관의 개장식에 참석한 이들은 모두 우선 완전히 달라진 도서관을 보고 놀랄 것이다. 그리고 마법에 의해 독특한 외관을 지니게 된 도서관에 경이로움을 느낄 것이다. 베시는 그들 앞에 서는 것만으로도 충분했다.

마녀의 존재 그 자체가 견제인 동시에 협박이 되리라.

"흐응, 그래? 그럼 초대 명부나 빨리 뽑아서 내놔. 이제 재개장식까지 일주일하고도 조금 더 남은 거 알지? 적어도 모레까지는 초대장 돌려야 해."

"……."

"뭐, 초대장을 보내는 것 자체야 마법을 쓰면 되니까 그렇게 큰일은 아니지만—"

"베시."

앞으로 해야 할, 남은 일들을 세어 보던 베시가 고개를 살짝 기울였다. 그녀의 붉은 머리칼이 가녀린 어깨 위로 흐트러지는 모습을 감상하며 크리스가 입을 열었다.

"괜찮겠어?"

목적어도 주어도 없는 질문이었지만, 베시는 곧바로 그 물음의 의미를 알아차렸다.

"이제 와서 묻는 건 의미가 없는 거 아니야?"

그걸 물을 정도면 날 이곳으로 불러들이지 말았어야지. 너무나 지당한 말에 크리스는 입술을 꾹 깨물었다. 그녀의 말대로였다.

이제 와서 걱정하고 주저할 정도였다면 그녀를, 마녀를 이용할 생각 같은 건 해서는 안 되었다.

하지만 그는 그녀를 불렀고, 베시는 그 부름에 답했다.

이제는 돌이킬 수 없는 일이었다.

"……도서관 개장식에서 내 정적들에게 찍히면, 앞으로 수도에서의 생활이 매우 힘들어질 거야."

"야. 설마 내가 지금은 수도에서 쾌적하게 지내고 있다고 생각하는 건 아니지?"

베시가 기가 막힌다는 얼굴로 한 말에 크리스는 더더욱 할 말을 잃었다. 그녀의 말이 옳았다. 크리스 역시 머리로는 그것을 알고 있었다. 하지만 마음속 어딘가에서는 망설임이 가슴을 열게 할퀴고 있었다.

그는 그 이유가 무엇인지 알고 있었다.

베시가 마차에 치일 뻔했던 날, 한 번도 본 적 없는 얼굴로 고통을 삭이던 그 순간.

크리스는 아직도 그날의 베시를 잊을 수 없었다.

그 어느 때라도 절대 흔들리지 않을 거라 생각했던, 무너지지 않으리라 생각했던 마녀 베시 에일의 약한 모습을 보고 말았으니까.

"뭐, 어쨌든 난 상관 안 해. 걱정도 안 하고. 저스틴 군이 있으니까."

"……저스틴?"

지금이라도 계획을 변경할까 생각하던 크리스가 문득 들려온, 낯선 베시의 어조에 고개를 들어 올렸다. 베시는 이번에도 크리스가 한 번도 본 적이 없는 얼굴을 하고 있었다. 하지만 그날과는 전혀 다른 얼굴이었다.

누군가를 전적으로 신뢰하는, 그래서 행복해하는 것 같은 그런 얼굴.

"응. 저스틴 군이 있잖아. 그러니까 쓸데없는 생각 말고 넌 계획대로 진행해."

"네가 제이를…… 그렇게까지 믿고 있는 줄 몰랐는데."

크리스는 괜히 제 목소리가 메마른 가지처럼 버석거리는 것만 같았다. 하지만 베시는 그것을 눈치채지 못하고, 어깨를 으쓱하였다.

"그 남자, 좀 이상한 사람이잖아."

저스틴 하이네는 처음에는 단지 정말 신경 거슬리는, 얄미운 그런 남자일 뿐이었다. 크리스가 그를 도서관에 보낸 건 자신을 골탕먹이려는 수작인 게 틀림없다는 생각이 들 정도로.

그러나 지금은 달랐다.

그는 아주 복잡한 규칙을 가지고 있지만, 자신만의 신념을 오롯하게 지키는 남자였다. 그뿐만이 아니라 상대가 가장 소중하게 생각하는, 가장 필요로 하는 것을 줄 수 있는 남자이기도 하였다.

'그녀의 마법은 다정하고 아름답습니다.'

언젠가 자신의 마법을 칭찬해 주었던 저스틴의 얼굴이 떠올랐다. 그는 진심으로 말해 주었다. 베시의 마법이 아름답다고. 그 순간이 눈물이 날 것처럼 기뻤던 것을 베시는 기억하고 있었다.

그녀는 이제 자신이 아무리 속을 감추려 해도 태연한 얼굴로 다가와서, 있는 그대로의 자신을 바라봐 주는 저스틴이―

"전처럼 싫지는 않아."

애틋한, 그리고 사랑스러운 미소를 지으며 베시가 중얼거린 순간.

크리스는 깨닫고 말았다.

어느 틈엔가 그녀에게 있어서 저스틴이 특별한 존재가 되어 있다는 사실을.

"……실수였는지도 모르겠군."

"뭐가?"

씁쓸하게 크리스가 중얼거린 말에 베시는 고개를 갸웃하였다. 아무것도 아니라 말하는 대신, 크리스가 다른 말을 입에 담았다.

"너를 이곳으로 부른 것."

"이제 와서 하기에는 늦은 후회 아니야?"

기분 나빠하는 기색도 없이 베시는 키득거렸다. 아카데미에 있을 때와 조금도 달라진 게 없는 태도였다. 그 모습을 보면서 크리스는 쓴 약을 넘기는 것처럼 씁쓸함을 삼켰다.

'어째서? 일생을 모래알 같은 고독 속에서 살아갈 것처럼 보였던 네가 어째서 지금 이렇게 누군가에게 마음의 여지를 주는 거지?'

아카데미에 있는 동안, 그는 베시에게 다가가려는 사람들을 무수하게 보았다. 대부분이 돌처럼 견고한 그녀의 벽을 못 견디고 물러섰지만, 크리스는 달랐다.

그는 베시에게 '약속'을 받은 적이 있었다. 그러니까 그것만으로도 만족감을 느꼈다.

자신이 베시 에일이라는 마녀에게 조금은 특별한, 가까운 존재이리라 생각했다.

하지만 지금 이 순간, 그 알량한 만족은 모두 산산조각이 났다. 이제 베시에게 특별한 상대가 생겨 버린 것이다. 크리스가 감히 얻지 못했던 자격을 가진 사람이.

"베시."

"응?"

"너는 제이와—"

어렵사리 입을 열고 나니, 그 뒤로 꺼내려는 말은 무엇 하나 쉬운 게 없었다. 결국 크리스는 아무 것도 아니라며 고개를 저어야 했다.

"뭐야, 싱겁게."

베시가 불만을 나타내는 것과 동시에 똑똑— 문을 두드리는 소리가 들려왔다.

"전하."

노크 소리와 함께 들려온 목소리는 빅터의 것이었다. 성으로 돌아갈 시간이라는 말에 크리스는 정신을 차렸다.

몇 번을 다시 생각해도 돌이킬 수 없는 문제였다. 이제 와서 미안함을, 혹은 다른 감정을 느낀다고 해서 달라질 건 없었다.

그는 평소 같은 크리스 반 듀벨의 얼굴을 하였다.

"베시."

자리에서 일어나서 치마가 불편하다 투덜거리던 베시가 고개를 돌려 크리스를 보았다. 평소보다도 더 파란 그 눈동자를 마주하니, 어째서인지 가슴 한구석이 시큰거렸다.

"왜?"

먼저 불러놓고도 한참 말이 없는 크리스가 이상했는지, 베시가 되물었다. 크리스는 늘 그랬던 것처럼 능청스러운 미소를 지었다.

"내가 골라 준 옷을 입은 네가 너무 아름다워서 이대로 널 데리고 도망치고 싶은 기분이야. 우리 같이 사랑의 도피—"

"닥쳐."

일말의 여지를 주지 않는 단호한 대답을 한 베시가 성큼성큼 걸어가 문을 활짝 열었다. 문 앞에서 안절부절못하고 있던 빅터가 무사한 크리스의 모습을 보고 안도하였다.

"오빠, 저 인간 헛소리를 또 시작하는 걸 보니, 약 먹일 시간이 된 것 같아요."

"베시!"

빅터가 기겁하며 주변을 둘러보았다. 다행스럽게도 다른 사람은 없고, 애니드만이 묘한 표정으로 빅터 옆에 서 있었다.

"빨리 데리고 가서 집무실에 가둬 두고 일이나 시키세요."

말 안 듣는 동물을 우리에 가두라는 것처럼 말한 뒤, 베시가 애니드에게 어서 가자는 것처럼 고갯짓을 하였다. 하지만 몇 걸음을 채 옮기기도 전에 그녀가 멈칫하였다.

무언가 생각났다는 얼굴로 빅터에게 잠시 기다리라고 한 베시는 헐레벌떡 자신의 낡은 코트를 점원에게서 찾아왔다. 그리고 주머니 안에 손을 쑥 넣더니 잠시 후, 노란 꽃무늬 손수건을 꺼내 빅터에게 내밀었다.

베시가 빅터에게 선물하기 위해 사고, 애니드의 입에 처박아 넣었던 바로 그 수건이었다.

"자요. 기사들은 이런 거 가지고 다녀야 한다면서요. 오빠 성격상 스스로 살 것 같진 않고, 그렇다고 여자들에게 받을 것 같진 않으니까 내가 줄게요."

듣는 사람에 따라서는 이게 시비를 거는 건가 의심할 정도로 얄미운 소리였지만, 빅터는 눈을 커다랗게 뜨고 굳어 버렸다.

베시가 나한테 선물을? 그는 자신의 뺨을 살짝 꼬집어 보았다. 아팠다. 그렇다는 건 지금 이것이 정말 현실이란 말인가?

"베, 베시? 이걸, 지금 정말 나한테—"

"빨리 안 받고 뭐해요? 팔 아파요."

베시는 여전히 멀뚱히 서 있는 빅터의 손에 강제로 손수건을 쥐어 주었다.

"별거 아니니까, 아껴 쓰지 말고 팍팍 써요."

금방이라도 눈물을 뚝뚝 흘릴 것 같은 얼굴로 빅터가 베시를 보았다. 멋쩍은 것인지 베시도 괜히 뺨을 긁적이고 있는 가운데, 그 모습을 옆에서 지켜보던 애니드는 생각하였다.

'저 손수건, 내 입에 처박았던 그거 아닌가?'

애니드는 그걸 빨고는 주는 거냐고 묻고 싶어 입이 근질거렸지만, 모처럼 감동적인 분위기에 찬물을 끼얹으면 안 된다는 생각에 참았다. 그가 아무리 성격 더러운 암살자라도 그 정도 눈치는 있었다. 그래도 친오빠라고 챙기는 걸 보니 저 마녀에게도 사람의 피는 흐르고 있구나 싶기도 하였다.

애니드는 적당히 상황을 봐서 베시를 데리고 도서관으로 돌아가야겠다 생각하며 주변을 살폈다.

그때 문득, 그의 눈에 크리스가 들어왔다. 소파에 우아하게 앉아 있는 그의 모습은 완벽한 황태자 그 자체였다. 하지만 그의 눈에서 미처 감추지 못한 감정이 빗물처럼 뚝뚝 흘러나와 공기를 적시고 있었다. 그것을 눈치챈 애니드가 눈을 가늘게 뜨고, 크리스의 시선을 좇았다.

그 끝에는 베시가 있었다.

호오? 애니드의 입가에 흥미로움을 감추지 못하는 미소가 떠오른다.

아무래도 자신이 계약한 마녀는 생각했던 것보다도 엄청난 인물인 게 틀림없었다.

* * *

"하아— 창피해 죽는 줄 알았네."

자신이 준 손수건 때문에 훌쩍거리는 빅터에게 질려 서둘러 가게를 빠져나온 베시가 한숨을 내쉬었다.

그녀는 한 보따리나 되는 쇼핑백을 안은 채, 대체 왜 요 며칠 사이에 자신에게 이렇게 많은 옷이며 장신구가 생기게 된 건지 생각해 보았다. 재물운이 좋은 주간인가? 앗, 근데 오늘은 재물운이 좋다기 보다는—

"야, 마녀."

베시의 엉뚱한 생각을 방해하듯, 애니드가 말을 걸어왔다. 왜 그러냐는 듯 대답 대신 고개를 옆으로 돌리니 불필요할 정도로 히죽거리는 애니드의 모습이 보였다.

"너 생각보다 제법이다?"

"뭐가?"

밑도 끝도 없는 말에 어리둥절한 베시가 고개를 갸웃하였다.

"아니, 그렇잖아. 바람둥이로 이름 높은 황태자와 수도 제일의 목석으로 이름난 기사를 양손에 쥐다니. 보통 솜씨가 아니야, 정말."

"뭔 헛소리야."

베시는 코웃음을 쳤다. 아무래도 애니드는 성안에서 도는 시답지 않은 헛소문 이야기를 하는 모양이었다.

"그런 쓸데없는 헛소리에 일일이 신경 쓸 겨를이 있으면…… 왜 그래?"

애니드를 나무라듯 말을 이어가던 베시가 멈칫하였다. 제 옆에 선 애니드의 눈이 일순 날선 칼날처럼 서늘하게 번뜩였다는 걸 깨달았기 때문이었다.

"미행이 붙었어."

무심코 뒤를 돌아볼 뻔한 베시는 필사적으로 고개에 힘을 주었다. 자신이 선불리 행동하면 모처럼 애니드가 조용히 알려 준 의미가 없었다.

"……몇 명?"

"둘."

두 명이라. 목적은 무얼까? 감시? 그것도 아니면 암살?

머릿속으로 여러 가지 생각을 정리하며 베시는 코트 주머니 안으로 손을 찔러 넣었다. 바스락거리는 종이를 매만지며 그녀가 몇 가지 마법을 준비하는 찰나, 애니드가 말했다.

"잡아?"

"잡을 수 있겠어?"

반사적으로 물은 베시의 말에 애니드가 코웃음을 쳤다.

"야, 장난해?"

애니드가 저런 조무래기는 절대 놓칠 리 없다며 자신만만하게 단언하였다. 아주 잠시 생각에 잠겨 있던 베시가 입을 열었다.

"그럼 잡아. 대신 살려. 물어볼 게 있으니까."

"오케이."

베시의 지시가 떨어지자 애니드는 자연스레 으슥한 골목길로 향하였다. 베시 역시 잠자코 그를 따랐다.

스산한 기운이 물안개처럼 피어오르는 골목길 안을 얼마나 걸었을까.

애니드가 머리를 매만지는 시늉을 하는가 싶더니 "쉬익―!" 무언가가 바람을 가르며 날아가는 소리가 들려왔다. 성공한 건가? 베시가 반사적으로 고개를 돌리자 애니드가 혀를 찼다.

"망할!"

놓쳤구나. 베시가 그렇게 생각하는 것과 동시에 애니드가 무언가를 다시 던지는가 싶더니 이번에는 그녀를 옆구리에 번쩍 끼고 들어 올렸다.

"잠깐, 애니드!?"

이게 뭐하는 짓이냐고 화를 낼 틈도 없이 자신을 짐짝처럼 들어 올린 애니드가 움직였다.

주변 풍경이 순식간에 휙휙 바뀌는가 싶더니 어느새 눈에 익은 거리의 모습이 보였다. 성에서 얼마 떨어지지 않은 큰 길가였다. 베시를 내던지듯 바닥에 내려놓은 애니드가 말했다.

"곧바로 추적할 테니까 넌 도서관으로 바로 돌아가."

"뭐? 하지만 놓쳤다고―"

"실 꿰어 두었어!"

그렇게 외친 애니드가 베시의 등을 턱 떠밀고는 분주하게 사라진다. 실을 꿰어 두었다니? 그게 뭔데? 어리둥절한 베시는 머리를 긁적였다. 아무래도 암살자 사이의 은어인 모양인데, 암살자가 아닌 베시가 그 뜻을 알 리 없었다.

애니드가 사라진 골목길을 힐끔거리던 베시는 곧 그가 알아서 하겠거니 생각하며 걸음을 옮겼다.

이곳에 멍청하게 서 있는다고 해서 단서가 생기는 건 아니었으니까.

사람이 많은 길가를 쭉 따라 걸으니 곧바로 익숙한 성문의 모습이 보였다. 알게 모르게 긴장으로 굳어 있던 베시의 어깨가 축 늘어졌다. 빨리 도서관에 들어가서 애니드가 돌아오길 기다리자고 생각하던 베시가 저도 모르게 멈칫하였다.

성문 앞에 보이지 말아야 할 사람의 모습이 보이고 있었다.

"저스틴 군……?"

제법 멀리서 중얼거린 소리였는데도, 귀가 밝은 저스틴은 곧바로 베시의 소리를 감지하였다. 문지기들에게 무언가를 묻고 있던 저스틴이 딱딱하게 굳은 얼굴로 베시 쪽으로 성큼성큼 걸어오고 있었다.

그 얼굴이 어딜 보나 화가 난 얼굴이라 베시는 조금 주눅이 들고 말았다.

"어, 저스틴—"

"어딜 다녀온 겁니까?"

베시가 한 마디를 할 틈조차 주지 않고, 저스틴이 물었다. 기세에 눌린 베시가 정직하게 털어놓았다.

"옷 가게에 다녀왔어요!"

"옷 가게?"

당신이 이틀 연속으로 쇼핑이라니. 저스틴이 말도 안되는 소리를 하지 말라는 것처럼 눈썹을 까닥거렸다. 베시는 억울함에 격하게 고개를 끄덕였다.

"진짜에요! 정말로 옷 가게에 다녀오는 길이라고요!"

"……왜 옷 가게를 간 겁니까?"

"그, 저스틴 군이 선물해준 옷은 개장식 때 입기에는 다 너무 화려해서…… 입을 만한 옷을 다시 사야해서요."

이걸 보라며 베시가 쇼핑백을 들어 올려 보였다. 하지만 저스틴의 얼굴은 여전히 굳은 체였다.

"그럼 어째서 혼자서 간 겁니까?"

"아, 아니에요! 혼자서 안 갔어요! 애니—가 아니라 앤이랑 같이 갔었는걸요!"

안심하라며 한 말이었건만, 저스틴의 눈썹이 위압적으로 꿈틀거렸다. 주변 온도가 1도 정도는 내려간 것 같은 오싹함에 베시는 어깨를 움츠렸다.

"……그럼 왜 지금은 혼자인 겁니까?"

으아, 왜 하필 지금 제일 설명하기 어려운 걸 물어보는 거야! 베시는 당황하여 입을 작게 벌렸다. 거짓말을 하자니 당장 생각나는 핑곗거리가 없었고, 진실을 말하자니 저스틴이 지금보다 더 화를 낼 것만 같았다.

"그게 사정이 좀 있는데……."

"무슨 사정."

화가 많이 난 것인지 저스틴이 말끝을 싹둑 잘라 버렸다. 평소와는 다른 그의 말투에 놀란 베시가 쇼핑백을 슬그머니 끌어안았다.

그동안 저스틴이 화가 난 모습은 많이 보았다고 생각했지만, 이런 모습은 처음 보는지라 적잖게 당황스러웠다.

"지금, 은 말하기가 좀 그래요. 나중에 상황 봐서 말할게요."

베시가 눈치를 보며 조심스레 꺼낸 말에 저스틴이 입을 꾹 다문 채 였다.

한동안 말없이 베시를 보고 있던 그는 결국 천천히 한숨을 쉬었다.

"……별일은 없었습니까?"

"어, 없었어요!"

사실은 있었지만, 그걸 말했다간 또 저스틴의 기분이 나빠지리라 생각한 베시가 재빠르게 거짓말을 하였다. 저스틴은 약간 미심쩍다는 얼굴을 하면서도 그녀의 말을 믿어주었다.

"다행이군요."

그렇게 말한 저스틴이 베시를 향해 손을 내밀었다. 어리둥절한 얼굴로 그 손을 내려다보던 베시는 곧 저스틴이 무엇을 하고 싶은 것인지 알아차리고, 제 손에 쥐고 있던 짐을 넘겨주었다.

문지기들이 두 사람을 향해 인사를 한 뒤, 성문을 열어 주었다. 도서관으로 향하는 길을 따라 걸으며 저스틴이 입을 연다.

"……이네딧 부인을 도와 일을 마치고 당신에게 내일 일정을 물으러 관장실로 갔습니다. 하지만 당신이 없었습니다."

잠시만 눈을 떼었다 하면, 이렇다. 베시 에일은 마치 구름 같은, 혹은 바람 같은 여자라 좀처럼 제자리에 가만히 있어 주질 않았다. 덕분에 저스틴의 속만 새카맣게 타들어 갔다.

"내가 얼마나 당황했는지 압니까?"

"미안해요. 하지만 말 안 하고 가려던 건 아니었는데, 앤이 저스틴 군 몰래 나오라고 해서……."

"앤 양이 나 몰래 나오라고 했다고요?"

저스틴의 눈이 위험하게 번뜩였지만, 베시는 그것도 모른 채 모든 책임을 애니드에게 돌렸다.

"네!"

베시의 씩씩한 대답에 저스틴이 무어라 중얼거리는 소리가 들려왔다. 상당히 험한 말이 들린 것 같았지만, 베시는 그게 제 귀의 착각이라 생각하였다. 평소의 저스틴이라면 절대 쓰지 않을 말들이었으니까.

"그리고 사실 금방 다녀올 생각이라 저스틴 군이 나 찾기 전에 올 생각이기도 했어요. 설마하니 거기서……."

그 망할 황태자 자식을 만날 줄은 몰랐지. 베시는 지친 기색이 역력한 얼굴로 허공을 응시하였다.

별로 한 것도 없는 것 같은데 이상하게 피로가 쌓인 기분이었다. 오늘은 집에 가는 길에 줄리아의 애플파이나 좀 사다 먹을까? 아니면 루미에 제과점에서 브라우니를 살까? 그것도 아니면

—

"거기서?"

조용히 베시의 말을 경청하고 있던 저스틴이 뒷말을 재촉했다. 퍼뜩 정신을 차린 베시가 반사적으로 답하였다.

"크리스 그 인간이랑 만날 줄은 몰랐죠."

"……황태자 전하가 계셨습니까, 그곳에?"

저스틴의 목소리가 한 톤 낮아졌다. 하지만 무슨 디저트를 사면 좋을지에 대한 고민으로 머리가 한가득인 베시는 그것을 눈치채지 못하였다.

"응, 있었어요. 나한테 옷을 골라 준다고 얼마나 짜증 나게 굴던지…… 그리고, 아참! 저스틴 군 큰형님도 만났어요. 역시 형제라 그런지 저스틴 군이랑 분위기가 되게 비슷하던데요?"

베시는 다시금 알렉스의 모습을 떠올렸다. 짙은 갈색 머리칼과 청록색 눈동자. 아무리 생각해도 역시 닮았단 말이지.

기억을 더듬어보던 베시는 16년 전, 샤토 지역에서 자신을 도와주었던 남자와 알렉스의 연관성에 대해서 다시 생각해 보았다.

알렉스가 뱀파이어인 게 아니라면, 어쩌면 두 사람은 혈연관계인 게 아닐까? 어라, 그렇다는 건 저스틴 군과도?

"저기, 저스틴 군."

저스틴에게 그의 가족에 대해 더 자세히 물으려던 베시는 그의 얼굴을 보고 열었던 입을 서둘러 닫았다.

어째서인지 저스틴이 또다시 화가 난 것 같은 얼굴을 하고 있었다.

아니, 이번에는 대체 왜? 당황한 베시가 데구르르 눈을 굴리며 주변을 살폈다. 혹시라도 주변에 무언가 그의 심기를 거스르는 게 있었던 게 아닐까, 생각하며.

"이 옷들은 전부 전하가 골라 주신 겁니까?"

반사적으로 베시가 고개를 끄덕이자, 저스틴은 쇼핑백을 쥔 손에 힘을 꾹 준다.

"……전하께 함부로 선물을 받는 건 너무 경솔한 거 아닙니까."

지금의 그에게는 다른 남자가 보내는 물건을 받지 말라고 할 자격이 없었다. 그런데도 도저히 가만히 입을 다물고 있을 수가 없었다.

덕분에 입 밖으로 나온 것은 제가 듣기에도 꼴사나운 말이었다.

"선물…… 이라고 해도 이거 어차피—"

계산은 내가 한 건데? 베시가 우물거리며 뒷말을 삼켰다.

크리스는 당연히 옷값을 자신이 내려고 했지만, 베시는 그렇게 두질 않았다. 기본적으로 그녀는 다른 사람에게 무언가를 얌전히 받는 성격이 아니었다.

하다못해 생일 선물을 받는 것조차 싫어했으니까.

하지만 베시가 사실을 털어놓을 틈도 없이 저스틴이 화를 냈다.

"남자가 여자에게 옷을 선물하는 게 어떤 의미인지 알고는 있는 겁니까."

"……."

천천히 걸음을 옮기던 베시가 우뚝 멈추어 섰다. 도서관이며 은빛 매 기사단의 훈련장이 그리 멀지 않은 곳에 보이는 자리였다.

그녀는 평소라면 안경알 너머로 보았을 저스틴의 짙은 청록색 눈동자를 차분하게 마주하였다.

"벗기고 싶어서?"

남자가 관심 있는 여성에게 옷을 보내는 게 벗기기 위한 것이라는 말은 그녀 역시 들은 적이 있었다. 다만 깊게 생각해 본 적은 없었다. 이제까지 자신에게 옷 같은 걸 선물한 남자는 없었으니까.

단 한 사람, 저스틴을 제외하고는.

"잘 아는군요."

베시에게 옷을 선물한 유일한 그 남자는 뭐가 그리 싫은지 짜증을 감추지 않고 있었다.

"그런데도 이렇게 냉큼 전하가 사 주신 옷을 갖고 온 겁니까? 당신이란 여자는 대체—"

"그럼 저스틴 군도 내 옷을 벗기고 싶었던 거예요?"

악 다문 잇새로 말을 내뱉던 저스틴이 멈칫했다. 너무 당황한 나머지 그는 "지금 뭐라고 했습니까?"라고 되묻고 말았다. 정작 그를 아연실색하게 만든 장본인은 태연하게 말을 반복하였다.

"그렇게까지 해 가면서 내 옷을 벗기고 싶었던 거냐고요."

"……."

조금 전까지 화가 치밀었던 것도 잊은 채, 저스틴은 숨을 골랐다.

아마 짧은 찰나였을 순간, 그의 머릿속에는 수백, 수천가지의 생각이 오갔다. 그리고 최종적으로 도달하게 되는 결론은 베시가 이런 질문을 하는 이유가 제 마음을 이미 알아차리고 있기 때문일 거라는 것이었다.

어떻게 할지 한참을 망설이던 저스틴은 조심스럽게 고개를 끄덕거렸다.

심장이 터질 것 같이 쿵쾅거리는 이 순간이 수 초 후에는 대체 어떤 결말을 맞이하게 될지 알 수가 없었다. 어쩌면 그의 삶에서 첫 번째 실연을 겪게 될지도 모르고, 혹은 처음이자 마지막일 사람을 얻게 될지도 모른다.

저스틴은 그 어느 때보다 심하게 긴장한 채, 입을 열었다.

"네, 베시. 난 당신을—"

"아, 역시! 이 코트가 그렇게 심해요!?"

"사…… 아?"

사랑합니다, 라고 말하려던 뒷말은 베시의 헛소리에 완벽하게 묻히고 말았다. 저스틴은 눈을 깜빡이며 지금 베시가 무슨 말을 하는 건지 이해하려 노력하였다.

"이네딧 부인이 그랬거든요. 이 코트 진짜 너무 심각해서 기회만 되면 확 벗겨서 어디다가 버려 버리고 싶다고요. 저스틴 군도 그래서 나한테 옷 사 준 거죠?"

이 여자가 진짜. 평소에는 눈치가 빨라도 여간 빠른 게 아니더니 왜 이런 중요한 때에는 이렇게 바보처럼 군단 말인가.

저스틴은 속으로 이를 으득 갈았다. 걷잡을 수 없이 화가 치미는데, 지금 이 분노의 대상이 둔한 눈앞의 여자 때문인지 얼간이 같은 자신 때문인지 알 수가 없었다.

"암만 그래도 그렇다고 해서 그렇게 옷이며 액세서리를 산더미처럼 사 주는 건 좀 너무하지 않아요? 내가 아무리 패션 센스가 나쁘다고 할지라도 마음에 상처를—"

"베시."

한참 저스틴의 무신경에 대해 떠들던 베시가 씩씩하게 외쳤다. 어디 한 번 또 싫은 소리를 해 보라지, 얼마든지 받아쳐 주지.

"왜요!"

"나에게는 자격이 충분하다 생각하니 한 가지 청하겠습니다."

저스틴의 입에서 나온 것은 베시가 예상했던 것과는 다른 덤덤한 목소리였다. 심지어 그 내용은 엉뚱하기까지 했다.

"뭘요?"

"이리로 와서 날 안아 주십시오."

"……네?"

"지금 당장."

그가 얼마나 당당히 안아 주길 요구하는지 베시는 자신이 정말 꼭 저스틴을 안아 줘야 할 것 같다는 생각이 들었다.

결국 그녀는 주춤거리며 저스틴에게 다가가 그를 조심스레 안아 주었다. 대체 내가 지금 뭘 하는 건지 모르겠다는 혼란에 빠진 채.

"저기, 저스틴 군."

베시가 무언가를 말하려 하자 조용히 하라는 것처럼 저스틴이 그녀의 어깨에 두른 팔에 힘을 주었다. 넓은 품에 안기니 자연스레 그의 가슴에 베시의 귀가 닿았다. 옷감 너머로 심장이 쿵, 쿵 뛰는 소리가 감미로운 음악처럼 부드럽게 들려왔다. 저도 모르게 베시가 스르르 눈을 감았다. 시각을 차단하자 다른 감각이 선명해졌다. 코트에서 아지랑이처럼 피어오르는 것은 저스틴의 체취였다.

그의 눈동자처럼 약간 숲 속의 싱그러운 향 같은 것이 코끝에 감돌았다. 그것을 인지한 순간, 이번에는 맞닿은 온기가 손끝을 타고 온몸으로 퍼지는 것이 느껴졌다.

그리 더운 날씨도 아니건만, 괜히 몸이 뜨거워지는 기분이었다.

누군가에게 닿는 일이 거의 없는 그녀에게 이런 순간은 너무나 어색하고 불편한 것이었다. 그런데도 저스틴과의 포옹은 썩 싫지가 않았다.

문득 사랑하는 이들이 왜 서로를 안아 주는지 알 것 같다는 생각을 하였다. 서로에게 몸을 맡기는 이 단순한 행동은 무서울 만큼 깊은 안도감을 주었다.

"안아 주는 거, 생각보다 기분 좋네요."

무심코 입 밖으로 나간 말에 베시는 화들짝 놀랐다. 내가 지금 무슨 소리를! 얼른 자신의 말을 정정하기 위해 고개를 들어 올렸던 베시는 굳어 버렸다.

저스틴이 자신을 향해 전에 없이 행복한 얼굴로 웃고 있었다.

"……난, 당신의 그 둔함 때문에 매우 화가 나다가도."

기분이 좋아지고 맙니다. 저스틴이 속삭이듯 중얼거린 말이 베시의 귓불을 살짝 건드렸다. 제 머리색만큼이나 붉게 익은 얼굴로 베시가 고개를 숙였다.

어째서인지 부끄러움 때문에 도저히 저스틴과 눈을 마주할 수가 없었다.

* * *

저 홀로 미행을 쫓는다고 사라졌던 애니드가 돌아온 건 꼬박 반나절이 다 지난 후였다. 이미 일찌감치 퇴근하여 집에서 애니드의 보고를 기다리고 있던 베시는 피투성이가 된 채 나타난 그를 보고도 놀라지 않았다.

"잡았어?"

브랜디 한 컵을 내밀며 베시가 던진 질문에 애니드는 어깨를 으쓱하였다.

"잡았는데, 죽었어."

그럼 별다른 정보는 못 얻었겠네. 베시의 어깨가 실망으로 축 늘어졌다.

"그래도 배후는 들었어."

생각지도 못한 반가운 소리에 베시가 고개를 확 추켜올렸다. 애니드는 의자에 걸쳐져 있던 수건으로 멋대로 몸을 닦으며 말했다.

"노튼 백작. 의뢰 내용은 베시 에일을 감시할 것."

"흠, 노튼 백작이라……."

베시는 곧바로 랜돌프의 모습을 떠올렸다. 요새 좀 얌전한가 싶더니 아무래도 조용히 제 뒤를 캐던 모양이었다.

"중요한 건, 다른 이름이 더 나왔다는 거지."

"다른 이름?"

턱을 만지작거리던 베시가 눈을 깜빡였다.

"잡은 두 놈은 같은 패거리가 아니었거든. 한 놈은 아쉘 후작이 보낸 놈이었고, 다른 놈은 노튼 백작의 이름을 꺼냈어."

애니드가 피 묻은 수건을 바닥에 휙 내던졌다. 쯧, 지저분하게 뭐하는 거람. 베시는 발끝으로 피 묻은 수건을 애니드 쪽으로 밀어 넘겼다. 집에 갈 때 가져가라는 말과 함께.

"그나저나 아쉘 후작, 아쉘 후작— 들어 본 적 없는 이름인데."

내가 나 몰래 무슨 원한 살 일이라도 했나? 그게 아니라면 크리스 쪽으로 관계가 있는 인물인가? 베시가 생각에 잠기자 애니드가 뜻밖의 정보를 주었다.

"아쉘 후작 모르냐? 크리스 황태자랑 완전 사이 안 좋은 인간이잖아. 반황태자 대표 세력 같은 느낌이랄까. 매일 있는 집무회의에서도 겁나 싸운다던데."

"헤에, 그래서 황태자가 수도로 불러들인 마녀를 경계하고 있는 모양이구나."

베시가 고개를 끄덕이며 이해했다는 얼굴을 하자 애니드가 한 가지를 더 알려주었다.

"하나 더 덧붙이자면 걔네는 마녀 차별법을 다시 부활시켜야 한다는 말도 했다더라."

마녀 차별법. 이미 오래전에 폐지된 그 법안은 마녀를 부정적이고, 불길한 존재로 정의하며 그들의 생활에 여러 제약을 주는 내용을 담고 있었다.

인권 침해 논란으로 인해 이미 여러 나라에서 사라진 법이긴 했지만, 한때는 전 대륙에서 그 법에 따라 모든 마녀를 사람이 아닌 '괴물'로 취급하였다.

테이블 위에서 턱을 살며시 괸 채, 베시가 히죽 웃었다.

"마녀 차별법을 부활시켜야 한다, 라. 그렇게 마녀를 싫어하는 분들이시니 같은 수도에 마녀가 있다는 것만으로도 상당히 불쾌하시겠네. 심지어 그 마녀가 황태자의 편이기도 하니까."

베시는 그제야 크리스가 초대 명부에 대한 이야기를 먼저 꺼낸 이유를 알 수 있었다.

틀림없이 반황태자파 세력은 하루가 멀다 하고 베시를 핑계로 크리스를 괴롭히고 있을 것이다. 그렇기에 오히려 베시가 크리스 쪽 '사람'임을 보여 주는 것이 좋은 견제가 되리라.

요컨대 이번 개장식에 반황태자파 세력을 초대하는 건 너희가 그렇게 두려워하는 마녀는 나와 아주 친밀한 사이이다, 라는 노골적인 메시지인 셈이었다.

"크리스 이 자식이 날 아주 뼛속까지 이용해 먹겠다 이거네."

황태자의 검은 속내를 훤히 읽은 베시는 딱히 불쾌하지 않아 보였다. 애니드는 그것이 의외라고 생각하였다.

"어쨌든 오늘은 수고했어, 애니드."

"그래? 그럼 뭐 상이라도 주든가."

아니, 내 주변 남자들은 다들 왜 나한테 뭘 못 받아서 난리지?

베시는 자신에게 상을 달라 조르던 또 다른 남자의 얼굴을 떠올렸다. 그리고 아까 전까지 자신이 영문도 모른 채, 그 남자를 꼭 안아 주었다는 사실도.

"뭐야, 마녀. 갑자기 왜 얼굴을 가리냐?"

"아니, 그…… 뭐랄까, 갑자기 떠오르지 않아도 좋을 게 막 떠올랐다고나, 할까."

베시는 횡설수설하며 마른세수를 하였다.

저스틴이 대체 왜 안아 달라고 한 건지, 그리고 자신은 왜 그 말에 순순히 따랐던 건지 도저히 영문을 알 수 없었다. 하지만 제일 큰 문제는 딱히 그게 싫지 않았기에 '다음에 또 안아 달라고 하면 한 번 더 안아 줄까?'라는 생각을 무심코 해 버리고 말았다는 점이었다.

"……뭔 헛소리야."

애니드는 미친 사람을 보듯 베시를 본 후, 그녀의 이마에 손가락을 탁 튕겼다.

"어쨌거나 앞으로 이런 식으로 '사서' 일을 하면 된다 이거지?"

미행 붙은 암살자를 격퇴하는 게 사서의 일이었던가. 아니지 않나. 그렇게 생각하면서도 베시는 고개를 끄덕였다.

"응, 비상시에는 이렇게 움직여 줘. 하지만 잊지 마. 메인은 어디까지나 '앤 로즈'로서 행동하는 거야."

알았다는 대답 대신 애니드는 손을 흔들어 보였다.

"그럼 내일 봅시다, 관장님."

인사를 마친 그가 몇 걸음 움직이는가 싶더니, 창밖으로 모습을 감추었다. 암살자답다면 다운 방식이지만, 대체 왜 멀쩡한 현관을 두고 저렇게 나가는 것인지 여전히 알 수가 없었다.

턱을 괸 채, 애니드가 두고 가버린 피 묻은 수건을 보던 베시가 중얼거렸다.

"아쉘 후작과 노튼 백작, 이라."

무언가 조만간 일이 하나 터질 것만 같은, 즐거운 예감이 들었다.

*　*　*

"……아아, 미치겠네."

애니드가 도서관에 온 지 어언 일주일째.

그사이, 도서관 재개장식이 불과 삼 일 앞으로 다가왔다.

초대장 발송을 진즉 끝마친 베시는 행사 관련 공문을 작성하느라 죽을 맛이었다. 그녀는 과도한 노동으로 인해 지끈거리는 머리를 감싼 채, 간신히 완성된 서류를 옆으로 밀어 버렸다.

대체 난 언제쯤 한가해지는 걸까. 개장식이 끝나도 이 서류지옥에서 해방되지 못하는 건 아닐까.

울적해진 베시가 기지개라도 피자며 자리에서 일어섰다.

창밖에서 따스한 햇살이 물결처럼 밀려들어왔다. 얇은 커튼 사이로 비치는 햇빛이 기분 좋아 무심코 창가로 다가서니 의외의 풍경이 눈에 들어왔다.

"……응? 뭐야, 저건?"

창밖에서는 은빛 매 기사가 열 명도 넘게 모여 있었다. 호기심이 발동한 베시는 슬그머니 창문을 열고, 귀를 기울여 보았다.

"이야, 로즈 양은 정말 이름도 꽃처럼 아름답군요."

"그 새하얀 피부는 마치 저 북쪽 얼음 왕국 네페로디에만 핀다는 눈꽃과도 같고……."

"비단처럼 윤기가 흐르는 머리칼은 지금 막 싱싱한 장미꽃 같고……."

오오. 베시는 100년 로맨스 소설에서 베껴 온 것 같은 기사들의 헛소리에 짝짝 박수를 치고 싶은 기분이었다. 아니, 대체 요새 어떤 여자가 저 촌스러운 문구에 넘어간단 말인가.

은빛 매 기사는 기사단 중 실력도 제일 떨어진다더니 여자 꼬시는 능력도 영 떨어지나 봐. 저 덜떨어진 치들. 쯧쯧.

베시는 어느새 문가에 걸터앉아 흥미진진한 얼굴로 상황을 지켜보기 시작하였다.

"저기, 기사님들. 죄송하지만, 제가 지금부터 짐을 좀 옮겨야 해서……."

애니드는 곤란하다는 얼굴로 무거워 보이는 상자 서너 개를 가리켜 보였다. 그러자 은빛 매 기사들이 열정적으로 상자를 빼앗아 들기 위한 투쟁을 벌이기 시작했다.

"로즈 양! 그런 짐이라면 제가!"

"아니, 제가 옮기죠!"

"다들 비켜! 난 오늘 도서관 현관 청소 담당이라 어차피 앞으로 가야 한다고!"

아름다운 여자 앞에서 남자라는 생물은 왜 다들 저렇게 변하는 걸까. 절레절레 고개를 젓던 베시는 문득 애니드와 눈이 마주쳤다. 애니드는 히죽 웃으며 입을 작게 움직였다. 베시는 그 입 모양을 따라 소리를 내어 보았다.

"이, 거, 다, 바, 보, 냐?"

벅차오르는 만족스러움에 베시는 엄지를 치켜 올려 주었다. 그 짧은 기간 동안 이렇게까지 훌륭하게 은빛 매 기사들을 길들이다니. 애니드는 베시가 시킨 일을 정말 완벽하게 수행해 내고 있었다.

암살자를 사서로 고용하는 거 생각보다 괜찮은데? 차라리 남은 사서 인력도 암살자나 용병으로 고용할까. 베시가 그런 무시무시한 계획을 세우던 때였다.

"지금 대체 앤 양에게 뭣들 하시는 겁니까! 기사님들!"

작은 체구에서 나오는 우렁찬 호통 소리에 뒤뜰이 쩌렁쩌렁하게 울렸다. 오오, 이네딧 부인이 등장했어! 창가에서 멀어지려던 베시가 눈을 빛내며 고개를 쑥 내밀었다.

"뭐, 뭐야. 우리가 뭘 어쨌다고 그래."

기사 중 한 명이 굉장히 불쾌하다는 얼굴을 하였다. 다른 기사들이 "옳소, 옳소!"를 외치며 연신 고개를 끄덕였다.

"뭘 어쩌긴요! 앤 양의 일을 방해하고 있으셨잖아요! 분명 기사님들께는 다른 일을 부탁했는데, 왜 여기들 모여서……."

"아, 이네딧 부인. 그거라면 제 잘못이에요. 제가 책을 옮겨야 하는데, 혼자 옮기는 게 힘들어 보인다고 기사님들이 도와주시려고 하셔서……."

애니드는 사슴 같은 눈망울로 기사들을 돌아보며 생긋 웃었다. 그의 얼굴을 마주한 기사들의 얼굴이 삽시간에 붉게 물들었다. 마치 누가 더 삶은 문어처럼 변하는가 시합이라도 하는 것 같았다.

"그, 그렇다! 우리는 그저 앤 양을 도우려고……."

"그럼! 저렇게 청순하고 가녀린 아가씨가 혼자 이 많은 짐을 옮긴다는 건, 정말이지 참을 수 없는 일이지!"

너무나 달라진 은빛 매 기사들의 모습에 베시는 입을 쩍 벌렸다.

그들은 과거 이곳에 있던 사서를 괴롭혀서 숱하게 쫓아냈던 자들이었다. 악질 중의 악질이라고 이네딧 부인이 고개를 절레절레 내젓던 남자들. 그런 놈들이 여자 하나 때문에 저렇게 변한단 말이야?

베시는 애니드의 노련한 수완에 감탄하는 동시에 은빛 매 기사들의 속물근성에 진절머리가 났다. 그리고 그것은 이네딧 부인 역시 마찬가지인 모양이었다.

"떽! 앤 양에게 허튼짓할 생각은 꿈도 꾸지 마세요! 경들이 그러시면 관장님도, 저스틴 경도 가만히 두고 보시지 않을 겁니다!"

예전과는 달리 이 도서관에서 더는 못된 행패를 부릴 수 없다. 이네딧 부인이 그렇게 은밀한 경고를 하자, 은빛 매 기사들이 욱하는 얼굴을 하였다. 서너 살 먹은 어린애처럼 기사들의 눈에 참 쓸데없는 호승심이 서려 있었다.

"뭐라고!? 지금 우리가 그깟 마녀랑 하얀 사자 부단장을 두려워할 겁쟁이로 보인단 말인가?"

아니, 니네 실제로 나랑 저스틴 군 무서워하잖아. 베시는 고개를 절레절레 저었다. 학습 능력이 없어도 어쩜 저렇게 없나 몰라.

일이 귀찮아지기 전에 슬슬 끼어들어야겠다고 생각하며 베시는 창문에 손을 짚었다. 평소처럼 은빛 매 기사들을 협박해서 얌전히 입을 다물게 만들 셈이었다.

하지만 베시가 나설 필요가 전혀 없었다.

"괜찮아요, 이네딧 부인. 걱정 마세요. 은빛 매 기사 분은 모두 이렇게나 친절하고 다정한 분들이신걸요. 저에게 허튼 짓은커녕, 절 해하려는 사람들로부터 보호해 주시겠죠."

은방울이 또르르 굴러가는 것 같은 고운 목소리로 말한 애니드가 생글생글 웃었다. 그는 기사들을 향해 '난 전적으로 당신들을 믿어요.'라는 눈빛을 보냈다. 그 눈에 홀린 것처럼 기사들의 입이 헤벌쭉 벌어졌다.

"무, 물론입니다! 저만 믿으십시오!"

"닥쳐! 이제부터 로즈 양을 지키는 건 바로 나, ㄱ—"

"내가 먼저다! 로즈 양! 여기 있는 짐은 제가 다 옮길 터이니 로즈 양은 들어가서 푹 쉬십시오! 햇볕에 그 고운 피부가 상하기라도 하면……."

베시는 창문을 조용히 닫았다.

"……응, 역시 세상은 예쁘고 봐야 해."

그녀가 그렇게 중얼거리는 찰나, 마치 시간을 재기라도 한 것처럼 문을 똑똑 두드리는 소리가 들려왔다.

"베시. 들어가도 되겠습니까?"

정중히 허락을 구하는 음성에 순간적으로 가슴이 세게 뛰었다. 평소처럼 낮고, 듣기 좋은 저스틴의 목소리였다. 들어오라는 대답이 쉬이 나오지 않아 베시는 잠시 제 가슴을 양손으로 꾹 눌러야만 했다. 대체 왜 이렇게 요새 심장이 말썽이지?

그가 자신에게 이유 없이 화를 내는가 하면 갑자기 안아 달라는 요구를 했던 날, 그날부터 미묘하게 베시는 저스틴이 불편하였다.

다만 그 불편함이 딱히 나쁜 감정을 동반한 것은 아니었다.

곁에 있으면 숨쉬기가 불편한 것 같다가도, 곁에 없으면 또 괜히 그리운 것 같은 기분이 드는 그런 감각. 또다시 밀려오는 그 감각에 베시는 괜히 입가며 눈가를 손끝으로 문지르며 대답했다.

"들어와요, 저스틴 군."

그녀의 허락이 떨어지자 저스틴이 관장실 안으로 들어왔다. 그의 손에 작은 상자가 하나 들려 있었지만, 서류를 보는 척하느라 정신이 없는 베시는 그것을 미처 알아차리지 못했다.

"오늘 오후 일정과 내일 오전 일정을 미리 확인하러 왔습니다."

"……평소랑 똑같아요. 특별한 건 없어요."

그렇게 대답하던 베시는 문득 책상 위에 작은 상자가 하나 놓인 걸 깨닫고 고개를 들어 올렸다.

요 며칠 사이, 저스틴이 이네딧 부인에게 부탁을 받았다며 베시를 위해 간단한 식사 거리를 준비해 준 적이 많았다. 그래서 자연스레 이 상자 속 내용물도 그런 것이리라 생각하며 베시는 입을 열었다.

"저스틴 군, 나 이미 식사했어요."

"압니다. 이건 디저트입니다."

디저트? 갑자기 무슨 디저트? 왜 저스틴 군이 그런 것까지 준비해 주는 거지? 베시가 어리둥절한 얼굴로 고개를 갸웃하였다.

그사이, 저스틴은 관장실 구석에 준비된 티 포트에 뜨거운 물을 부어 차를 한잔 우려냈다. 그리고 여전히 멍한 얼굴을 하고 있는 베시 앞에 향이 좋은 차를 내려놓아 주었다.

"형수님께서 전해 달라 하셨습니다."

"아, 아아! 하이네 공작 부인이……."

난 또 뭐라고. 괜히 멋쩍은 마음에 베시는 허둥지둥 상자의 포장을 풀어냈다. 안에서 나온 것은 베시 혼자 먹기 딱 좋은 사이즈의 무화과 파운드 케이크였다.

살구향이 은은히 나는 것을 보니 안에는 살구잼도 곁들여진 모양이었다. 자연스레 입에서 군침이 돌았다. 조금 전까지 그를 어색하게 여기던 것은 잊힌 지 오래였다.

"맛있겠다!"

케이크를 보고 베시는 작게 감탄하였다. 그녀의 눈이 얼마나 별처럼 반짝이는지 저스틴은 내심 흘러나오는 웃음을 꾹 참아야만 했다. 이런 모습조차 예뻐 보이니 제 상태가 중증은 중증이지 싶었다.

"뜨거우니 조심하십시오."

내가 무슨 어린애냐며 베시는 입술을 삐죽이며 투덜거렸다. 장미꽃처럼 불그스름한 입술이 유독 도드라져 보였기에 저스틴은 작게 헛기침을 하였다.

안경이 망가진 탓인지 베시는 요즘 안경을 쓰지 않았다. 뿐만 이 아니라 저스틴이 베시에게 선물했던 옷을 입으면서 그녀의 전체적인 분위기며 인상이 달라졌다.

저스틴은 아까도 아래층에서 베시에 대해 이야기를 하던 은빛 매 기사들을 떠올렸다.

'요새 그 마녀, 전과 좀 많이 달라지지 않았어?'

'아아. 그러게 말이야. 예전에는 칙칙한 죽은 쥐색 거적때기 같은 것만 입고 다니더니 말이야.'

'꽤 아름다워졌단 말이지. 그 정도면 한 번쯤은 차나 마시자고 해 봐도—'

다시 생각해도 불쾌한 장면이었기에 저스틴은 미간을 찌푸렸다. 전에는 베시를 두고 악독한 마녀니 뭐니 떠들던 놈들이 갑자기 태도를 바꾸는 게 상당히 기분 나빴다.

그로서는 베시가 자신이 고른 옷을 입고 다니는 건 좋지만, 그로 인해 다른 남자들이 감추어져 있던 베시의 아름다움을 깨닫는 건 전혀 기껍지 않았다.

하지만 그렇다고 해서 베시에게 안 어울리는 옷을 권할 생각은 없었다. 자신의 유치한 이기심 때문에 사랑하는 이의 아름다움을 깎아내리고 싶지는 않으니까.

"음, 잘 먹었습니다! 정말 맛있었다고 공작 부인에게 전해 줘요, 저스틴 군."

퍼뜩 정신을 차려보니, 어느새 베시가 무화과 케이크를 깨끗이 비운 상태였다. 입가에 빵 부스러기를 묻히고 생글거리는 그녀를 보니 다시 웃음이 새어 나왔다.

스스로가 미친 게 아닌가 싶을 만큼, 베시를 보면 기분이 좋았다.

저스틴은 베시의 입가로 손을 뻗었다. 그녀가 그토록 맛있다 말하는 케이크의 맛이 조금 궁금하였다. 빵 부스러기를 떼어 내준 그는 작은 조각을 입속으로 집어넣었다. 혀끝에서 단맛이 부드럽게 감돌았다.

"……꽤 맛있군요."

그녀의 말대로 정말 맛이 괜찮다 생각하며 저스틴은 혀끝으로 가볍게 입술을 핥았다.

부끄러움을 무릅쓰고 직접 케이크 가게에서 추천을 받아 사

온 보람이 있었다. 베시에게는 차마 자신이 주는 거라는 말을 못해 세라가 보낸 것이라는 거짓말을 하고 말았지만.

"다음에는…… 응? 베시?"

어째서인지 새빨간 얼굴로 저스틴을 보고 있던 베시가 분주하게 책상을 살핀다. 그녀는 곧 조금 전 자신이 완성시킨 행사 관련 공문을 발견하였다.

"저, 저스틴 군! 이거! 이거 경비부랑 재정부에 대신 좀 전해줘요! 빨리요!"

베시가 얼마나 애절하게 외치는지 저스틴은 엉겁결에 그것을 받아 들고 고개를 끄덕이고 말았다.

정말 급한 문서인가 보군. 저스틴은 금방 다녀오겠다는 말을 남기고, 관장실을 빠져나갔다.

그가 사라진 후, 베시는 참았던 숨을 한 번에 내쉬는 것처럼 깊게 한숨을 내쉬었다.

그녀는 새빨개진 뺨을 찰싹찰싹 내리쳤다. 대체 왜 저스틴이 입술을 핥는 모습을 보고 이렇게까지 머릿속이 아찔해지는 건지 알 수가 없었다.

"……이상해."

혹시 아까 먹은 샌드위치가 안 좋았나? 아니, 근데 요새 이상하게 저스틴 군을 보거나 생각할 때는 언제나 이런 기분이 든단 말이지.

심지어 저스틴도 분명 예전과는 달랐다.

그런데 그것이 대체 무엇인지 베시는 알 수가 없었다. 이게 대체 무슨 병인 건지? 유행병 같은 건가?

멍하니 생각에 잠겨 있던 그녀는 책상 서랍에서 편지지를 한 장 더 꺼냈다.

못 고치는 병이 없는 친구, 파나세아에게 상담을 할 요량이었다.

처음에는 구구절절하게 사연을 적어 내려가려던 베시는 곧 다 쓴 편지를 북북 찢어 버렸다. 내가 무슨 연애 상담하는 것도 아니고, 이런 걸 다 쓸 필요는 없지.

결국 베시는 최대한 별거 아닌 것처럼 고민을 묻는, 간략한 편지 한 장을 완성하였다.

≪저번에 보내 준 약 고마워. 가드너가 만들었다는 호신용 식물도 쓸 만하더라. 걔한테도 안부 전해 줘. 그리고 개럴러스가 여행을 떠났다는 소식 들었어? 이유는 모르겠지만 에레온 왕국 기사 몇 명이랑 동행 중인가 봐. 여행이 제법 길어져서 네 약이 이것저것 필요하다니까 나한테 보내 주면 내가 전해 줄게.

PS. 기사하니까 생각난 건데, 요새 내가 일 때문에 어떤 기사랑 가까워졌거든. 근데 그 기사랑 대화하거나 그 사람 생각하면 가끔 왼쪽 가슴 부근이 이상할 때가 있어. 이거 무슨 병이야? 잘 듣는 약 좀 있으면 보내 줘.≫

좋아, 완벽해. 베시는 추신을 몇 번 읽어 본 후, 확신했다.

이 편지를 보낸 목적이 사실 추신에 쓴 내용을 묻기 위해서라는 걸 제 친구는 절대 눈치채지 못하리라.

다 쓴 편지를 종이새로 만들어 날려 보낸 베시는 만족스레 책상 앞에 다시 앉았다. 사적인 볼일을 처리했으니 이제 다시 공적인 업무에 집중할 요량이었다.

그녀는 서랍 속에 넣어 두었던 두툼한 갈색 종이봉투를 하나 꺼내 들었다.

오늘 아침, 우편함에 들어 있던 봉투였다. 발신인은 에릭이지만, 그 안에 든 내용물은 에릭이 보낸 것이 아니었다.

봉투를 뜯어내니 안에서 지저분하게 갈겨쓴 메모지가 제일 먼저 나왔다.

≪악독한 마녀야, 이제 다시는 찾아오지 마라. 가게 옮길 거다.≫

엄살 부리기는. 베시는 피식 웃으며 그 메모지를 옆으로 대충 내동댕이쳤다. 그러자 이번에는 또 다른 메모지가 눈에 들어왔다. 에릭의 필체였다.

≪슐레이 반 듀벨 사후부터 지금까지 남아 있는 모든 소문 첨부 완료.≫

역시나 내 까마귀는 유능하다니까. 휘파람을 짧게 분 베시가 우선 가게 주인이 보내 온 것부터 살폈다.

그것은 슐레이 반 듀벨이 서거했을 당시의 신문 기사 스크랩북이었다.

베이론 제국 내에서 발행된 신문은 거의 없으며 대부분이 외신 보도 자료였다. 공용 대륙어 외에도 몇 개의 외국어를 구사할 수 있는 베시는 어렵지 않게 기사를 읽어 내려갈 수 있었다.

"……사용된 독극물은 구울의 눈물(Tear of ghoul)로 추정되며—"

구울의 눈물. 낯익은 단어에 베시가 미간을 찌푸렸다. 분명 최근 황실에서 독극물로 인한 소동이 있었다고 했지? 그리고 그 독극물 역시 구울의 눈물이었고.

단순한 우연의 일치일 리는 없다 생각하며 베시는 턱을 괴었다. 크리스가 의심하는 것처럼 슐레이 반 듀벨을 암살한 무리가 똬리를 튼 채, 아직도 듀벨 황가를 노리고 있는 게 분명했다.

베시는 읽다 만 신문 기사로 다시 눈을 돌렸다.

기사에는 슐레이 반 듀벨이 죽기 몇 시간 전, 성 밖에서 그를 본 목격자가 있었다는 내용이 적혀 있었다.

이 내용이 사실이라면 슐레이는 살해당하기 전, 성 밖에서 누군가와 만난 게 분명했다. 그리고 전 황제 암살 사건의 단서 역시 그 상대가 쥐고 있으리라. 그 상대가 누구일까 추측해 보며 베시는 두어 번 정도 스크랩북을 정독하였다.

크리스의 입에서는 나오지 않았던 몇 가지 정보를 더 얻어 낸 뒤에야, 그녀는 표지를 덮었다. 생각보다도 스크랩북을 통해 얻은 단서가 제법 있었다. 베시는 제 수첩에 그중 몇 가지를 적어 두었다.

≪'**구울의 눈물**', '**사망 전 성 밖에서 목격됨**', '**시신은 침실에서 발견됨**', '**저항의 흔적 없음.**'≫

필기를 마친 베시는 이번에는 에릭이 보낸 보고서를 집어 들었다. 스크랩북에 적혀 있던 내용과 달리 에릭의 보고서에 적힌 건 대부분 쓴웃음이 나올 만한 이야기뿐이었다.

슐레이 반 듀벨이 그토록 강한 이유는 그가 사실 악마와 계약을 했기 때문이라느니, 그가 사실은 성불구자였기에 현제 황제는 친아들이 아니라느니. 자칫 잘못하면 교수대에 목이 걸릴 수도 있을 만한 내용부터 그를 신적 존재로 묘사하는 황당무계한 내용까지.

거리에서 떠돌아다니는 소문이었던 만큼, 대다수가 자극적이고 유치했다. 빨간 펜을 집어 들어 소문 하나하나에 X표를 치던 베시가 멈칫하였다.

"응? 으음— 이건 좀 그럴싸하네."

그 터무니없는 소문 중에서 딱 두 가지, 베시의 눈길을 끄는 소문이 있었다.

≪ ‘**슐레이 반 듀벨에게 숨겨둔 정부(情婦)가 있었다.**’ ≫

서거 당시 그의 나이는 60대였지만, 그 연령대의 황제가 젊은 정부를 두는 건 드문 일도 아니었다. 게다가 황제가 아끼는 정부였다면 성으로 데려오는 것이 아니라 밖에 숨겨 둔 채, 몰래 만남을 이어 갔을 가능성 역시 부정할 수 없었다.

역사가 ‘사자왕’이라 부를 정도로 노련했던 황제라면 자신의 보물을 어디에 어떻게 숨겨야 하는지를 잘 알고 있었으리라.

“……그리고 그 정부와의 사이에서 아이가 있다, 라.”

이번 소문 역시 아주 없는 말처럼 보이지는 않았다. 물론 황제에게 사생아가 있다는 것은 소문 좋아하는 사람들이 만들어 내는 단골 소재였다. 아마 찾아보면 현재 황제인 니콜라스에게 사생아가 있다는 소문도 한두 개 정도 있을 수 있다.

하지만 베시는 적어도 앞서 본 다른 소문들보다는 마지막에 확인한 두 소문이 현실성이 높다고 판단하였다. 그녀는 스크랩북을 읽고 몇 가지 단서를 기록해 두었던 페이지에 ‘정부와 사생아’라는 내용도 기록해 두었다.

정독을 마친 베시는 혹시나 하는 마음에 다시 한 번 보고서를 확인하였다. 그러나 그 외에는 기억에 남는 내용이 딱히 없었다.

그녀는 보고서를 페이퍼 나이프로 잘게 찢어 버렸다. 흔적을 알아볼 수 없을 만큼 잘게 찢긴 종이는 곧 쓰레기통에 버려졌다. 손을 탈탈 털며 베시가 한숨을 내쉬었다.

'이걸론 아직 부족해. 개장식 때까지는 어떻게든 정보가 더 필요한데.'

개장식 날, 크리스는 분명 베시를 '이용'하겠다고 선언했으며 베시 역시 그에 동의하였다.

이제 개장식 이후에는 예전보다 더 많은 감시와 미행이 베시에게 붙을 것이다. 크리스의 적들이 공적인 자리에서 크리스의 편임을 밝힌 베시를 가만둘 리가 없었다.

그러니 아직 행동이 자유로운 이때, 최대한 많은 정보를 얻어두어야만 했다.

"……내가 뭘 놓친 거지?"

베시는 팔짱을 끼고 생각에 잠겼다. 분명 무언가가 더 있으리라. 직접적으로 도움이 될 만한 단서가.

'그 4권의 책을 도서관에 기증한 건…… 내 조부야.'

문득, 예전에 들었던 크리스의 말 한마디가 다시 떠올랐다.

슐레이 반 듀벨이 직접 기증한 책 4권. 그게 단순한 우연일 리가 없었다.

분명 책은 단서다.

하지만 대체 뭐가 단서라는 거지?

책에 대해서는 이미 할 수 있는 한 최선을 다해서 조사를 했는데. 대체 뭐가 있는 걸까, 저 책에는? 그리고 애초에 전 황제라는 작자는 하필 왜 저 책들을—

"응? 왜, 하필?"

베시는 스스로 한 생각에 깜짝 놀랐다.

그러게, 왜 하필 그는 '직접' 기증했을까? '저' 책들을?

그녀의 시선이 책상 위에 놓여 있던 책 한 권으로 향하였다. 이란타의 암호 해독학.

얼마 전, 서점에서 주인의 실력을 가늠해 보기 위해 구해다 달라고 했던 암호학 서적에 어째서인지 다시 손이 갔다. 책장을 몇 장 넘긴 베시는 '전장에서 사용하는 특수 암호 기본학'이라는 챕터에서 멈칫하였다.

특수 암호?

그 순간, 무언가가 거세게 머리를 후려치는 느낌이었다.

그녀는 자리에서 벌떡 일어서서 책장 안쪽으로 숨겨 둔 책 한 권을 꺼내 들었다. 그녀의 손에 집힌 것은 『열두 종소리의 탑.』

베시는 책을 펼쳐서 책장을 넘겨보았다.

저번에도 한 번 책을 훑어보긴 했지만, 그때는 아무래도 책 내용을 전부 알고 있으니 건성건성 책을 살폈다.

하지만 이번에는 본격적으로 문장 한 줄 한 줄을 읽어 내려가기 시작했다.

≪그는 자신이 왕가의 적통임을…… 제 아비에게 이어받은 기질이 그랬다.≫

책의 내용은 역시 베시가 알던 그대로라 특별한 건 없었다.

인쇄 상태가 좋지 않아 가끔 잉크 반점이 몇 개씩 나오는 게 거슬리긴 하였지만, 내용을 못 알아볼 정도는 아니었다.

집중해서 한참 책을 읽어 내려가던 베시는 책의 반에 도달했을 때쯤, 무언가를 깨달은 얼굴을 하였다. 그녀는 재빠르게 손을 움직여 자신이 읽었던 내용을 다시 살펴보았다.

"17페이지, 세 번째…… 34페이지 두 번째."

베시의 손가락이 책 위에서 소리도 없이 움직였다. 그녀의 손끝은 잉크 '얼룩'을 가리키고 있었다.

아마 다른 사람이라면, 틀림없이 별거 아니라고 생각하고 넘어갔을 부분이었다.

하지만 책의 내용을 이미 알고 있는데다가 한 번 더 책을 읽은 베시는 알 수 있었다. 그 얼룩이 '무엇'을 의미하는지.

이거였구나. 전 황제가 손수 자신의 책을 기증했던 이유.

베시의 입가에 허탈한 웃음이 떠올랐다.

"엉큼한 영감탱이 같으니라고. 어떻게 이런 식으로 수를 쓰지?"

베시는 저도 모르게 웃음이 터져 나오는 걸 깨달았다.

이렇게 교묘하고, 이렇게 재미있는 암호라니. 어째서 진즉 이것을 발견하지 못한 걸까 싶었지만, 곰곰이 생각해 보니 이제까지 발견하지 못한 게 당연하다 싶기도 하였다.

전 황제가 4권의 책에 사용한 특수 암호는 교묘해도 보통 교묘한 것이 아니었다. 특수 암호 해독 전문가가 아닌 이상에야 쉽게 풀 수 없는 수준이었으니까.

한참을 웃은 그녀는 깊은 한숨을 내쉬며 손에 든 책을 다시 펼쳐 들었다. 그리고 천천히 자신이 발견한 것을 다시 한 번 확인하였다.

책 한 권을 전부 확인한 베시는 또 다른 책을 꺼내어 책을 읽어보았다. 마찬가지로 얼룩을 발견한 베시의 눈이 생기 넘치게 반짝거렸다.

그녀는 나머지 책을 전부 꺼내 책상 앞에 앉았다. 그리고 수첩을 꺼내 든 뒤, 천천히 자신이 발견한 단서를 기록해 나가기 시작했다.

1시간 후, 조금 전까지 시무룩하던 그녀의 모습은 온데간데없었다. 모든 정리를 완벽하게 마친 베시는 수첩을 들여다보며 히죽 웃었다.

"준비 끝."

이제 남은 건 3일 후, 찾아올 손님맞이뿐이었다.

〈다음 권에 계속〉